浮世絵宗次日月抄

# 天華の剣 下

新刻改訂版



写真・文／編集部

ひとりの人の姿も見当たらない長い長い急な階段を、やさしい秋のそよ風に背中を押されるようにして宗次と美雪はゆっくりと上がっていった。

聞こえてくるのは、微かな小鳥の囀りと、紅葉の散り落ちるかわいた音だけ。さらさらという。

「美雪、足は大丈夫か?」

「はい、大丈夫でございます」

「この階段を上がり切るとな、炎のように燃えさかる紅葉が待ち構えている」

「炎のように……楽しみでございます」

「手を引いてやろう美雪……さあ」

「はい」

新刻改訂版

# 天華(てんげ)の剣(下)

浮世絵宗次日月抄

門田泰明

祥伝社文庫

目次

# 天華（てんげ）の剣（けん）（下）

# 二十八

翌朝、宗次が八軒長屋の自宅で目を覚ましたのは、辰ノ刻の頃（午前八時頃）だった。薄曇りの空の下、長屋口の間近にある井戸端で顔を洗い、歯を丹念に清めて曇り空を気にしつつ、表口を開けっ放しにしてある自宅へ戻ると、待ち構えていたかのように向かいの吾子が狆を抱きながらやって来た。

「母ちゃんがね、今朝はお茶漬に玉子焼だけでもいいかって言ってるよ」

「いや、今朝はよ吾子、今から出かけなきゃあなんねいから朝御飯はいらないよ。母ちゃんに、そう言ってきておくれ」

「でも吾子は先生と一緒に朝御飯を食べたい」

「だからさ吾子、だから明日の朝は先生と一緒に食べようや。な、わかるな。どうしても今日は出かける用があって駄目なんだ。判ったかえ」

「うん、判った」

「じゃあ早く母ちゃんに言ってきな。宗次先生が朝御飯はいらないと言ってるって」

「うん、言ってくる。先生の玉子焼、吾子が食べてもいい？」

「ああ、いいともさ。構わねえよ。吾子にあげよう」

頷いた吾子は狆の頭を撫でながら、しょんぼり外へと出ていった。

吾子は宗次が好きで仕方がないのだ。

宗次は吾子の可愛(かわい)い後ろ姿を苦笑まじりに見送りながら、手早く身形(みなり)を整えた。宗次にとっては晴れ着とも言える紫色を帯びた紺色の真新しい着流しに、これも真新しい青緑色の角帯をびしっと締めあげる。

吾子から宗次の言付けを聞いたのであろう、向かいの家から真顔のチヨがそそくさとやってきた。なにしろ表口は開けっ放しであるから、かなりの勢いで土間へと入ってこれる。

「先生さあ、朝御飯いらないんだって？」

「有り難うよチヨさん。今日はちょいとばかし、出張り先があちらこちらに幾つもあってよ。忙しいのさ」

「昨日(きのう)は花子(はなこ)が大変な御屋敷へ連れていって貰って、その御礼を充分に言い尽くしてもいないのにさあ」

「何を水臭いことを言ってんだい。チヨさんの娘は私にとって他人じゃねえよ。御礼なんて言葉は止しねえ止しねえ」

「それにしても、なんだか高価そうな着物と帯だねえ。初めて見る着物と帯じゃないか。とんでもない場所へ出かけんのかい」

「ま、そんなとこかな」

「後ろを向きな。帯をもうひと締め、ぎゅっと締め直した方がよさそうだよ」

「お、そうかね。じゃあ、すまねえが頼まあ」

宗次が帯を一人でびしっと締めあげられない訳がない。亭主か息子かを送り出すような気持で世話を焼きたいチヨなのであった。二人の間ではよくあることだ。また、母親の愛情を知らない宗次にとっても、チヨのこの然り気なくやさしい世話焼きが、たまらないのであった。

チヨに背を押されるようにして「じゃあ、行ってくる」と、まるで息子のような態で宗次は自宅を出た。チヨも肩を並べてついてくる。

溝板路地を長屋口までついて来たチヨが、辺りに誰ひとりいないにもかかわらず囁いた。不安顔であった。

「まさか危ない所へ出かけるんじゃあないだろうね先生」

「いずれも絵仕事先だよ。絵仕事……あちらこちらで、だいぶと筆運びが遅れているのでさあ」

「んなら、いいんだけどね……なるべく早く帰っといで。今日は空模様が怪しいからさ」

「ありがとよ、チヨさん。日が沈む前には帰ってくっから」

宗次はにっこりとしてチヨの肩を軽く叩くと、表通りへ出て行った。

「なんだろうねえ。いつにない、この嫌（いや）あな……不吉な感じは……」

次第に離れていく宗次の後ろ姿を眺めながら、眉間に浅い皺（しわ）を刻んで呟くチヨだった。

いつもなら、宗次の背に向かって冗談の一つも口にするところなのに、今朝はそれも忘れていた。

「今夜は鯖（さば）の味噌煮に、蛤（はまぐり）の塩汁でも拵（こしら）えておいてやろうかねえ」

チヨは、ぶつぶつと漏らしながら、狆を抱いた吾子が戸口に立っている自宅へと戻った。

働き者の亭主、屋根葺職人久平の仕事は、そのきっちりとした職人業と明るい人柄で、評判が評判を呼び、近頃は仕事量が増えるばかりだった。つい四、五日前からは通いの若い衆二人を差配して、増える一方の仕事に対処するようにまでなっている。まさに東奔西走の毎日であった。

そのような訳だから、このところチヨ一家の家計にもほんのちょっぴりだが明るさが見え始めていた。

宗次の足は先ず、浄土宗安乗寺へと向かった。

花子と吾子の愛犬として腰を落ち着かせかねない狆の問題を、このままにはしておけないという気持が強かった。

花子と吾子が安乗寺境内で狆を見付けた直後に、血相を変えて寺へ駆け込んできた侍たちの様子は確かに只事ではない。今日は住職である楽安和尚に会って、然り気ない調子で狆について心当たりがないか訊ねてみようと思っている宗次だった。狆を見つけた花子と吾子が、「此処で見つけた」という場所に誤りがないとすれば、寛永十年（一六三三）十二月六日の寒い日に自刃した、いや、させられた、もと駿河国駿府藩五十五万石の藩主「駿河大納言徳川忠長」にかかわりのある可能性が出てくる。

なにしろ「政治に仇を成すけしからぬ者」として三代様（徳川家光）に自刃へと追い込まれた駿河大納言徳川忠長であった。楽安和尚がたとえ狆のことを知っていたとしてもどの程度まで話してくれるかは判らない。駿河大納言は自刃させられたとはいえ、三代様と母を同じくする実の弟なのだ。

当然、楽安和尚の口も堅くなろう、というものであった。

安乗寺は八軒長屋からは間近い。だからこそ、狆を見つけた花子と吾子の、日常の安全を宗次は心配するのだった。

「ん？」

宗次の足が安乗寺の三門の手前で止まり、曇り空を仰いだ。いま、ぽつりと冷たいものが頬に当たったような気がした。

「いま少し降るのは待ってくれねえかい」

呟いて宗次は三門を潜り、楽安和尚に会うため庫裏へと向かいかけたが、ふと立ち止まった。

「先にシロの墓と、狆がいた墓を訪ねてみようかえ」

宗次は足先を変えて歩き出した。境内は静けさに包まれていた。幼子たちの遊び戯れているらしい黄色い声が聞こえてくるが、何処にいるのか姿は見えない。その黄色い声が、境内の静けさを一層深めているように、宗次は感じた。この寺には、純真な幼子たちの戯れる叫び声がよく似合っている、とも思った。

「桜の時季しか訪れねえことが多いが、しかし、いつ眺めても、いい境内だねえ、うん」

境内には庫裏道に沿うかたちで薄緑色の花を咲かせる桜の巨木が幾本もある。満開の時季には宗次はその不思議な美しさに誘われて毎日のように訪れたりする。可愛がっていた〝長屋の犬〟シロの墓もあることだし、これからは桜の時季ではなくとも、頻繁に訪れてやらねば、と自分に言い聞かせる宗次であった。

その薄緑色の花を咲かせる不思議な桜の木を、近在の町の衆たちは「仏様の花」とか「仏様の木」とか呼んで敬っている。

シロの墓に来てみると、小僧の珍念（ちんねん）と徳念（とくねん）の二人が、竹箒（たけぼうき）を使って墓標の周辺を掃き清めていた。この辺りは歴代住職の墓所に当たっており、楽安和尚の墓所もすでに決まっている。その楽安和尚の墓所に寄り添うようなかたちでシロの墓標は立っていたし、シロも和尚にはよく懐（なつ）いていた。

「あ、宗次先生お早うございます」

二人の小僧は竹箒を持つ手を休め、にこやかに宗次に近寄っていった。

「お早うさん。シロの墓の周囲（まわり）を綺麗にしてくれて有り難うよ。これでな、思いついた時でいいから何ぞ墓標の前に供（そな）えてやっておくれ。ほんの少しでいいから……」

宗次はそう言い言い、袂（たもと）から取り出した一朱金二枚（十六枚で一両）を、珍念と徳念の手に一枚ずつ握らせた。

「あ、先生、こんなに戴きましては……」

徳念が自分の手の中のものを見て、少し慌てた。小僧にとっては少なくない金高だ。

「私（あつし）の、有り難う、という気持が籠（こ）もってんだい。素直に受け取っておくれ。

わざわざ和尚に告げるまでもねえ額だからよ。な……」

「は、はあ、それでは大切に頂戴いたします。シロには、白い花などを供えてやります」

宗次に向かって、息を合わせてぺこりと頭を下げた二人の小僧であった。

「ところで二人に訊きたいんだがよ、この墓地へ狆という珍しい犬を連れて訪れる武家はいねえかい」

「狆というと……あのぺちゃ顔のですか」

徳念が殆ど鸚鵡がえしに答え、珍念も、知っているという感じで「うん」と頷いてみせた。

「お、あのぺちゃ顔、と言ったところを見ると、どうやら二人とも知ってんだな」

「いえ、この墓地で狆を見かけたことは一度もありません。庫裏の文庫にあります『日本珍獣戯画百選』という古い書物を見て知っただけのことで……」

「なんだ、そうだったのかえ。掃除の手を休めさせてしまって、すまなかったな」

苦笑した宗次が徳念の肩に手をやり、立ち去ろうとすると、「あのう、先生……」と珍念が宗次の足を止めた。宗次が、ん？　という感じで珍念と目を合わせる。

「その狆ですけど先生、この墓地の何処かで、先生は見なさいましたか？」

「うーんと……駿河大納言の……徳川忠長様の墓の近くで、チラリとな」

誰の墓かを言ってしまってよいものか、との迷いがあった宗次であったが、儘よ、とばかり口から出した。

「そのお墓でしたら今、お武家様がひとり訪ねて来ていらっしゃいます。じっと徳川忠長様の墓石を眺めて、身じろぎもなさいません」

「なにっ」

珍念が囁き声であったので、宗次も声を潜めた。

「どのような身形のお武家が訪ねて来ているんだい。風采ってえか、顔つきってえか……」

「立派な身形のお武家様です。浪人ではありません。年齢の頃は五十前後くらいに見えます。背丈は先生くらいでしょうか」

「するてえと、向こうは、珍念さんや徳念さんに気付いたかね」

「はい、気付かれて小さく頷き、微笑まれました。こちらは、お早うございます、と軽い感じで応じただけです。かなり離れていましたから」

「そうかえ、ありがとよ。なに、二人が気にするこっちゃあねえ。ちょいとな……」

宗次は曖昧な言葉を残して、二人から離れた。直ぐには駿河大納言の墓所へと向かいはしなかった。その足は先ず、「白口髭の蘭方医」で知られる柴野南州の肉親（父と兄）の墓所を訪ねた。南州が今朝早くにでも詣でたのであろうか、生き生きとして綺麗な白菊が供えられているではないか。

宗次は柴野家の墓に向かって心を籠め合掌した。ただ、背の右斜め方向に位置している駿河大納言の墓所に対する剣客としての意識は冴えていた。何かを計算でもしているのか、と思わせるほど、宗次の合掌は長引いた。

ようやく合掌を解いて、体の向きを変えた宗次の足元が、「おっと……」といった感じで躓き加減を見せ、踏み止まった。直ぐ目の前に、ひと目で安価なものではないと判る紫檀色の着流しに雪花を散らした藤紫色の帯をきりりと締めあげた、ひとりの若くはない武士が立っていたのだ。右の手に杓を入れた水桶を提げている。腰の両刀は大小とも白柄に黒鞘だった。むろん、浪人などではない。

一瞬のうちに、それらを目の奥へと仕舞い込んだ宗次は、相手に対し黙したまま丁寧に腰を折った。折りながら「珍念と徳念が言う立派な身形のお武家様とはこの人だ」と捉えた。

「私が静かに近付いたのを、背中で鋭く捉えておられたのう。さすがじゃ」

「えっ……」

相手の予想だにしていなかった意外な言葉に、宗次は驚いて顔を上げた。にこやかな――五十前後と思われる――武士の目に、宗次は確りと見つめられていた。

宗次の脳裏で、稲妻のように記憶が溯った。

「おお、あなたは……」

口調を明らかに変えた宗次であった。べらんめえ調の響きではなかった。

「思い出して戴けましたか。それにしても、実にお久し振りですな」

「まことに……」

「傲（おご）り高ぶることのない名浮世絵師として、宗次の名で大変な才能を発揮なされていること、すでに私の耳にも届いておりまする」

「恐れいります。江戸にお住まいであられたとは、いささかも存じませなんだ」

「ははははっ、私は罪深い者の血を引いておりまするから、日常余り目立つ訳には参らぬのでな。そっと生きておりますのじゃ。四代様（徳川家綱（いえつな））から浄泉寺谷町（じょうせんじたにまち）に屋敷を与えられており申すが、どうも腰が落ち着きませんでな。気が向けば江戸を離れ、京、大坂、大和（やまと）、吉野（よしの）などをぶらぶらと訪ねては『風来日記』などを認（したた）めております」

「ほう、『風来日記』をでございますか……」

「十日ほど前に江戸へ戻って参りましてな。滅多に訪れることがない安乗寺に、分骨されております父の墓と何とのう話をしたくなり、こうして詣でましたのじゃ。年のせいですかのう」

「左様でございましたか……」

「江戸へ戻った日に上様にご挨拶を久し振りに訪ねたのじゃが、随分とお体が衰弱なさっておられる御様子じゃった。それに何やら大老旋風とかが城内の隅隅にまで吹き荒れているようだったのでな、早早と引き揚げましたが、あれでは上様が可哀そうじゃ宗徳殿」

「かと申して、迂闊に立ち入る訳には参りませぬゆえ……」

「それは、そうじゃのう。あ、宗徳殿。近い内にでも浄泉寺谷町の我が屋敷を訪ねて来られぬか。酒だけは旨いものを揃えておりますぞ」

「有り難うございまする。それならば是非とも一度……」

「うん。お待ちしている。我が屋敷は広さの割に妻と二十人ほどの家臣と小者、それに数名の女中だけなので、ことのほか静かじゃ。離れで盃でも交わしましょう」

「お誘い、嬉しく厚かましくお受け致しまする。ところで、唐突にお訊ね致しますが、お屋敷では犬猫などを飼うてはおられませぬか」

「おお、犬ならば妻が狆を大事に飼っておりました。しかし、幾日か前に私に代わって犬と共に此処安乗寺へ詣でた時に逃げられたようでな。家臣たちが懸のじゃ。けれど宗徳殿、貴方(あなた)はなぜにまた……」

…


命に探しておるのだが、いまだ見つからず妻はすっかり塞(ふさ)ぎ込んでおりますのじゃ。けれど宗徳殿、貴方(あなた)はなぜにまた……」

「その狆ならば、保護しておりまするよ。ご安心下され」

「え……」

　驚く相手に、宗次は花子と吾子が狆を見つけたことを、長屋の犬シロの死を付け加えるなどして具(つぶさ)に伝えた。

「何とまあ、そうでござったか。いやあ、妻が喜びましょう。子に恵まれない妻はその狆を我が子のように大層可愛がっておりましたのでのう」

「では早い内に、狆と共にお屋敷をお訪ね致しましょう。シロを失ったばかりの花子と吾子にとっては悲しい出来事になりましょうが、きちんと言い含めまする。ご安心下され」

「宗徳殿。その幼い花子と吾子とやらも一緒に連れて御出(おいで)下され。場合によっては、その花子と吾子は狆に会うため、いつ屋敷を訪れてもよいように致しましょう。長屋へ戻す時は家臣か女中を付けましてな。それでどうであろうか」

「それならば幼い二人も納得し喜びも致しましょう……」

笑顔で応じた宗次は、そこで柴野家の墓に供えられている白菊へ視線をやった。

するとと、宗次が口を開くよりも先に、相手がにこやかに言った。

「その白菊は、私が供えましたのじゃ。南州先生にはいつも世話になっておるものでな」

「と申されますと、どこかお体の具合でも？」

「いや、私ではない。私は宗徳殿もご存知のように柳生新陰流（やぎゅうしんかげりゅう）で鍛えてきた体です。今年五十を超えてしまったが、心身いまだ衰えず、ですよ。ですが家内がどうも病（やまい）がちでありましてなあ、南州先生にいつも助けられており申す」

「左様でしたか」

「宗徳殿も南州先生とは長い付き合いなのですかな」

「はい、私もですが、私が住み暮らしております長屋の皆も、南州先生には何かとお世話になっておりまする」

「左様か。今日はよき日じゃな。父が眠る此処安乗寺で、まさか宗徳殿にお会い出来ようとは、予想だに致しておりませなんだ」

「一番最後にお目に掛かりましたのは確か……」

「もう十年以上も昔になりましょうかのう。私が尾張藩二代藩主徳川光友(みつとも)様に招かれ江戸上屋敷へ訪れた日のことでありましたな。あの日、宗徳殿は幾分青ざめた沈痛(ちんつう)な面持(おもも)ちで、江戸家老の執務詰所より出て参られ、そこでばったりと出会(でお)うたのでした」

「そうでした。廊下で出会い短い立ち話でしたが、あのとき頂戴した温かなお言葉を今も忘れてはおりませぬ。耐えなされ、耐えて新しい空の下で羽ばたきなされ、と仰(おつしや)ってくだされた」

「私も自分の申したことをよく覚えておりまするよ。それにしても藩江戸家老はあの日、宗徳様に対して、わざわざ突きつけなくてもよい最後通告を、念押しであるとして致したのでしたな。**尾張藩と宗徳様はこれ迄(まで)も、これからも一切かかわり合い無き間柄である、**と」

「はい。まさに、その通りでございました」

「しかしのう宗徳殿……宗徳殿に対しては驚くばかりの冷淡な尾張藩でありまするのに、二代藩主徳川光友様は何故(なぜ)か罪なる父の血を引くこの私に対し、これ迄も現在も真（まこと）によくして下さる」

「それは共に柳生新陰流の大剣客であるからではないでしょうか。剣客が剣客を思う心情と言いますか。また、駿河大納言様の追い詰められての自刃は余りにも気の毒すぎる、という思いが父、いや、徳川光友様の胸の内にあるのやも知れませぬ」

「なるほど……うむ、なるほど。で、尾張藩主である父君、あるいは重臣たちからその後、宗徳様に対して、何の便りも連絡もありませぬのか」

「全くありませぬ。また、望んでもおりませぬ」

「やれやれ、我が父もそうであったが、大藩の藩主というのはとかく、血のめぐりが温かくはないようでございますなあ」

「確かに、それは言えるかも知れませぬ。ははは。いや、言えましょう」

「少し話し過ぎましたかな。この続きは日を変えて、我が屋敷でゆっくりと致しましょうか」

「はい。花子と吾子を伴なって、浄泉寺谷町をきっとお訪ね致します」

宗次の言葉に、相手はにっこりと頷き、一礼をして離れていった。宗次を、尾張藩二代藩主の血を引く者と認めての、一礼なのであろう。

そして、ゆっくりと離れてゆくその人物の背に向かって、宗次も姿勢正しい一礼を返したのであった。

次第に離れてゆくその人物の名を、柳生新陰流を極めた剣客、松平長七郎長頼といった。三代将軍徳川家光によって暴状（社会秩序を無視した行状）を厳しく責めたてられ自刃へと追い詰められた駿河大納言の、忘れ形見である。

## 二十九

宗次は柴野家の墓前に黙念と佇んだ姿勢で、遠ざかってゆく松平長七郎長頼の背を見送っていた。

「……尾張藩主である父君、あるいは重臣たちからその後、宗徳様に対して、何の便りも連絡もありませぬのか」

長七郎長頼のその言葉が、脳裏から容易に消えなかった。

墓地の出入口の脇に立っている一本の桜の木の下で、長七郎長頼が立ち止まりゆっくりと振り向いて頭を下げた。

宗次もそれに応じて、腰を折った。

長七郎長頼の姿が墓地の外へと消えていく。

尾張柳生新陰流の印可を受けている剣客であり大大名である父徳川光友が我が子宗次（宗徳）に対して無関心を装っているように、宗次もまた尾張藩第二代藩主である父に対し何の未練も親密の情も抱かなかった。他人である、とすら思っている。

けれども、顔知らぬ亡き母のことを考えると、さすがに熱い悲しみが胸の内を走るのだった。

「さてと……次を訪ねなければならねえ」

暫くして、思い出したように寂し気に呟いた宗次は柴野家の墓前から離れ、少し足早に歩き出した。

頬に、冷たい粒が、また当たった。今度は額にも首すじへも次次とであった。

「本降りかよ……」と宗次は走り出して安乗寺を後にした。本降りには、なってほしくなかった。

次の行き先は、筆頭大番頭八千石、西条山城守邸である。着ているものを濡らして訪ねたくはない。

美雪に会うために訪ねるのであった。

宗次は西条邸へ近付くにしたがって、周囲に注意を払った。己れの御役目上の都合だけで美雪を離縁しておきながら、いまだ「美雪は我が妻。近寄る奴は誰であろうと叩っ斬る」と激情をあからさまにして止まない、廣澤和之進を警戒してのことであった。たとえ和之進がどのような性格の人物であろうとも宗次は、かって美雪の夫であった和之進を相手にしたくはなかった。剣を手にしては……。

小粒の雨が濃い霧雨に変わって、四半町（二十数メートル）ばかり先が見え難くなりかけた頃、宗次は西条家の表門の前に立った。

門番の姿はなかった。

「何もかもぼかしてくれるこの霧雨は、俺には幸いだったかねえ」

宗次は呟いて、隣屋敷との間を割っている小路へと辺りに用心しながら入っていった。霧雨で濡れた白い土塀に沿って進み、次の角を左へ折れると質素で小造りな真新しい四脚門があった。かつて、この小造りな四脚門の内側は五、六百坪ほどの空地だったが、西条山城守が七千石から八千石に加増されると同時に、拝領していた。

今や八千石西条邸の敷地は三千坪にジリッと近付く広大さであり、万石大名のそれに匹敵する。

宗次は小造りな四脚門の片側扉を押してみた。**西条家の裏門**に当たる小造りな四脚門の扉は、間もなく吉良上野介義央の奥方富子を塾頭に迎えて開塾となる求学館「井華塾」の塾生（女生徒）のために、その重さを軽く抑えられている。

宗次が四脚門の内側へ入ろうとしたとき、それよりも先に、道具箱を肩に担いだ法被を着た職人たちが、勢いよく出て来た。

が先頭の五十男が、思わず前のめりに立ち止まる。

「おっと、ご免なさいましよ。あれ、これはまた鬱陶しい霧雨ん中、宗次先生じゃあございやせんか」

「よう、これは猫泣坂の棟梁じゃあございませんかい。この御屋敷の普請を頼まれておられやしたので？」

「へい。ちょいと部材の足りねえ部分がありやしたので、その仕上げを終えたところでしてね。それよりも宗次先生はどうしてまた西条様の御屋敷へ？」

「絵仕事でござんすよ棟梁、絵仕事……」

「そうでしたかい。先生の絵となりゃあ、この御屋敷の御殿様もそれはもう大層喜ばれやしょう。ひとつ頑張っておくんない」

「ありがとよ。職人は嫌だ商人になりてえ、と日本橋の呉服屋へ奉公に入った倅さんは飽きずに続いておりやすかえ」

「それがさ先生、あの野郎先日によ、手代になりやがってたんでさあ、手代に」

「なんと、そいつあ目出度え話じゃありやせんかい。番頭へ、片足を掛けやしたね。そのうち、棟梁をお訪ね致しやしょう。その話、また詳しく聞かせておくんない」

「かかあも、宗次先生最近いらっしゃらないね、などと言っておりやすぜい。

忙しい毎日と知ってはおりやすが、ひとつ立ち寄ってやってくれやせんかえ」

「へい、近いうち是非にも……」

「そいじゃあ先生。旨い酒でも用意させておきやすから」

「ありがてえ。ではご免なすって」

　小造りな四脚門の前で、宗次と職人たちは霧雨に濡れながら別れた。宗次は門内へ入ったが、閂(かんぬき)は掛けなかった。いまだ大勢の職人たちが立ち働いているため、日中は出入りが激しい**裏門**であると判っていた。それに開塾の暁(あかつき)には、「井華塾」で講義が行なわれている間は、原則として**裏門**の両扉のうちの片側は開けたままとなる。むろん**裏門**の内側直ぐの所に警衛所が設けられて、腕に覚えの家臣や中間(ちゅうげん)が詰めることになってはいた。

　宗次は門内へ入ると、完成が間近くなっている剣術道場に見えなくもない堂堂たる拵(こしら)えの塾棟を眺め、そして軽く頭(こうべ)を下げた。宗次にそれをさせる威風のようなものを、完成間近な塾棟はすでに漂わせていた。入母屋(いりもや)檜皮葺(ひわだぶき)の大屋根は下向きに反った美しい照り屋根（反り屋根とも）で、圧巻だった。大屋根の最高部を東西に走る大棟(おおむね)から、流れ落ちるかのように設(しつら)えられた二本の降棟(くだりむね)がるのは珍しい。

降棟は普通、瓦葺の屋根に多く見られるものであって、檜皮葺の屋根に走るのは珍しい。

職人が持てる技術を生かしたのであろうか。

宗次が佇んでいると霧雨が気味悪いほど急にやんで、空が明るくなりだした。そこへ右手の方角から「先生ではございませんか……」と、下男頭の与市が六尺棒を手にして、にこやかに近付いてきた。これから交替のお勤めになっている表御門の番にでも立つのだろうか。

「や、与市さん……」

「どうぞ先生、ご遠慮なく、御殿の方へお進みになって下さい」

「あ、うん。出来上がりが早まっていやすねえ。一日ごとに建物のどこやらが新しくなっているように感じやす」

「はい。職人さんたちはこのところ特に大屋根の仕上げに、力を入れておりますようで……」

「なるほど……じゃあ奥へ進ませて戴きやす」

「あっ、先日は宗次先生、床に伏しておりました板橋の兄を見舞うに際し、過分なものを頂戴いたしまして有り難うございました。改めてこの通り、お礼を申し上げます」

そう言って深く腰を折った下男頭の与市であった。

「とんでもねえ。で、兄さんのその後の容態は、どんな具合でござんすか」

「私が訪ねた時は幸い熱も下がり出しておりまして、思いのほか元気を取り戻しておりました。今日あたりは体を温かくして帳場にでも座っているんじゃないかと思います」

「そいつは何よりだ。よござんしたねえ。今から御門番ですかい」

「はい、どうやら日が照り出しますようで。あ、こいつはいけません。足をお止めしてしまいました先生。申し訳ありません」

「そいじゃあ、行かせて貰います与市さん……」

宗次は与市に対し小さく頷いてみせ、御殿へと足を進ませた。西条家においては、ひとくちに御殿とはいっても、**表御殿**、**御殿様御殿**、**奥御殿**（大奥御殿とも）、**長子御殿**（嫡男御殿とも）、**御隠居様御殿**など五つの大きな御殿から成っていた。

このうち**表御殿**は玄関棟とも称して、玄関式台、中の口、使者の間、客の間、表書院、そして表を守る家臣の詰所など、合わせて十二部屋で構成され、玄関式台を除き全て十畳から二十四畳の畳敷きになっている。

**御殿様御殿**は山城守貞頼が日常生活で使う「桜の間」「雪柳の間」「中奥の間」など五つの座敷と、三十畳大の板の間から成り、この板の間は「武芸の間」とも称されて山城守貞頼は此処で心身を鍛えあげていた。

**奥御殿**というのは大奥御殿とも呼ばれて、美雪の亡くなった母親が使っていた部屋を除いては、美雪が日常的に用いている「上の御居間」(寝所)、「美雪様の御居間」など幾つかの座敷と、腰元や台所の下女たちが起居する大小十五部屋で拵えられていた。建物の広さにおいても部屋数においても御殿様御殿よりも勝っている。

**長子御殿**は御殿様御殿の東側(背側)、奥御殿の北側に位置して、それぞれと短い渡り廊下で結ばれており、言うまでもなく京都所司代次席の地位にある西条九郎信綱の生活御殿であって、いつ妻を娶ってもいいように造られていた。

広大な庭の東に詰まった位置に独立棟のかたちで建てられている柿葺寄棟造りの御隠居様御殿は、西条家で最も見栄えのするどっしりとした建物だったが、西条家の先代は夫婦ともに既に他界しており、したがって目下のところこの建物の主人はいない。

宗次が広い庭を斜めに抜けるかたちで奥御殿へと近付いてゆくと、美雪が「美雪様の御居間」の広縁に出て座し、照り出したやわらかな日差しを浴びて〝針仕事〟をしていた。男物と思われる濃い藍色の生地が、美雪の膝を覆っている。

この奥御殿は巨大な〝一つ屋根の下〟で御殿様御殿に接する構造となっており、とくに「美雪様の御居間」と「殿様の書院」は間近い拵えとなっていた。

宗次は「ほほう、美雪様は〝針仕事〟が出来なすったか……」などと思いながら、なるべく足音を立てぬよう静かに広縁へと近付いていった。針仕事に集中する気持を乱したりすると、指を刺す場合などがあって危ない。

さすがに気配を察してか、美雪が手を休めて面を上げた。

「まあ、宗次先生、ようこそ御出なされませ」

美雪が微笑むだけで、たちまちにして辺りは馨しく華やいだ。

「お手をお休めさせて申し訳ござんせん。美雪様と少しお話をさせて戴いて直ぐに引き揚げやす」

「いいえ。ちょうどよいところへ御出くだされました。どうぞ居間へお上がりになって下さいませ」

「それはいけやせん。裏門から入って無作法に庭伝いに訪れやした私は、客としてのきちんとした手順を踏んではおりやせん。ですから、この場で立ち話をさせて戴く、ということにしておくんなさい」

「宗次先生に対しそのような扱いを致せば、私が父から叱られまする。父は既に登城なされておられまするゆえ、私の判断をどうぞお受け下さりませ。それに居間にお上がり下さいますると私がとても助かります」

「助かる？」

「はい。いま先生の御着物を縫わせて戴いております。出来上がるまでは内緒に、と考えておりましたのですけれど、矢張り裄丈や身丈などは念には念を入れねば、と次第に不安になって参りました」

「私の着物を縫って下さっていらっしゃるとは、これはまた大層驚きやした。どう御礼を申し上げてよいものやら……それにしても縫い始めるにしたって身寸法てえのが……」

そこまで言って宗次は、「あ、ひょっとすると」と気付いた。

「そいじゃあ美雪様。厚かましく御居間へ上がらせて戴きやすが、縫い出しには身寸法てえのが欠かせないことぐらい男の私にも判りやす。若しかしてその寸法、チヨさんが絡んでおりやすね」

「はい。チヨ殿から教わりましてございます」

小さく頷いて、笑みをひっそりと控えた美雪は、身のまわりを手ぎわよくまとめ、それらを広縁から座敷へと移した。

「先生、どうぞお上がりになられまして」

「そうですか、では……」

美雪に笑顔で促されて、宗次は大きな踏み石の上で雪駄を脱いだ。それでも主人である山城守貞頼の留守中に、美しいひとり娘の居間へ上がり込むことの無作法さを忘れてはならぬ、と己れを戒める宗次だった。大家に対する過ぎたる馴れ馴れしさは、身を滅ぼすと心得ている。けれども、自分に対してあらゆる〝用心〟を解いて接してくれる美雪を目の前にすると、求められること言われること、は何でも受け入れてやろうと宗次は思ってしまう。そして、それこそが美雪の純真さ美しさを証するものであろう、と結論づけるのであった。

美雪が、やや恥じらいを見せて告げる位置へ、宗次は立った。日差しが奥まで射し込んでいる明るい居間だった。

その背にまわって、縫い上げた着物を宗次の肩にそっと掛けたときの美雪の表情は、えも言われぬ幸せに満ちているかのようだった。宗次に気付かれぬよう、ひっそりと。

実は着物は、殆ど出来あがっていた。宗次の浴衣や着流しをこれ迄に幾度となく縫いあげてきた八軒長屋のチヨである。そのチヨが美雪に伝えた宗次の身寸法が、あやふやである訳がない。

「安堵(あんど)いたしました」

念入りに見立てのあと小さく呟いて、美雪が躾糸(しつけいと)(仕付け糸とも)をやさしい手つきで除いてゆく。

庭の表御門方向から、摘み取った百合の花を手にしてやってきた奥取締の菊乃と腰元の玉代が、二人の様子に気付いて頷き合い、また表御門の方へそろりと戻っていった。気を利かせた積もりなのであろう。

玉代十七歳は一昨年の秋から、行儀見習いと教養を身に付ける目的で西条家に奉公している、酒味噌醤油問屋の老舗「伏見屋」のひとり娘だった。素直さを買われて菊乃に可愛がられている。

「花子をこの御屋敷へ連れて来やした時は、お訊き致しやせんでしたが……」

宗次が切り出し、美雪の手指の動きがそれに応じるかのようにして止まった。

「大和国の清貧の『豪家』、曽雅家のお祖母様（多鶴）が江戸へ訪れなさるかも知れない件、その後どうなっておりやすか。お話は少しは進んでおりますので？」

「あ、その件でございましたなら……」

と、そこで言葉を切った美雪は、宗次の肩に掛けた着物を、大事そうに自分の胸に抱き寄せるようにして丁寧にたたみ出した。

「今朝方早く、大和国より父のもとへ早飛脚が届きまして、登城なされます前に『忙しくなるぞ美雪』と言葉短く告げられましてございます。御役目を終えて御城より父が戻られましたならば詳しくお訊ね致す積もりでおりまするけれど……」

「ほう、ではいよいよこの江戸へ、あの懐かしいお祖母様が御出なさいやすね」

「お祖母様が江戸に滞在中、宗次先生に何かと御世話になるかも知れぬ、と先日の夜でございましたか、父より聞かされてございます。先生、どうぞこちらへお座りなされまして」

美雪が床の間を背にする位置へと宗次を誘ったが、「いや……」と宗次は軽く手を上げてみせ、広縁に引き返し姿勢正しく正座をした。

宗次の気質を既に知り抜いている美雪は、その動きに表情を曇らせることはなかった。

ほぼ出来あがって綺麗に折り畳んだ宗次の着物を、次の間の小簞笥——葵の御紋が金蒔絵でちりばめられた——の上に置いて広縁に戻ると、自分も宗次の横へ並ぶようにして座った。こうした淀みのない一連の動きをとる時の美雪の艶やかさは、一層の輝きをみせる。

　宗次は庭を眺めながら言った。

「いま江戸城中では色色と複雑な問題があり過ぎるようで……四代様（徳川家綱）の御体調いよいよすぐれぬところへ頭を持ち上げ始めた狐狸の噂が、日を追うごと深刻の様相を呈して私の耳へ入ってめえりやす」

「先生は大名旗本家へ絵仕事で出入りなされることが少なくございませぬことから、お耳に入って参ります噂は、単なる噂では済まされぬ逼迫の様相を物語っていることでございましょう」

「美雪様の仰いやす通りで……なにしろ狐狸どもが大層な力を握っているらしゆうござんすから」

「父は四代様の信頼ことのほか厚い立場にありまするだけに、城中での父のこと、また城への往き帰りなどが心配でなりませぬ」

「今日はどのような態勢で登城なされやしたので？」

「西条家の手練の者十二名を従え馬で登城いたしましてございます」

「それくらいの陣容ならば、大丈夫でございましょう。御殿様ご自身も剣術の相当な達者でありやすから」

「幕府がこのような状況の中、曽雅家のお祖母様が江戸入りしても大丈夫でございましょうか。父の身辺が騒がしくなってきておりますゆえ、万が一、お祖母様の身に……」

「お祖母様の道中のご様子について、この御屋敷へ報告が入るようになっておりやすのであれば、途中まで私が馬を走らせ出迎えに駆け付けてもよござんす。たとえば、小田原あたりまでとか……」

「お忙しい先生に、そのような御負担をお掛けする訳には参りませぬ。出迎えにつきましても、江戸に滞在中の身の安全につきましても、西条家の家臣によってなされるべきと私は考えております。ただ……」

「ただ？」

「お祖母様が先生を大層お気に召しておられることは明らかでございます。また、先生に是非ともお目に掛かりたいと考えて参られることは、間違いございいませぬ。したがいまして、揺るがぬ主義、思想を確りと持っておられるあのお祖母(ばば)様の足を、江戸に滞在中この屋敷内に止(とど)め置くことは困難なことと考えておりまする。いかに父の身に御役目上の災難が降りかかりましょうとも」

「うむ。私(あっし)もあのお祖母(ばば)様を一か所に止め置くことは、真(まこと)にお気の毒なことと思いやす。よござんす美雪様。お祖母(ばば)様の江戸滞在中はこの私(あっし)が、あちらこちら御案内いたしやしょう」

「ですけれど……」

「私(あっし)が棲(す)んでおりやす、あの貧しい八軒長屋を見て貰いやして、お祖母(ばば)様に驚いて戴くのもいい土産話(みやげばなし)になりやしょう。幾十日、いや、何か月に亘(わた)ってこの江戸にお祖母(ばば)様が滞在なさろうとも、市中を見て歩きなさる時はこの宗次が、確りとお付き合いさせて戴きやす。それで宜しいではござんせんか」

「それでは余りにも先生……」

「美雪様、ひとつ率直(そっちょく)にお訊ね致しやす。美雪様は何故、私(あっし)の着物を縫い上げて下さいやしたので？」

「……」

庭を眺めたままの、余りにも言葉を飾らない真っ直ぐな宗次の言葉であった。

思わず息が詰まった美雪はたちまちうなだれ、白い雪肌のうなじや頬を、うっすらと朱(あか)く染めていった。婚家を出されて生家へ戻ってきたことを、いまだに心の重荷に感じている美雪である。

その美雪にしてみれば、いまの宗次の問いかけは、刀の刃に相当しかねないものだった。

そのことが判らぬ筈のない宗次である。その宗次が隣の美雪の横顔を眺めて、「美雪様には私(あっし)の口から初めて申し上げることでござんすが……」と静かに切り出した。

「私(あっし)は母親の愛情も、祖母のやさしさも知らねえで育った身の上でござんす。そのような私(あっし)が、この広縁で針仕事をしていなさる美雪様の姿を見て、どれほど心を和(なご)ませやしたことか。しかも、美雪様の手によるその着物が私(あっし)のためと判って、言葉に表せねえ程の喜びを感じておりやす」

「……」

「大事に着させて戴きやす。いつまでも大事に……有り難うござんす」

頭こそ下げない宗次ではあったが、物静かなその言葉には名状し難い万感の思いがこもっていると美雪には判った。

「先生」

美雪は漸く面を上げて、隣の宗次を見た。いま、宗次に対する揺るぎない熱いものが自分の胸の内にあることを、美雪ははっきりと捉えていた。もう、迷いはなかった。迷いがなかったから、激しい情いをいたわるように抑えながら、宗次の顔を見つめることが出来た。

「いま、お茶をお持ち致します」

美雪がゆっくりと立ち上がったとき、宗次の手が伸びて美雪の左手の先を控え目に包んだ。あ、なんと温かな掌であろうことか、と美雪の情いは和んだ。

「着物、本当に有り難うござんす……で、ございやすから美雪様。お祖母様が江戸見物をなさる時は、私が自分の祖母であるとの思いで、お護り致しやす。それで宜しゅうござんすね」

「はい」

男の大きなやさしさに美雪は、こっくりと頷いた。はい、としか思いつかないほどの熱さに美雪は見舞われていた。

二人の手が離れて、美雪が宗次から離れていった。

宗次は座敷の内を振り返って、次の間の小箪笥の上に置かれた自分の着物を熟っと眺めた。顔さえも知らぬ母の〝針仕事〟をしている姿が脳裏にぼんやりと浮かび出していた。

(どのような御人であったのか……)

声にならぬ呟きを漏らして、宗次は腰を上げ、背中を日差しに押されるようにして座敷に入っていった。

そして次の間の小箪笥の前に立って身じろぎもせず、宗次は美雪が縫い上げてくれた着物を眺めた。

脳裏で消えたり現われたりしている見知らぬ母の姿、顔が次第にはっきりとしていく。

余りにも苛酷すぎる運命、浮世絵師として今や天下にその名を知られる宗次は、それをずっしりと背負っていた。

どれほどの間、情いを込めて着物を見つめていたであろうか。広縁を近付いてくる淑やかな気配の足音に気付いて、宗次は座敷から出て正座をした。

美雪が盆に湯呑みと小皿を載せてやってくる。本来ならば腰元なりに命じるのが当然であるというのに、心の充実を思わせるかのような美雪の表情だった。

だが、予想だにしなかった緊張が美雪に襲いかかったのは、まさにこの時であった。

表御門の方から、六尺棒を手にした下男頭の与市が、只事でない顔つきで小駆けに現われた。

その足元が慌て気味であるのを、宗次は見逃さなかった。

与市は自分の方を見ている宗次に対して硬い表情で腰を折ると、広縁で立ち止まった美雪に近付いて地に片膝をついた。顔は広縁を見上げたままだ。

「美雪様、宗次先生の御面前でございますが、申し上げる無作法を何卒お許し下さいませ」

「どう致しました。何事か大事がありましたか」

「あの……ただいま表御門に美雪様へのお目通りを願って、譜代四万石田賀藩御中老六百石、廣澤和之進様が徒ならぬ見幕にてお見えでございます」

「え……」

美雪は思わず宗次を見た。彫りの深い端整な顔が、みるみる青ざめてゆく。しかし思い直したのか美雪は取り乱すことなく、座敷に入って文机の上に盆を置くと、宗次の脇に戻って「申し訳ございませぬ先生。暫し表御門に対処して参りまする」

と、三つ指をついて綺麗に深深と頭を下げてみせた。

三十

美雪と下男頭の与市の姿が表御門の方へ消え去っても、宗次は広縁に正座をして身じろぎ一つしなかった。美雪と廣澤和之進との間にある複雑な心の問題は、幕臣八千石の名門西条家が解決すべき事柄だ、という考えを抱いている宗次である。つまり自分が割って入るべき問題ではない、と己れに強く言い含めていた。自分勝手な都合で美雪を生家へと追いやっておきながら「美雪は今も我が妻。邪なる横恋慕で美雪に近付く者は誰であろうと叩っ斬る」と、宗次の面前で激しく吐いた廣澤和之進なのだ。

そのように激情的な人物に対して、決して真正面から立ち向かってはならない、と宗次は自分を戒めることを忘れない。

四半刻ほどが過ぎて漸くのこと、広縁の向こう――表御門の方角――に人の気配が生じて、薄く閉じられていた宗次の目が開いた。急ぐ足音が次第に近付いてきて、宗次の横に「先生……」とひとりの女が正座をして三つ指をついた。

奥取締の菊乃であった。青ざめて、ただ事でない様子だ。

「どうなさいやした菊乃さん。お顔の色が……」

「申し訳ございませぬ。私、先生にご迷惑をお掛けすることになるかも知れぬ大変なことを口に出しましてございます。申し訳ございませぬ」

そう言って、頭を下げた菊乃であった。

「もうひとつ意味がよく摑めやせん。解り易いように順を追ってお話し下さいやし」

面を上げた菊乃を、宗次は穏やかな眼差しで見つめた。

「は、はい。西条家の御殿様が登城でお留守であるのを見計らったかのようにして先程、美雪様の先の……」

「存じておりやす。先の御主人、廣澤和之進様がお見えなさいやしたね」

「左様でございます。下男頭が機転を利かせて素早く動き、万が一の場合に備えて表御門の内側に若党と下男ら六、七人が控え、美雪様と私の二人だけが御門の外に出ましてございます」

「それで？……」

「相手が美雪様を見るなり、いきなり手首を摑んで引き寄せようと致したものですから、私がお二人の間に半ば力任せに割って入り、廣澤様と私とが睨み合ったのでございます」

「うむ……」

静かに頷いてみせる宗次であった。それが宗次の持って生まれた位なのであろうか。

うむ、という静かな頷きようが、我れ知らぬうちに〝町人の衣〟を脱ぎかけていた。

菊乃の顔は、今にも泣き出しそうだった。

「私は日頃より美雪様がお可哀そうでならぬ、と思うておりました。それゆえ今日の廣澤様の自分勝手なる横暴な態度には我慢がならず、美雪様をお守りせねばという気持が高じて、口に出してはならぬことを申してしまったのでございます」

「何と仰いやした……」

「美雪様が頼るべき御人と思うておられるのは天下一の浮世絵師宗次先生おひとりです。あなた様（廣澤）のことなど今や美雪様の眼中にはありませぬ……そう申してしまったのでございます。申し訳ございませぬ先生。本当に申し訳ございませぬ」

「廣澤和之進様は、菊乃さんのその言葉を、どのように受け取りやしたか？」

「ひと言も発せず、眦を吊り上げて刀の柄に手を掛けたのでございます。私は思わず美雪様を御門の内側へと押し戻し、廣澤和之進様にこう申し上げました。いまこの場であなた様が刀を抜かれたならそれは譜代四万石田賀藩が、将軍家近衛番方五番勢力二千数百名に対し宣戦なされたと捉えられまするぞ、それでお宜しいのか、と」

「爆発寸前だった廣澤和之進様の感情は、菊乃さんのその言葉でどうなりやしたか。態度を少しは鎮めやしたかねい」

「いいえ、刀の柄から手を離しは致しましたけれど、目の玉を真っ赤に充血させて歯を軋ませる程に嚙み鳴らし、おのれ、と吐き捨てて足早に立ち去りましてございます」

「だが、将軍家近衛番方五番勢力二千数百名に対し宣戦、という菊乃さんの言葉は間違っちゃあいません。おそらく相手に対して相当に利いている筈でござんすよ。西条家の姫君に対して抜刀するようなことがあらば、間違いなく田賀藩は厳しい処分を受けることになりやしょうからね」

「それに致しましても先生、私はとんでもないことを口走ってしまいました。廣澤様の激しい怒りが方向を変えて先生に向けられるようなことにでもなったならば、私……」

「私に向かってくる出来事に対しちゃあ、私の裁量できちんと対処させて戴きやしょう。菊乃さんがご不安を抱きなさる必要はござんせん」

「なれど先生……」

「まあまあ……それよりも菊乃さん、美雪様は今、どうしていらっしゃいやすので？」

「はい、玄関式台を入りまして直ぐの表書院にて、お可哀そうに肩を落としうなだれていらっしゃいます。心配でございますゆえ腰元の玉代ほか二人を傍に控えさせておりますが先生、出来ますれば美雪様にお声掛け下さりませぬでしょうか」

「いや、今日のところは、酸いも甘いも心得て美雪様に長く仕えてこられた菊乃さんが、傍に付いていてあげなさることです。それが一番よござんす。ええ、それが一番……」

「でも……」

「私が美雪様の傍へいま近付けば、おそらく美雪様の苦痛は一層のこと深まりやしょう。今日の私は、この場で退がらせて戴くのが最もよいと考えやすがね。そうは思われやせんか」

「は、はあ……」

「ただ菊乃さん、美雪様へは私の言葉として、次のようにお伝え下さいやし。四、五日が経てばこの宗次も一日二日躰が空きそうでござんすから、御殿様のお許しを頂戴した上で不忍池の畔でもぶらぶらと歩いて浅草まで足を延ばしてみやしょう、と」

「まあ、美雪様にそう申し上げて本当に宜しゅうございましょうか。先生が大変ご多忙な毎日だと承知致しております私だけに……」

「大丈夫でござんす。随分と前のことになりやしょうか。実は美雪様に対し、そのうち浅草などを案内して差し上げやしょう、と申し上げて果たせないままになっておりやす」

「そのようなことがございましたのですか。少しも存じ上げませんでした」

「さ、菊乃さん。早く美雪様の傍に戻って差し上げておくんなさい」

「はい、ではそうさせて戴きます。先生は、あのう……」

「私はこのまま裏御門より失礼させて戴きやしょう。美雪様にはそのようにお伝え下さいやして結構です……それから不忍池の散策はもちろん、菊乃さんも同行下さいやすように」

「え、私も、でございますか」

「そう。菊乃さんも是非、遠慮なさらず付き合っておくんなさい」

「嬉しゅうございます。不忍池や浅草あたりを散策いたしますのは、私も久し振りでございますゆえ」

「そいじゃあ、私はこれで失礼致しやす」

宗次は立ち上がると、広縁から庭先へと下りたが、その姿を見つめる菊乃の顔には、ありありと不安の色が漂っていた。

三十一

西条家の裏手御門から出た宗次の目つきは、険しくなっていた。筆頭大番頭八千石西条家の屋敷をいきなり訪ねて来た廣澤和之進が、表御門の外に出てきた美雪の手首を矢庭に摑もうとするなどは、どうしようもない未練に煽られて感情の抑制が利かなくなっていると見なければならなかった。

（今日は引き揚げた和之進だが、これでは済まねえ……な）

胸の内でそう危ぶむ宗次だった。美雪を拉致し場合によっては未練を刃に変えて美雪に斬りつけ、己れの胸をも突き刺す。それくらいのことは遣りかねねえ、と宗次は思った。

宗次の足は、気になっている寺院へと急いでいた。市谷浄瑠璃坂を上がり切ってそのまま進んだ突き当たりに在る白山宗関東総本山紋善寺である。

その寺の修行僧の道場の大襖に描き上げていた宗次気に入りの観世音菩薩が、中間くずれと流れ浪人からなる荒くれ集団に一時は盗まれたのを、北町奉行所の市中取締方筆頭同心飯田次五郎と紫の房付き十手で知られた春日町の平造親分ら役人たちが奪い返してくれていた。盗賊どもは一人残らず捕えられたという。

盗まれたその絵は既に北町奉行所の手で紋善寺へ返されているであろう、と読んでいる宗次だった。

いずれにしろ紋善寺で宗次を待ち構えているのは、もう一枚の大襖に描かねばならない阿修羅(あしゅら)大王である。

これの描き上げに、宗次は、らしくない苦戦に陥り、寺との約束の期限を既に一か月以上も遅れさせている。脳裏に描く阿修羅大王の形相(ぎょうそう)が、どうしても気に入らないのだった。

宗次の足は「旗本八万通」を出ると、市谷御門へと向かった。今日は紋善寺金堂の「無明(むみょう)道場」で座禅を組み精神を統一して、己れが描きたいと思っている阿修羅大王の表情（形相）に少しでも近付きたいと考えている。法主(ほうしゅ)で住職の覚念(かくねん)は、「急ぎなさるな。ゆっくりでよろし」と言ってくれているが、その言葉に甘え過ぎる訳にはいかない。

ただ宗次は、力強い阿修羅大王を描き上げる、強い自信は持っていた。

市谷御門が、通りの先に見えてきた。この御門は三千石級の旗本二組が交替で警備に立つ。

いま六尺棒を手にした若党が、近付いて来る宗次の方を目を見開いたり細めたりして見ていた。若(も)しかして、近目なのであろうか。

宗次は自分の方から何処の御門警備に対しても遣(や)っているように、先に軽くだが腰を折ってみせた。これが非常に大切であると、心得ている。

若党が宗次と認めたのであろう、笑みを見せて深い頷きを返した。いまや大抵の御門で宗次の名は疎か顔まで知られている。

なにしろ宗次は、京で後水尾上皇にお目に掛かり、むつかしい御役目を仰せ付かって、見事に成し遂げているのだ。そのこと自体は「秘」とされるべきことではあったが、情報というのは好むと好まざるとにかかわらず、必ず不確かなかたちで一滴……二滴と漏れる。そしてその不確かな漏れようは、次第に現実的な情報へと姿を変えてゆく。

もっとも宗次は、後水尾上皇と自分とのことが、巨大都市江戸で知られつつあるのかどうかについて全く把握できていない。また、把握する積もりもなく〝飄飄〟としていた。

御門の手前で宗次は足を止め、今度は丁重に深深と頭を下げた。

「久し振りですね宗次先生。これから絵仕事に出向かれるのですか」

「はい。浄瑠璃坂の先の紋善寺でいま描かせて戴いておりやす」

「おお、紋善寺とは良い所で仕事をなさっておられますねえ。さ、お通り下さい」

「恐れ入りやす。それじゃあ御免なさいやして」

宗次はもう一度、若党に頭を下げて市谷御門を潜った。当代随一の人気浮世絵師であるだけに、この謙虚さが不可欠なのであった。人気を「権威」や「力」であると錯覚すると、たちまちにして天上の神は一罰百戒の断をお下しになる。

市谷御門橋を通り渡った宗次の足は、大外濠川(神田川)に沿うかたちで市谷田町の町人街を左手に見つつ三町ばかり行き、立ち止まって少し顔を上げ目の前の坂道を見つめた。

市谷浄瑠璃坂である。僅かに七年ほど前の冬の寒い夜、宗次がいま佇むこの坂下界隈は、宇都宮藩士たち百余名が相戦って**江戸期最大の私闘**の場となり、血の海と化した場所であった(寛文十二年二月『浄瑠璃坂の敵討』)。

「争いは醜いやな……」

呟いて宗次は浄瑠璃坂へと入っていった。騒乱で衝撃を受けた当時の江戸の様子を、二十歳過ぎであった宗次は思い出しでもしたのであろうか。

宗次が紋善寺の三門の前まで来てみると、北町奉行所の若い同心二人が、出て来るところであった。いずれも宗次とは顔見知りではあったが、とくに親しい間柄というほどでもない。

「や、宗次先生ではありませんか。観世音菩薩の大作、ちゃんと元の場所に納まっているのを、確り（しっか）と再確認してきましたから安心して下さい」

背の低い方の同心が笑顔で言った。宗次が筆頭同心飯田次五郎や紫の房付き十手を持つ春日町の平造親分と懇意にしていることを承知しているからだろう、言葉つきは丁寧だった。

「これは御苦労様でござんす。この度は私（あっし）が苦労して描き上げた絵を凶悪な賊どもから取り戻して下さいやして、この通り心から御礼を申し上げやす」

宗次は両掌（りょうて）が膝頭に触れるまで腰を折った。

「なあに先生、此度（こたび）の大手柄は何と言っても春日町の平造ですよ。侍くずれの賊の頭（かしら）と大乱闘の末、相手の刀を十手で挟み込んでへし折り、投げ飛ばして気絶させたというのですから……」

「へええ……」

宗次は本気で驚いた。町中でばったりと出会ったときの平造親分はそのようなことは、曖にも出さなかった。もっとも、日頃から捕り物や御役目のことを、あれこれと喋りまくる性格ではないことを、宗次はよく知っている。

「だから宗次先生、平造の顔を見たら、ひと声かけて肩でも叩いてやっておくんなさい」

「はい。それはもう……肩を叩くどころか派手にならねえ程度に一杯御馳走させて戴きやす」

「ははは、先生からお呼びが掛かれば平造もきっと喜びましょう。それじゃあ、また……」

「ご免なさいやして」

二人の若い同心の後ろ姿が充分に遠ざかるまで見送ってから、宗次は金堂へ足を向けた。

金堂は、厳重な警戒の中にあった。侵入した盗賊どもは根刮ぎ捕縛されたというのに、同心ひとりと六尺棒や突棒、刺股などを手にした捕り手七人によって、周囲を警備されていた。盗み働きどもの情報というのは、たちまちにして他の同業集団にまで広がってゆく。一つの組織が捕まったなら、必ず別の組織が様子を窺いつつ動き出す。ましてや紋善寺にあるのは、天下の浮世絵師宗次直筆の極彩色の一枚画だ。そのうえ描かれているのが観世音菩薩となると、引く手数多の御宝になることを盗賊どもはよく心得ている。

宗次は警護の同心に挨拶をすませると、金堂の背側に併設されている修行僧の「無明道場」へと入っていった。

「無明道場」の内部では四人の修行僧が宗次の画と向き合って、これもまた六尺棒を手にして直立不動の姿勢だった。二の騒ぎ三の騒ぎが生じる恐れのあることを奉行所役人から告げられでもしたのであろうか、いずれも青ざめた硬い表情だ。

「これは宗次先生……」

宗次の訪れに気付いた修行僧のひとりが声に出し、肩の力を抜いた皆がホッとした様子で宗次に近寄ってきた。

「お疲れ様。観世音菩薩が戻ってきて本当によござんした」

「はい。盗まれたのは番を任されておりました我我修行僧の油断でございました。本当に申し訳ございません」

ひとりが言ったあと、四人の修行僧たちは一斉に頭を下げた。

「なあに。北町奉行所に捕縛された連中ってえのは、江戸城の金蔵にだって忍び込める凄腕の集団とからしいですから、御坊たちの油断が原因などとは思っちゃあいません。余りご自分を責めないようになさいやし」

「江戸城の金蔵に忍び込めるほどの凄腕集団でしたので？」

小柄な僧が目を丸くして、再び不安気に顔色を失った。僧たちの気分を少しでもやわらげようとして宗次が色付けした「……江戸城の金蔵にだって忍び込める凄腕……」であったが、かえって僧たちの不安を煽ったのかも知れなかった。

宗次はちょっと苦笑気味に付け足した。

「大丈夫でござんす。二度と同じ事件は、この紋善寺では起きやしやせん。大丈夫、ご安心なさいやして」

その言葉に頷いて、生唾をのみ込む僧たちであった。

宗次は、やわらかな口調で修行僧たちに伝えた。

「私はこれより、絵筆の遅れている阿修羅大王について、この『無明道場』で暫くの間、ひとりで思案させて戴きたいと考えておりやす。覚念和尚へは、私の方からその旨申し上げた方が宜しゅうございんすか？」

「あ、滅相もございません宗次先生。それでは我我は道場の外にて張り番に付いておりますから、何ぞ御用があればいつでも、お声をお掛け下さい」

小柄な僧がそう言って、皆に対し目で促してみせた。

「有り難うございやす。それじゃあ只今から、この場で『思案の座禅』に入らせて戴きやす」

「宜しゅうお願い致します先生」

修行僧たちはお互いに頷きを交わし合うや、そそくさと道場の外へと出ていった。

「無明道場」が、いや、金堂がたちまちのうち静寂に包まれ出した。

だが、「思案の座禅」に入った宗次は直ちには、想念の世界へと己れを誘ってはいけなかった。宗次ほどの剣客がである。打ち沈む美雪の姿が、菊乃の言葉が、そして廣澤和之進の形相が、脳裏に浮かんだり消えたりを繰り返した。

（和之進の美雪様に対する未練は、本気以上に本気だ。あの激情は容易には消えまい。いま幕府を覆う難題と向き合っている西条山城守様の、さらなる問題とならなければよいのだが……さあ、どうする浮世絵師宗次よ）

宗次は己れに語りかけ、そして浅い溜息を吐いて腕組をし「無明道場」の天井を仰いだ。

（和之進は、山城守様が幕府の問題に全霊で打ち込まんとする立場におられることを、案外把握しているのかも知れない。その多忙な山城守様のスキを突くようにして美雪様を力任せに廣澤家へ引き戻そうとしているのかも……そうなると、美雪様の現在を守ろうと立ちはだかる菊乃さんの命が危ない。あの男は必ず激情に任せて抜刀する）

そう考えて宗次はキリッと奥歯を噛み鳴らした。宗次がこれほどの焦燥感に見舞われるのは珍しいことだった。それほど宗次としては、刀を手に廣澤和之進と勝敗など決したくないのであった。

性格がどうであろうと、美雪のかつての夫なのだ。

背中の方で微かにカチッと音がした。無明道場の出入口の大扉を誰かが遠慮がちに開けた音と判って、宗次はそれまでの〃疎かに出来ない雑念〃を、思考の奥深くに仕舞い込んだ。

足音が静かに近付いてくる。覚念和尚だな、と宗次には判った。

「少しお邪魔して宜しいかな宗次殿」

宗次は座禅の姿勢のまま、くるりと向きを変えて正座に変えた。

「宜しゅうございやしたねえ和尚様。此度は春日町の平造親分が賊の頭を大乱闘の末に捕えるなど、大手柄だったそうでござんすよ」

「はい。北町の御役人からも寺社奉行からも、そのように聞いております。ここへ訪れた時の平造親分は自分ではそのようなことは一言も言わなんだがのう。立派な親分じゃ。それにしても、嬉しいことじゃ。宗次殿には本当に心配を掛けてしもうた。申し訳なかったのう。許して下されや」

「何を仰いやす。悪いのは凶賊ども。和尚様に責めがある訳じゃあござんせん」

「宗次殿にそう言って貰えると、この老体もいささか気持が晴れまする。本当にすまなんだ」

「最近知り合(お)うた間柄でもありやせんし、お止しなせえまし和尚様。詫びなきゃあならねえのは、むしろ私(あつし)の方でございやすよ。阿修羅大王を描き上げるのがお約束よりも随分と遅れてしまいやした。そのため私(あつし)が昼夜(ちゅうや)を問わず自分の都合で此処へ訪れるため、道場の警備を任された若い修行僧の皆さんの心身に大変なご負担を掛けてしまいやした」

「だからと言うて、それがため凶賊に侵入されるスキを拵えてしもうた理由などにはなりませぬぞ宗次殿」

「ええ、まあ、修行の心構えという点では、そうかも知れやせんが、こうして観世音菩薩様が無事に戻ってこられやしたので、むしろ年若い僧の皆さんを元気付けてやっておくんなさいやし。それから阿修羅大王ですが和尚様、向こう十日の内には必ず……」

「いやいや宗次殿。天下一と評されている宗次殿の目がまわるような忙しさはよく存じておる拙僧じゃ。阿修羅大王の完成は来年**春の浄瑠璃祭り**までで結構じゃ。それが叶わぬならば**秋の当寺大霊祭**でも構いませぬ。いいものを描くには充分な刻(とき)が要りましょう。そうして下され、そうして下され宗次殿……のう。慌てずゆっくり、ゆったりと」

「それで宜しゅうございましょうか。本心を申し上げれば大層たすかりやしてございます」

「では決まりましたな」

覚念和尚はにっこりとすると、並ぶ者なき才を秘めたる目の前の若い人物に対して、丁重に頭を下げてからゆっくりとした足取りで離れていった。大寺院・白山宗関東総本山紋善寺法主（ほうしゅ）覚念の、謙虚な姿であった。これほど巨大寺院の長でありながら、己れの地位を背にしての偉ぶるところが全くない。

むろん宗次も、離れてゆく覚念和尚の後ろ姿に対して、静かに頭（こうべ）を垂れた。まさに大僧侶は偉大なる芸術家を知り、大芸術家は偉大なる僧侶を知る、であった。

**知る者は言わず、言う者は知らず、**の精神がこの二人の間には確りと流れていた。

# 三十二

宗次が紋善寺金堂を出たのは、宵(よい)五ツ戌(いぬ)ノ刻（午後八時）頃であった。

月も星も出ていて、夜空には雲一つ無いというのに、浄瑠璃坂を下っている途中で、霧雨と言ってもよい細かい雨が降り始めた。着ているものが濡れるのを心配するほどの降りではなかったので、宗次は気にもせず沈んだ重い気分で歩いた。阿修羅大王は頭の中でかなり形相がはっきりと仕出していたから、その点ではホッとしたものを感じている。

しかし脳裏には、依然として廣澤和之進の不快な存在があった。

紋善寺では塩味が旨かった海苔(のり)で巻いた握り飯が三つに、豆腐を浮かべた味噌汁と茄子の漬物を出してくれたから、腹は空いていないし、脳裏の不快な奴のせいで、そこいらで一杯ひっかけたいという気も起こっていなかった。

浄瑠璃坂を下り切ると細かい雨はふっと止(や)み、大外濠川（神田川）に沿って水道橋(すいどうばし)方向へ下り始めるとまた降り出した。だが、矢張り夜空には月も星も出ていて、漂う雲一つ無い。

宗次の足は、八軒長屋へと向かっていた。いまいる場所から八軒長屋のある鎌倉河岸(かまくらがし)に最も便利な橋は、和泉橋(いずみばし)である。その橋を渡る積もりでいる。まだ、かなり先だ。

脳裏の廣澤和之進は容易には消えなかった。睨みつけるかのような鋭い目つきが、ひときわ鮮明な存在であった。顔つきは今にも大声を発しそうだ。

「嫌な月夜の狐(きつね)の嫁入りだあな」

宗次は呟いて、足を止めることもなく夜空を仰いだ。日中なら当たり前の狐の嫁入りだが、雲一つ無い月夜だけに不気味な何かを宗次は覚えているのであろうか。

通りに人の往き来は既になくなっていた。

夜空に月と星は浮かんでいるとは言っても、なんだか嫌な雨が霧のように降っている。

こういう夜を江戸っ子たちは〝辻斬りの夜〟とかと恐れて敬遠しがちだ。出歩かない。

丑三つ時と称する深夜よりもむしろ、今の頃合の方が、俠気旺盛で女好き酒好きな一杯機嫌の若侍や町奴、商家の若旦那などが平気でふらふらと出歩いている。本気で辻斬りをやる積もりの凄腕は、そういった俠気旺盛で女好き酒好きなふらふら野郎を、狙い打ちする。もっとも、うっかり宗次を相手にするようなことにでもなれば、それこそ深刻な事態が待ち構えることになる。

宗次は歩みを、ふっとした感じで緩め空を仰いだ。通りの直ぐ左側には大がかりな造成地があって大八車や土木工事の用具などが数か所にきちんと集めて保管されていた。植樹も進められているが造成地全体が整った美しい林を見せるようになるまでには、まだ三年や四年は掛かりそうな具合だった。それほど広大な場所が現在、日中に大勢の人夫たちによって諸工事が進められていた。実は、忍岡（上野山）に屋敷を置く江戸幕府の儒官・林家（林羅山と称するが、羅山は儒学者としての号）の家塾を起こりとする孔子廟（孔子は儒教の祖）が、幕命によって湯島一丁目の西側へ移されることとなり、そのための諸工事が進められているのだった（造成および移築完成は元禄三年・一六九〇。現、湯島聖堂）。

夜空を仰ぐ宗次の顔を、霧雨が遠慮がちに撫でていた。その宗次が、まるで疲労し切ったかのような吐息を、そっと吐いた。

宗次が佇む右手前方、間近なところに昌平橋、そしてその先に筋違御門が見えている。

宗次が渡る予定をしていた和泉橋は、筋違御門より四町ばかり先だが、通りが前方を塞ぐかたちで曲がっているため、宗次の佇む位置からはまだ見えない。

と、その宗次がまるで何かを感じ取ったかのように、やりきれないような表情で再び小さな溜息を吐いた。そして、舌を小さく打ち鳴らす。

夜空を仰いで月明りを浴びていた端整な顔が諦めたようにすうっと力を無くしてゆき、自分の足元へと視線を落とした。いや、振り向かざるを得なくなったために視線を落とした、と言い改めるべきかも知れない。

そして、振り向いた宗次の目の前、僅か三間ばかりのところに、そいつは立っていた。宗次が今、最も出会いたくない相手、譜代四万石田賀藩の名家で知られる「御中老」六百石、廣澤家の当主和之進だった。

「貴様……」

和之進は先ずそう吐いて、二、三歩宗次に詰め寄った。宗次は黙って相手を見つめるだけだった。口にすべき言葉を見つけるのさえ面倒な気分になっていた。表情がそう物語っている。

「貴様、筆頭大番頭の西条家へ何用があって訪ねていたのだ。嘘偽りなく正直に答えよ。少しくらい人気がある浮世絵師かどうかは知らぬが、武士に対して偽りを申すことはならぬぞ。さ、申せ。西条家へ何用があって出向いていたのだ」

なんと早くも刀の柄に手をやって、更に一歩をぐいっと迫る廣澤和之進だった。月明りを浴びた顔は蒼白だ。

が、宗次は黙って静かな眼差しで相手を見つめた。西条家を辞して暫く行った辺りから、実は和之進の尾行に訳も無く気付いていた宗次であった。滑稽なほど本人がこそこそと〝見え隠れ〟していたことも。

「何を黙っている。絵仕事を頼まれて已む無く西条家を訪れたのか。それとも我が妻美雪に対し何ぞ用があって訪ねていたのか。さ、正直に答えよ」

「……」

「おのれ無礼な奴。たかが町人浮世絵師ごときが、譜代田賀藩『御中老』六百石の地位にあるこの廣澤和之進に対し、何という横柄な態度を取りやがる。胸糞が悪い奴だ。斬り捨てられるのを覚悟で、だんまりを押し通そうと言うのか、おい」

「……」

「さては我が妻美雪に対し、邪なる想いを遂げようとして半ば強引に西条家を訪ねたのであろう。おのれと美雪とは、一体どのような間柄なのか。美雪はお前のことをよく知っているのか、それとも知らぬのか。さ、正直に言ってしまえ。言うのだ。言え。若し深く反省し、今日を境にして二度と西条家には、いや、美雪には近付かぬと誓約するならば、許してやらぬでもない。おい、聞いているのか」

宗次は、ふうっと大きな息を夜空に向かって吐いた。藩・御中老の廣澤和之進は余程、自分は偉い人間、すぐれた人物と思い込んでいるようだった。宗次に対し、徹底して〝上から目線〟の態度である。こういう人物に限って〝人間としての中味がカラ〟な場合が多いことを、宗次はこれまでの経験からよく知っている。

「お前さん……」

宗次が遂に口を開いた。しかも、お前さん、だった。その程度の値打ちしかない奴、とでも思ったのであろう。つまり、腹に据えかねたのだ。常に「町人浮世絵師」という謙虚な立場を崩したことがない宗次にしては、藩重臣の家柄の武士に対し、ちょっと珍しい態度であった。穏やかな口調だが、鋭い〝お前さん〟だ。

この、お前さん、は利いた。和之進のそれまでの饒舌が影を潜め、目の凄みを増幅させた。それはそうであろう、俺は偉い、俺は格別と思いこんでいた自分が、町人浮世絵師〝ごとき〟に「お前さん」呼ばわりされたのだ。

宗次は言った。

「よござんす。一度だけ相手をさせて戴きやしょう。それで懲りておくんない。二度とこの宗次の面前には現われねえと……判りやしたね『御中老』殿」

言い終えて宗次は、大外濠川の縁へと横滑りに動いた。まさに横滑り、と和之進の目には映った。打貫流剣術を極め且つ示現流をも心得る剣客である。月明りの下なめらかに横へと移動した宗次の足さばきを、普通ではない、と捉える力ぐらいの持主ではある。

「貴様……一体……」

何者なのか、とまではさすがに口には出さず、大外濠川を背にして立った宗次に和之進は迫った。

二人の対決をまるで見守ろうとでもするかのように、霧雨が止んだ。

「遠慮は要りやせん。さ、来なせえ」

力みもせずに言って、ただ突っ立っているだけの宗次だった。すると、凄い目つきのまま和之進は、せせら笑った。

「近頃目立っている、武士を三一呼ばわりする町人の糞度胸という奴か。ふん、生意気な。素手の町人の素っ首を斬り落とすのは忍びない。これを貸してやろう」

大刀の柄に触れていた和之進の手が小刀の柄へ移りかけたとき、宗次が顔の前で手を小さく横に振った。

「そんなもなあ、要りやせんや。いいから、さっさと立ち向かって来なせえ、さっさと」

「な、なにいっ……」

和之進の誇りが破れ散った。町人浮世絵師〝ごとき〟に言われた「さっさと立ち向かって来なせえ」である。和之進の怒りは一気に激しく沸騰した。沸騰させるために宗次が敢えて放った〝言葉の槍〟だった。もう少し踏みこんで言えば、和之進の命を奪わないために用いた〝言葉の槍〟であった。それほど宗次は、美雪が一時にしろ本気で愛したかも知れぬかつての夫とは干戈を交えてはならぬ、と自分を戒めていた。だが、和之進の怒りは煮えたぎった。

その煮えたぎる怒りを、宗次は待っていた。修行の浅い剣客ならば、たとえ皆伝を与えられていたとしてもスキが生まれる。精神修行の面で皆伝の域に達していない証だ。事実、剣術道場が増えつつある江戸では、一部においてではあるが、旗本に金を積まれて免許を授けるところがあるとか言う。

宗次は、強いて言えば「無風の態」で和之進と向き合って立っていた。これは「無力の態」とも称して、無腰で敵と対する場合の揚真流の心の構えの一つであった。

和之進は舌を打ち鳴らした。この時点で和之進の「憤怒（ふんぬ）」は、己れの肉体から遊離して宗次へと突進していた。敵の肉体なき憤怒を読み切って待ち構えていた宗次の右足が前へ踏み出して腰が沈みながら回転した。まるでその腰の動きに吸い込まれるかのようにして、和之進の肉体と剣が一体となって宗次に激突した。まさにそれは、激突という表現以外では言い表せそうにない、凄まじい打ち込みだった。

けれども月下で次の瞬間に生じたのは、信じられないような光景だった。和之進の肉体が伸び切った枯れ木のように宗次の右肩の上で大きな円を描き、背中から大外濠川に向かって落下していったのだ。

しかも和之進は余りにも運が悪かった。ひどい傷みで半ば沈んで動かぬ一葉（いちよう）の扁舟（へんしゅう）の上に、ドンッと大きな音を立てて落下したのである。小舟の縁（へり）が破壊されて和之進の絶叫を巻き込み水面下へと沈んでいった。和之進はむろんのこと、木造である筈の小舟の縁までが、なかなか浮かび上がってこない。

「大丈夫かねえ……」

ちょっと不安そうに呟いてから宗次は歩き出した。表情は、何事もなかったかのようであった。

それにしても二度と宗次の前へは顔出しできないような、無残な和之進の敗れ様だった。打貫流剣術を極め示現流を心得ている筈なのに、まるっきり勝負になっていない。大人と子供の遣り合いだった。

「痛そうな音がしたがねい……」

宗次は歩みを少し緩めて、月を映している川面をまた不安そうに眺めた。

すると、いた。

和之進は向こう岸へと泳ぎ渡ろうとしていた。たいした川幅ではなかったが、辛そうな懸命な泳ぎ方に見える。最近、幕府による大がかりな川底浚いがあって、深さがかなり増していることを知っている宗次だった。

和之進がどうやら対岸に泳ぎ着いた。幸いなことに、こちら岸には無い船着き場が対岸にはあった。今世における「対岸」の様子について少し述べてみると、明暦三年（一六五七）一月十八日に生じた大火（明暦の大火）による大惨事に懲りた江戸幕府は、**筋違御門**より**浅草御門**までの大外濠川沿い凡そ十二町に亘って土手を造り、防火林の考え方で柳を主にして、松なども植え草花なども生殖させた。松は常緑高木で力強く枝を張ることから防火林の考え方には沿うが、柳は上へはよく育っても落葉樹で冬は枝枯れし、火事が多かった江戸の冬、果たして防火林として頷けるのかどうか疑問が残る。しかし、いずれにしろ**筋違御門**から**浅草御門**までの大外濠川右岸（下流に向かって右の岸）は「柳原土手」と呼ばれて柳ほか樹木が立ち並びそれなりの風情があった。今では柳も松もよく育っている。

宗次は和泉橋を渡った。あれで打貫流剣術を極め示現流をも心得ているのかどうか、と宗次は和之進を気の毒に思った。おそらく藩の「御中老」として威風なるものが必要なため、御用剣法家から免許を買ったのではあるまいか、とも取れた。余りに手ごたえの無い相手であったため、不愉快にもならない。

「いずれにしろ……あ奴を斬るようなことにならなくてよかったい」

呟いた宗次は、漸く居酒屋「しのぶ」へ立ち寄る気分になっていた。主人の角之一や女将の美代と明るい話を交わしたかった。

また霧雨が降り出した。気まぐれな雨を宗次は、まるで和之進みてえじゃねえか、と思いながら歩みを急がせた。風も少し出はじめていた。

宗次は、美雪がどのような経緯をたどって、あの不快な奴、廣澤和之進の妻となったのか、まだ知らない。また知る積もりもなかった。四万石とはいえ田賀藩は譜代の大名である。したがって広い意味では徳川の一門と称してもよい。また西条家も高位の幕臣であることから、案外に仲立ちする者があったのかも知れない。将軍家のおそばにあって信任極めて厚い西条家であることから、何処ぞの松平一門が仲立ちに動いたことは充分に考えられることである。

この場合、松平一門、田賀藩「御中老」廣澤家の双方に「西条家が万石大名となる可能性は相当に高い」という読みがあったとしても不自然とはならない。おそらく田賀藩の藩主もその計算のもとに積極的に動いたことであろう。

しかし、御三家筆頭尾張藩の現藩主の血を濃く受け継いでおりながら、不運の中にある宗次にとっては、そのような「物語」には殆ど関心はなかった。

ただ、美雪には幸せになって貰いたい、という思いは強い。

帯長屋といわれている長く続く町家に挟まれた小路を小雨に打たれつつ足早に抜けて鎌倉河岸に出た宗次の目に、居酒屋「しのぶ」の赤提灯が映った。

酔い加減の足元で職人風の二人が、「しのぶ」から姿を現わし、宗次に背を向け声高に笑い合って遠ざかってゆく。

宗次は「しのぶ」へと入っていった。珍しく案外と空いているではないか。夜空には月星が浮かんでいるというのに小雨降る嫌な天気だからであろうか。

背に黒く㊤と染め抜いた白い法被の職人風が三人と、別に浪人態が小上がりに一人、それに二畳大ほどの筵を敷き詰めた奥の板間で食事中だった鳥追いの姉妹らしい二人を合わせて客は六人だけだった。ひっそりと呑んでいる職人風三人は山鳶組の鳶職としてこの辺では知られた連中であったから、宗次は軽く手を上げて頷いてみせ、調理場と向き合った席に腰を下ろした。調理場の開口部の端から端にかけて、長さ八尺程度で一尺幅の板を渡した席だった（今でいうカウンター席）。席とはいっても醬油樽をひっくり返したものを並べてあるだけだ。また長さ八尺余と長く渡した薄い板を、主人の角之一も女将の美代も単に「長尺」と呼んでいる。

「親爺、置いておくぞ。つりはいらん」

浪人態が小上がりに設けられている塗りの剝げた古い高脚膳（後の猫足膳に似る）をバチッと銭で鳴らして腰を上げた。

「いつも有り難うございます旦那様。どうぞまたお越しになって下さいまし」

女将の美代が表口の外まで猫なで声で見送り、主人(あるじ)の角之一が「毎度どうも……」と威勢よく送り声を掛けつつ、宗次と向き合う位置にやってきた。

その角之一が「長尺」に両肘をついた姿勢で宗次に顔を近付けて声をひそめた。

「つい先程よ、『魚清(うおせい)』の矢助爺(やすけと)っつぁんが目の下一尺五寸はある新鮮なのを届けてくれたんでい。捌(さば)くかえ?」

「お、『魚清』と言やあ鯛(てえ)じゃあねえか。それに鯛(てえ)と言やあ矢助爺っつぁんだい。ピリッとくる山葵(わさび)を摺(す)り下ろして、どおーんと出しておくんない」

目を細めて宗次も小声で返した。

角之一が「よっしゃ」と宗次から勢いよく離れる。

「魚清」は鮮魚商として、江戸橋(えどばし)南詰になかなか結構な大店(おおだな)を構えて、幾人もの人を使っていた。

創業者は矢助爺っつぁんであったが、今では長男の矢次郎(やじろう)に商いを任せて隠居の身である。

けれどもこれ迄の自分を鮮魚商として育て支えてくれた特に大事な得意先に対しては、長男の矢次郎が「老いた体に悪いから」と止めるのも聞かず、鮮魚をいれた丸い平桶を天秤棒の両端に下げて今も訪ねることを忘れない。その大恩ある得意先の中でも特に爺っつぁんにとって大事なのが、美雪の西条家であった。（祥伝社文庫『夢剣 霞ざくら』）

しかし、若い頃に鮮魚料理で知られた料理屋の板場で修業したことがある矢助爺っつぁんと、居酒屋「しのぶ」の関係は、ちょっと違った。この界隈では広く知られている居酒屋「しのぶ」も、はじめから三、四十人もの客を平気で受け容れる店構えではなかった。実は**居酒屋「しのぶ」物語**は、角之一・美代夫婦の小さな手作りの引き屋台の店物語から始まるのである。

それも、全くはやらない屋台店だった。また場所によっては地回りに呑み代を踏み倒されたり、法外な場代（場所代）を要求されて泣かされたりもした。しかし、はやらなかったり地回りに小馬鹿にされたのは、素人調理で肴などの味つけが、まるでなっていなかったからだった。

あるとき、大事な得意先を回った帰りの矢助爺っつぁんが、はじめてこの夫婦の屋台に、顔を突っ込んだ。

それはまさに運命的な出会いだった。腰を抜かす程の余りの味つけの下手さに、こいつぁ黙って見過ごす訳にはいかねえ、と矢助爺っつぁんは思った。いや、それよりも何よりも、このままだとこの夫婦は今に商売を破綻させ、大川へ身を投じる恐れがある、とすら考えた。

そしていよいよ矢助爺っつぁんの奮闘が開始された。得意先回りの帰りなど、しばしば夫婦の住居（すまい）を訪ねては、おでんの拵え方をはじめとして、魚の種類によっての煮つけの仕方の違い、色色な干物の焼き方、秋冬になってからの魚の捌（さば）き方と刺身としての出し方、薄塩味の干し蛸（だこ）の拵え方などを伝授していった。

こうして屋台から場末の小店（こだな）へ、場末の小店から鎌倉河岸の今の居酒屋「しのぶ」へと商いを広げてこれた角之一と美代であったのだ。因（ちなみ）に、店名「しのぶ」は、矢助爺っつぁんの鮮魚商としての成功を陰で一生懸命に支えてきて心の臓の病で急死した女房、忍（しのぶ）からきていた。是非に、と角之一・美代の夫婦が矢助爺っつぁんに頼み込んだのだ。

「いらっしゃい宗次先生……」

浪人態を見送った美代が調理場に戻って宗次に笑顔を向けてから、庖丁を手にしている角之一の背に向かって「あんた、お武家様の伝言を先生に伝えた？」と、囁き声を掛けた。

「あ、いけねえ。矢助爺っつぁんの鯛(てぇ)の話を先出ししたんで、忘れちまったい」

「駄目じゃないのさ。大事な頼みだから忘れないように頼む、と念押しされたのにさあ」

「うっかりだい。申し訳ねえ」

「私(あたし)が先生に言っとくから、間違って指を切らないでおくんなさいよ」

ほんとにもう、という表情を拵えて宗次に向き直る美代だった。このとき既に宗次は、美代の口から出た「……お武家様……」とはおそらく、「しきぶ」という姓だけを花屋敷とかで知った〝あの若様〟であろう、と想像できていた。

「でね、先生、ほら……」

美代が小上がりの席を指差してみせた。矢張りそうだった。その小上がりは、狆を抱いた吾子と「しきぶ」なる侍との三人で談笑した席だった。

「矢張り訪ねて来られたかえ、あの時の印象のいいお侍さん……」

「そうなのさあ。印象とかがいいだけじゃあなくて、なかなか凛凛しいお侍さんだねえ。また名前もご立派で思わず頭が下がっちまったよう先生」

「そうか、名乗ったんだな、あのお侍さん」

「私は先日この店で楽しませて貰った式部蔵人光芳だが、と響きのいい声で名乗られてねえ。この書状を先生になるべく早くお渡ししてほしいと申されて……」

美代はそう言うと、胸元から二つ折りの紙片を取り出した。美代が口にした、書状という程のものではなかった。二つ折りの表側、裏側には何も書かれていない。

宗次は、既に美代も開いて見たに相違ないその二つ折りを、そっと開いた。思わず表情が改まった。見事な達筆ではあったが、さらさらと軽く筆を走らせた、いわゆる走り書きだ。にもかかわらず風格に満ちた堂堂たる美しい書体である。

内容は簡潔そのものだ。

**三日後の巳（み）ノ刻（午前十時）花屋敷へ是非にもお運びありたい　式部蔵人光芳**

それだけであった。宗次は二つ折りを袂（たもと）に納めつつ美代に訊ねた。

「で、式部様はいつ頃、此処へ見えられたんでい」

「私（あたし）が赤提灯を軒下へ吊り下げようとしたところへ見えられたから、申（さる）ノ刻（午後四時）頃かしらねえ」

「で、少しは呑んでから帰られたのかえ」

「どうぞお休みになって下さいまし、とお誘いしたんだけどさあ。黙ってにっこりとしてそのままお帰りになりましたさ」

「そうかえ。此処でお会いして、またあの小上がりで盃を交わしたかったねい」

〝あの小上がり〟を眺めつつ、本心から出た宗次の言葉であった。

# 三十三

花屋敷で留吉とフサを話し相手に、夕餉を肴に三合ばかりの酒を楽しんだ蔵人が傘を手に、お玉ヶ池の道場屋敷へと向かったのは宵五ツ（午後五時）過ぎの頃だった。必ずしも一斉にという訳ではないが、江戸市中の旗本屋敷は宵五ツには表御門を閉じる習わしだ。もっとも、御門の両脇もしくは片側に小窓つきの番所を備えた大身の武家屋敷は、刻を問わずに表御門は確りと閉じられている。番所には門番の小者とか中間などが詰めており、いつでも御門や潜り戸を開閉できるからだ。

「宗次は来てくれるかのう」

呟いて、小雨降る月夜の空を仰いだ蔵人だった。宗次という名は、居酒屋「しのぶ」の女将美代から教わったものだ。二つ折りの走り書きを美代に手渡す際、こちらから訊ねたものである。何をして食いつないでいるのかという点については「……色色な親方なんぞに頼み込んで、その半端仕事の手伝いをさせて貰っている遊び人……」という意味のことを既に聞いていたから、改めて訊ねはしなかった。

「しかし……あの宗次……」

どうも只者ではない、という気がしないでもない蔵人だった。この思いは居酒屋「しのぶ」で盃を交わしたときから、蔵人の胸の内にあった。ぐい呑み盃へなみなみと注いでやったにもかかわらず、一滴もこぼすことなく、すうっと口元へ盃を運んだあの一瞬のあざやかな呼吸。蔵人はその呼吸を、剣の極意に似たる呼吸、と捉えていた。

「いや……考え過ぎかも知れぬな……うん、あの男、真にさわやかなる町人よ」

わだかまりを否定するかのように、小さく頭を振った蔵人だった。あまり露骨に胡乱な眺め方をしていると宗次は離れてゆきかねない、と心配することも蔵人は決して忘れてはいなかった。宗次には何でも語れそうだという気も、し始めていた。蔵人をその気にさせたのは「母親の温かみも優しさも、私は知りやせん。素晴らしい母上様に恵まれていらっしゃいやす若様が羨ましく思いやす……」という花屋敷における宗次の言葉だった。

小雨が少し強まったが、月明りは相変わらず皓皓として明るく、散らばる星の屑も鮮明この上もなかった。遠雷の響きも、夜風吹く音も、野良犬の遠吠えも無かった。

蔵人は辻を左へと折れた。その足が、ふっと止まる。前方に窺える我が道場屋敷の正門前に立つ、二人の武士の姿があった。いずれも傘を差しており、したがって傘の下の暗がりで隠されたる二人の面貌は明らかではない。

蔵人を認めて二人の侍は、軽くではあったが丁重さを見せて頭を下げた。

蔵人は二人に近付いていった。そして横に並んだ二人と一人が正門の前で向き合ったとき、蔵人の背の遥か遠方で、一条の稲妻が斜めに走って、その青白い閃光を浴びた二人の侍の面貌が明らかとなった。

年齢の頃は共に三十前後、目つきはやや鋭いが文武の研鑽を充分に積んできたと窺えるような面立ちであった。裏の無い風貌とでも言うのであろうか。

「この雨の中、私を待っていてくれていたのか」

「はい。お母上様より御居間にて待つように勧められましたが、今宵は短い御用をお伝えするのみで済みまするゆえ、こうして御門前にてお待ち致しておりました」

身の丈五尺八寸近くあろうかと思える偉丈夫が、野太く低い声で淀みなく言った。

「左様か。で、私に伝えるべき短い用と申すのは？」

「我等二名、明日より式部様と行動を共に致し、ご大老酒井様の政治の大障害となるやも知れぬ例の〝不埒なる奴〟の発見に全力を注ぎ、式部様と共に、これを討ち果たしまする」

「ふっ……私の動き様が遅いと判断なされて、〝三番位様〟は痺れをお切らせでもなされたか」

蔵人の口元が少し苦笑を覗かせた。

「あ、いえ、決してそのような訳では……あくまで我等の頭領貫鬼様の御指示でございまする」

〝三番位様〟の関与を否定する侍の口調は、落ち着いていた。蔵人と合わせた目を、そらそうとはしない。

蔵人が口から出した三番位様とは、上野国厩橋藩酒井家三番位江戸家老のことで、坂脇修右衛門忠安を指していた。

蔵人は、「うむ」と頷いたのち、付け足した。べつに不快そうな顔つきでもなかった。

「承知した。では明朝より行動を共に致そうか。朝五ツ半（午前九時）頃にでも訪ねて参られたい」

「はっ。ご承知下さり有り難うございまする。それでは我我はこれで……」

「あ、暫し待て。三日後だがな、巳ノ刻（午前十時）過ぎより母の華道塾があって、私の大事な友が授業を見に訪れる。これには御主たち二人も付き合うて貰いたい。異存あるまいな」

「畏まりました。お母上様の華道塾は藩でも有名。喜んで末席に着かせて戴きまする。いつも確か花屋敷において教授なされていると、うかがっておりまするが」

「左様、それゆえ御主たちは当日花屋敷の方へ直接見えられたい。授業は午前の内に終わり、そのあと粗飯が振る舞われるゆえ、母を交えて五人で楽しもうではないか」

「式部様。五人と申されますると、当日見えられます式部様のご友人も参加なされますのですな。いや、あの、念を押したまででございます。それでは我等二人、なるたけ冗舌を控えまするゆえ、お含み下され」

「判った」

「それではこれで失礼いたしまする」

月明りの降る小雨の中を蔵人に背を向けて離れていったのは、幕府の、というよりはご大老酒井雅楽頭忠清直属とさえ言える「白夜」の頭領、貫鬼四郎五郎高房三十六歳の配下にある手練中の手練、前田斬次郎と横者強之介の二人であった。

蔵人は凄腕で知られる二人の後ろ姿が彼方の暗がりに吸い込まれるようにして消えるのを、身じろぎもせずに見送った。それはまるで、二人の全てについて信じ切れないでいるような、異様に長い見送りだった。いや、見送りというよりは、変な行動に移りはしないか、と警戒しているかのような。

「チッ……気に入らぬ」

おおよそ似つかわしくない微かな舌打ちを漏らして、蔵人は御門へと近付いていった。

夜烏（よがらす）が何処ぞで嫌な鳴き声を放った。

## 三十四

「ただいま戻りました。入って宜しゅうございますか母上」

「お帰りなさい、どうぞ……」

蔵人は静かに障子を開けて、母豊美（とよみ）の居間へと入った。手前が床の間（とこのま）付きの十畳、四枚襖で仕切られた次の間（ま）が十二畳という二間続きだった。奥の座敷は寝間として用いられている。

手前の居間には大きな文机（ふづくえ）が、中庭に面した有楽窓（うらくまど）に接するかたちで備えられていた。

その文机の上に広げた二尺四方くらいの白い和紙の上に、豊美はいま筆を手にして、墨絵を描いているところだった。

「あと少しで終わります。傍に来て眺めていなされ」

「はい」

蔵人は母に言われるまま文机の脇に正座をして、母の筆運びを熟と見つめた。

母豊美が、三日後に教授する花の新しい「活け方」を墨絵に表そうとしているのだ、と理解できる蔵人であった。

淀みのない豊美のさらさらとした筆運びだった。墨一色の絵であるから、何の花が描かれてあるのか見る側には判らない。豊美はこの墨絵を花屋敷の教場の壁に貼り、門下生たちはこの墨絵を自分の感性で自由に捉え、そして花を「活けて」ゆくのだった。

当日は教場に、季節の色色な花が豊かに用意されている。その中から門下生たちは自由に選んでゆくのだ。「活け方」も必ずしも墨絵通りでなくともよいが、豊美の墨絵と全くかたちの違った「活け方」をした門下生に対しては、師の鋭い質問がやさしい言葉づかいで飛んでくる。したがって自分のしっかりとした考え方とか思想で「活ける」ことが求められた。

「出来ました」

豊美が筆を置いて、蔵人と顔を合わせ微笑んだ。若い頃はさぞや、と思わせる整った目鼻立ちの豊美だった。

「なかなか素晴らしい絵ですね母上。私の目には菊を主体として描いたように見えますが、しかし、いざ『活ける』となると大変難しそうです」

「蔵人にはそのように見えますか」

豊美はそう言うと、思い出したように、もう一度筆を取って紙の上に滑らせた。一気にだ。

**心あてに折らばや折らむ初霜の置きまどはせる白菊の花**

醍醐天皇（仁和元年・八八五〜延長八年・九三〇）の詔により撰ばれた最初の勅撰和歌集として知られる「古今和歌集巻五の秋の歌」の一首であると蔵人には判って、目を細め頷いてみせた。作者は、撰者の一人でもあり代表的歌人でもある凡河内躬恒だと承知してもいる。

撰者は、紀友則、紀貫之、凡河内躬恒、壬生忠岑の四人で、事実上の編纂長は途中で亡くなった紀友則の後を継いだ紀貫之と伝えられており、小野小町、在原業平（ありわらのなりひら）らもこの和歌集の代表的歌人に数えられていた。

「凡河内躬恒のその歌も、当日の授業の課題となるのですね母上」

「そうですよ……ところで蔵人」

文机に向いていた姿勢を、蔵人の方へと改めた豊美の表情が少し厳しくなった。

母の言葉を待たずに蔵人が先に口を開いた。

「私を訪ねて訪れた前田斬次郎、横者強之介二人のことでございまするな」

「はじめ佐代（さよ）が応対していたのじゃが、身形（みなり）正しく礼儀作法をきちんと心得ていなさるにもかかわらず身分素姓についてだけは明らかになされないと言うので、代わって私が直接に会う（お）て蔵人への用件を質しましたが……」

「はい、母上。実はその二人は私の帰りを小雨降るなか表門の前で待ってくれておりました」

「なんと、待っておられましたのか」

少し驚く様子を見せた母に対し、蔵人はなるだけ穏やかな調子で、差し支えない部分だけを打ち明けた。

「ですから明朝より二人は五ツ半頃に、私を迎えに屋敷を訪れます。私と三人で上から命ぜられた御役目に就くために暫く忙しくなりますが、定められた公務に就くだけでありますからご安堵なさいますよう」

「判りました。御役目は大事ですから、遺漏なきようお励みなされ。武士たる者は上からの指示命令には忠実でなければなりませぬぞ。この式部家のためにも忘れてはならぬ事じゃ」

「心得ております」

「前田殿、横者殿のお二人も三日後の華道の授業を参観なさることについては承知しました。じゃが蔵人、其方から先に聞いておった気性のよい町人の参観じゃが、当日は何事についても前田殿、横者殿お二人と分け隔てなく扱うて宜しいのじゃな。茶道の席も華道の席も、その席に列する限りにおいては、身分の上下なしが古よりの習わしじゃ」

「もちろん分け隔てなし、で結構でございます。また、三名に関しましては私が確りと責任を持ちます」

「それならば母として申すことは何もありません。当日ゆったりと参観して戴けるよう、其方が細かい配慮を欠かさぬように致しなされ。宜しいですね」

「承知いたしました」

蔵人は母の居間から退がった。

ちょうどこの刻限、地響きを立てるような急迫事態が、老中堀田備中守正俊の屋敷で生じようとしていた。それは二日に亘って色色と話し合った筆頭大番頭西条山城守貞頼と警護の供侍たちを玄関式台まで見送って、間もなくのことであった。

備中守は居間の広縁に出て小膳の前にひとり座り、小雨降るなか夜空に皓皓と輝く月を、満足な気分で眺め眺めひとり酒をたしなんでいた。今宵、山城守を相手に呑んだ酒の量は二合ばかりであったから、ちょうどよい気分になっている。

老中のなかで宮将軍招聘にたったひとり反対する備中守は、山城守との二日に亘る打ち合わせによって、「阻止できる」という確かな手ごたえを感じていた。

山城守の徳川を敬う確かな言葉と態度から、大番はもとより、書院番、小姓組番、小十人組、新番の番方五番勢力二千数百名は、決して自分に背くことはない、と最終的な確認に至ったのだ。

（新将軍の体制が整った暁には、西条家は大きく取り立ててやらねばならぬ）

備中守は、そう思った。しかし胸の奥の方には、現在の強大な政治権力に対する不安が、ずっしりとした重さで沈んでいた。やるかやられるか、よりも少しの油断で倒されるのは自分の方であろう、と備中守は恐れている。たとえ徳川将軍家の近衛武団である番方五番勢力が自分側に付いてくれていたとしても、大老酒井雅楽頭忠清の政治的腕力は怒濤の如く攻め込んでくる勢いを充分に持っている、と眺めている。

小膳の上の徳利を手にした備中守の表情が、「お……」となった。空になっていた。

「これ、五月。あと一本持って参れ。それで仕舞いと致そう」

備中守が徳利を小膳に戻しながら言うと、居間に接する腰元の控えの間で、

「承知いたしました」と澄んだ女の声があった。

静寂が戻った。澄んだ声の主は、広縁へは出てこない。恐らく控えの間の反

対側の廊下へと出たのであろう。

「ん？……止んだか」

備中守は夜空を仰いだ。小雨はどうやら止んだようであった。いつ、どこから流されてきたのか、瓢簞に似たかたちの大きな雲が月へと近寄ってゆく。一陣の風が庭を吹き抜けて木立がザアッとうるさく騒いだが直ぐに静かになった。が、庭の三か所に設えられてあった大きな石灯籠の蠟燭の明りが吹き消されていた。

雲が月に触れて、地上の闇が水の染み出す様に似てゆっくりと広がってゆくなか、広縁の向こう角に徳利を小盆に載せた腰元五月が姿を現わした。

「石灯籠の明りが消えてございます。いま点して参りまする」

腰元五月がうやうやしく小盆を備中守の前に置いて言った。備中守の手がついている二十五になる腰元であった。美しく、しとやかである。

「なに、構わぬ。そなたは疲れているであろう。もう休んでよい。ご苦労であった」

「あの……御酒の方は？」

「もう、これでよい。其方は退がって休みなさい」

「はい、それではお言葉に甘えさせて戴きまする」

五月が退がった。備中守と山城守が二人だけで二刻に及ぶ打ち合わせを続けている間、別間で待機していた山城守を警護する供侍たちを、ささやかにもてなしていた若い腰元たちを差配していた五月であった。警護を担う侍たちに対してであるから、酒は一滴たりとも供されていない。

「それにしても、西条山城守を警護する供侍たちの全身に漲る吼えるが如き逞しい凛凛しさは羨ましいばかりじゃ。私がもう少し若ければ自ら木剣を手にして、家臣たちを叱咤錬磨できていたのじゃがのう」

呟いて盃を静かにゆっくりと呷った従四位下・堀田備中守正俊四十五歳であった。宮将軍招聘を進めんとする大老酒井雅楽頭忠清が譜代きっての名門ならば、老中堀田備中守正俊もまた三代将軍（徳川家光）の腹心であった**老中堀田正盛を父**に、江戸幕府最初の大老・**酒井讃岐守忠勝の姫を母にして生まれ**、しかも将軍家光の命によって**外祖母である大奥の最高権力者・春日局の養子とも**なった名家中の名家である。

皮肉なのは、備中守の母の父親である酒井讃岐守忠勝は「雅楽頭酒井家」の出であるということだった。もっともこの時代、血筋だの親族だのは、騒乱鎮静の役にはあまり立たないのが普通だ。

月が雲に隠されて闇がすうっと庭一面に広がり、またしても一陣の風が吹き抜けて木立がざわついた。

そのざわつきが去ったとき、盃を口へ運びかけた備中守が、表情を一瞬止めて思わず盃を小膳に戻した。

「今のは何か?」

備中守は立ち上がると広縁から居間へと戻り、床の間の刀架けに横たわっている大刀をむんずと左の手に取って、広縁に引き返した。微かにではあったが、悲鳴のような声の響きを耳にしたような気がしたのだ。大老勢力と真正面から対決している自分の周囲が昼夜にわたって、忠実な家臣に護られていることは無論承知をしている。闇が広がった広大な庭のそこかしこにも、息を潜めた家臣が忍んでいる筈(はず)であった。筆頭大番頭八千石西条家ほどではないにしろ、堀田家にも武の者(ぶもの)はいる。

「お……」

備中守の右手が左手にする大刀の柄に素早く移った。またしても微かな悲鳴を耳にしたように感じたのだ。今度は「聞こえた」とかなりの確信があった。

「古垣、出て参れ」

備中守は暗い庭に向かって、抑え気味の声を放った。「はっ」とすぐさま応答があって、闇の中をこちらへ駆けてくる者の気配があった。姿は見えない。

備中守は用心のため、鯉口を切って不意の万が一に備えた。

居間から庭先へと洩れている大行灯の明りの中へ、三十五、六と思しき侍が現われて片膝を突き軽く頭を下げた。備中守が信頼する側近の一人だった。

「古垣、いま西門の方角で微かだが、悲鳴があったように思うが……」

「確かにございました。このお庭から離れることをお許し下さるならば見て参りまする」

「よし、見て参れ。油断するなよ」

「承知いたしました」

馬庭念流の達者、古垣三郎之助が脱兎の如く闇の中へと消え去った。

備中守は広縁に突っ立ったまま、忠義の者、古垣三郎之助が戻ってくるのを待った。

だがしかし、なかなか戻ってこない。

「一体何を致しておるのか……」

備中守が、そう古垣の身を案じたときであった。突如(とつじょ)、間近な闇の中で人が倒れたらしいドサッという音がした。

三十五

「どうした。奥園(おくぞの)か、宮野内(みやのうち)か……」

備中守はその辺りの「月下の闇」に潜んでいる筈の、腹心の配下ふたりの名を声を抑えて口から出した。

矢のような速さで一羽の白い大鷹(おおたか)がこちらに向かって来たのは、まさにこの時であった。

まるで「夜の簾(すだれ)」を突き破るかのようにして真っ直ぐに向かって来る。備中守には、そのように見えた。ババババと大羽を打ち震わせるような音も聞こえた。足音か？

「うぬ、来たか謀叛の使者めが」

呟いてギリッと歯を嚙み鳴らすや否や、備中守は月明りに染まる広縁から座敷へと退がりざま、抜刀して鞘を投げ捨てた。

荒れ狂う炎のような凄まじい勢いで、白い大鷹が座敷に雪崩込んでくる。飛び込んで来たのではなかった。雪崩込むとしか言い様のない物凄い、いや、激烈な勢いだった。

備中守は己れの頭上に真っ向から振り下ろされた侵入者の刃を、半ば意識が吹き飛んでしまった状態で受け止めた。相手の姿は全く見えていない。

鋼と鋼の打ち合うガチンという音。それを耳に出来た備中守ではあったが、座敷を一瞬青く染めた程の火花は矢張り全く見えていなかった。かつて味わったことのない恐怖で、目を閉じてしまっていた。それだけでは終わらなかった。打ち下ろされた侵入者の刃の威力は備中守を無残にも横転させていた。

（殺られる……）

その恐怖で逆にくわっと両目を開けた備中守に、「天誅っ」と怒鳴りつけるようにして侵入者は大刀を振りかぶった。備中守の五体はその瞬間、すうっと萎えていった。無様な己れの死に様だけが、稲妻のように脳裏を走った。

だが、である。大刀を振りかぶった侵入者は、その姿勢を更に伸ばして切っ先が今にも天井に触れかかったところで、のけぞり状態となったではないか。

備中守は、我が目を疑った。疑ったが、驚きに囚われている場合ではなかった。手にあった大刀を手放した備中守は、目の前にある侵入者の腰に武者振りついて脇差を奪うや、その切っ先を相手の腹部へとぶっつけた。

そのため備中守は新たな戦慄に見舞われねばならなかった。まるで豆腐に切っ先を突き刺したかのように、脇差はずぶずぶと実に他愛なく鍔まで吸い込まれていった。その余りの他愛なさに背筋を凍らせた備中守は、脇差の柄から手を放すや、両手で侵入者の胸を思い切り押し返した。

腹部に脇差を突き刺された侵入者は備中守を睨みつけたままよろよろと退がり、広縁に背中から崩れていった。鈍い大きな音を立てる広縁。ぐううっと呻き倒れた侵入者の左胸から、細く長い拵えの鏃が皮膚を破って飛び出し、ひと呼吸置いて月明りのなか鮮血が笛を吹いて噴出した。

侵入者は背後から矢を射られ、それがものの見事に左胸に命中していたのであった（備中守の渾身の力で広縁へ仰向けに押し倒されたことにより、鏃が貫通状態となったのだ）。

「よくやった宮野内。でかした……」

備中守は侵入者の足元で仁王立ちとなって、庭の暗がりに向かって叫んだ。

その暗がりから弓矢で武装した若い侍が現われ、「殿、ご無事で……」とかすれ声で言ったかと思うと、がっくりと両膝を折り地面に崩れた。

「どうした宮野内……」

備中守は広縁より庭先へ下り、足袋のまま弓矢の武士に駆け寄った。

「しっかりせい。しっかりせい宮野内」

備中守は月明りを浴びて倒れ小さな痙攣を始めている弓矢の武士を、己れの片膝を使って抱き起こした。備中守をたった一本の矢であざやかに救った、日置流弓道を極めたる宮野内和馬二十七歳は、眉間を割られ顔は血まみれである。

よくぞこれで矢を放てた、と驚くほかない重傷だった。

「殿……殿……手傷は……手傷は……」

「おう、宮野内、其方の矢で、其方の矢で、余は救われたぞ。安心せい」

「よございました……本当に……よござい……」

弓道の若き名人、宮野内和馬の言葉が、そこで途切れ、首がゆっくりと後ろへと反った。

「おのれえっ、よくも大切な我が家臣を……」

備中守は月明りを浴びながら、ぶるぶると唇を震わせた。大老酒井雅楽頭の権力に満ちた顔が、脳裏をかすめていた。

備中守の居間に向けて警衛の視線を集中させていた家臣たちが、このときになって漸く其処彼処の暗がりから姿を現わした。

「誰ぞ、宮野内を鄭重に頼むぞ」

家臣たちに告げて備中守は、身を翻すようにして広縁へと引き返した。

どこから眺めても忍びにしか見えない白装束が、広縁の血の海の中で静かになっていた。覆面から目だけを見せているその両眼は息絶えている己れをまるで恐れでもしているかのように、いっぱいに見開かれている。そして瞳に月を小さく映していた。

と、広縁の向こうから、血相を変えた幾人もの侍に囲まれて、「と、殿……」と白髪侍が力ない足取りでやってきた。その強張った顔が蒼白なのは、月明りの青さのせいばかりではない。

「大丈夫。もう終わったようじゃ」

備中守は、月下の庭先に急速に増え出した家臣の数に、ほっと表情を緩めた。

「な、なんたる奴……殿、お怪我はございませなんだか」

白髪侍——江戸家老・崎山俊之介宗近——が、血の海の中の侵入者と備中守とを見比べ、皺が目立つ青ざめた頰を小刻みに震わせた。

「危うく眉間を割られるところであったが、宮野内和馬の絶命寸前の必死なる一矢が私を救うてくれた。宮野内はこの春に子が生まれたばかりであったな。妻子の行く末を確りと見守ってやらねばならぬ。きちんと頼んだぞ崎山」

そう言いながら宮野内和馬が倒れている所を、指差してみせた備中守だった。

「はい。崎山、承りました。あの笑顔さわやかな宮野内が絶命寸前の一矢で殿を救うてくれましたか……ようやったのう宮野内。そなたの伜は必ずや再び御殿とその御一族の身近にて励ませて戴くことになろうぞ」

同輩たちによっていままさに戸板に載せられようとしている宮野内に対し、江戸家老崎山は合掌して頭を垂れ、傍に控えていた侍たちもそれを見倣った。

備中守は黙って血の海の中の侵入者を睨みつけるばかりであった。

合掌を終えた江戸家老崎山が備中守へ姿勢を改めてから、「こ奴一体何者……」と血の海に用心しつつ侵入者の骸の脇に腰を下ろした。

備中守が重重しい口調で言った。

「相当な剣の達者であったわ。若い頃に念流の修行をそこそこ積んだ私も、一撃で横転させられてしもうた。私に剣の心得が全く無かったなら、今頃はあの世へと旅立っていたであろう」

「背すじが寒くなるお言葉でございまする。この年寄りの頭がくらくら致しまする」

「其方、風邪熱で臥せっていたのではないのか。年寄りの無理は後になってこたえると言うぞ。直ぐに寝床へ戻って体を休めるがよい。直ぐに、そう致せ」

「めっそうもございませぬ。風邪熱など吹き飛んでしまいましてございまする。それよりも殿……」

そこで言葉を切った江戸家老崎山は、腰を下ろしたままの姿勢で備中守を仰ぎ許しを乞うた。

「こ奴の覆面をこの崎山の手で剝ぎ取り面体を改めたく思いまするが……」

「本当に風邪の方は大丈夫なのか」

「大丈夫でございまする。では、この老人の手で面体を改めてみまする」

備中守の「よし……」を待たずに、崎山の手が侵入者の覆面に伸びた。

備中守が月下の庭を警戒している大勢の家臣たちに向かって命じた。

「ご苦労じゃが皆の者は持ち場に戻るがよい。見たところ近習の奥園と古垣の姿が見当たらぬようじゃ。油断せぬよう安否の確認を急げ」

「はっ」

と、大勢の家臣たちが一斉に応じ、月明りに染まる空気が揺れ動いた。

江戸家老崎山の手がゆっくりとした動きで侵入者の覆面を剝がしにかかり、備中守も崎山の脇へ腰を下げた。

「こ、こ奴は……殿」

「なんと……」

覆面を剝ぎ取られた骸の正体に、備中守と崎山は思わず顔を見合わせた。

「殿、確か、こ奴は『老中会議』の旗下にあります隠密情報機関『葵』の、いや、失礼しました『白夜』の頭、貫鬼四郎五郎高房ではありませぬか」

「うむ、如何にも貫鬼じゃ。其方と今年の正月であったか、大老邸へ年賀の挨拶に訪れたとき、応接の役目をあざやかに仕切っていたのう」

「はい。目つきは鷹の如く鋭うございましたが、なかなかに礼儀正しい人物であったと記憶いたしております。悪い印象はござりませなんだ」

「隠密組織に属する者は素面をさらしている時は皆、礼儀正しいのが常じゃ。それにな崎山。『白夜』は幕府の職制上は『老中会議』直属ということになってはおるが、事実はそうではない。指揮権は大老預かりということになっておる。つまり『白夜』は酒井雅楽頭忠清様の隷下にあるのじゃ」

「え、それは知りませなんだ。上様のお許しを得た上でそうなっているのでございますか」

「ご体調すぐれぬ上様は、大老酒井様の提言について子細に吟味なさるご気力を著しく失うていらっしゃる。いままさに幕府の進む方向は、酒井様の意のままに陥ろうとしているのじゃ」

「危のうございますなあ」

「危ない……」

「こ奴、いかが致しましょうや。首を掻き切って酒井様に突き出せば、責任を追及できそうに思いまするが」

「無理じゃ。こ奴を刺客としてこの私に差し向けた以上は、失敗した場合の備えも完璧だと思わねばならぬ。とくに酒井家を江戸家老三番位の立場で精力的に仕切っておる坂脇修右衛門忠安、外に向かってはなかなか優しい物腰らしいが、その本性は清濁の使い分け巧みな曲者で知られておる。酒井様以上に油断ならぬとかの噂もある」

「なるほど、その三番家老あっての酒井様なのですなあ。つくづくそう思いまする」

「この貫鬼の遺骸は当方で処置するがよい。騒ぐことなく何事もなかったようにしてじゃ」

「承知いたしました。それがよいとこの崎山も思いまする」

「では頼む。私は今宵、書院で休むとしよう」

老中堀田備中守正俊は、そう言って腰を上げると、両眼(まなこ)を見開いたまま息絶えている貫鬼四郎五郎高房に対し、「あわれな……」と呟きを投げかけた。

## 三十六

翌朝、式部蔵人は朝五ツ半（午前九時）に訪ねてくる筈の前田斬次郎と横者強之介の二人を待ったが、朝五ツ半を過ぎても昼四ツ（午前十時）になっても二人は姿を現わさなかった。双方、面と向かって交わした武士の約束事であった。何の連絡もなくその約束を反故(ほご)にするなどは、武士にあるまじき事と言わねばならない。

だが式部蔵人は、さして気にはしていなかった。前田と横者が大老指揮下にある隠密情報機関に所属していることは承知している。そのような組織には突発事態は付きものであろう、という理解は抱いていた。

約束した二人の訪れが無かったため、蔵人は午前中、道場を訪れた門弟たちをみっちりと指南することができた。指南に打ち込める刻こそ、最も心身の充実を感じる蔵人だった。

蔵人は道場の南側にある井戸端で、肩から冷水を浴びて体を清めつつ、既にこのあとの予定を決めていた。井戸端は道場の東側にもあって、そちらは門弟たち専用の体を清める場となっている。

「お背中を、お擦（こす）り致しましょうか若様」

背後（うしろ）から、長く下男奉公を続けてきた老爺時造（ときぞう）の控え目な声が聞こえてきた。蔵人は笑顔を拵えて振り向いてやった。屋敷の内外（うちそと）の雑用を陰日向（かげひなた）なくよくこなし、主人に対しこの上もなく忠実なこの老爺の人柄を、蔵人は祖父でも眺めるような気持で信頼している。

「いや、背中は結構だよ時造。それよりもこのあと馬で出かけたいのだ。すまぬが用意を調えてはくれぬか」

「承知いたしました。長い道程になりそうでございますか」

「長くはならぬよ。一刻もせぬ間に戻ってこれよう」

「判りましてございます。ではそのように調えておきます」

時造はにこやかに答えて退がっていった。決して立ち入ったことを訊いたりしない時造の気配りも、蔵人はいたく気に入っている。

蔵人は四半刻ほど後、時造が拵えを調えてくれた全身が真っ黒な黒馬で道場屋敷をあとにした。時造と、蔵人の乳母であり且つ奥向きを預かってもいる白髪の美しい佐代の二人だけが、表門の前に出て〝若様〟を静かに見送った。いつも仰仰しい送り迎えを嫌う蔵人であったから。

「まことに立派にお育ちになられましたなあ」

次第に離れてゆく蔵人を身じろぎもせずに見送りながら、時造は呟いた。

「時造さんも、若様の面倒をよう見て参られましたなあ。いつも目を細めてにこやかに、なんとも言えぬやさしい表情を拵えて……」

答える佐代も、辺りを憚るかのようにして小声であった。

「もうそろそろ、若様に奥方様をお迎えになって戴かねばなりません」

「それは我我が……奉公人が軽軽しく口に出してはならぬことです」

「しかし、佐代様は若様の乳母殿ではありませんか。乳母としての立場で……」

「お止しなされ時造さん。乳母も所詮は奉公人のひとり。それを忘れる訳にはいきません。さあ、もう屋敷内へ戻りましょう」

「はい」

佐代と時造のそういった会話を知らぬ馬上の蔵人は、二つ目の辻、小柳町三丁目の角で右の手綱をツンと軽く引いた。

黒馬は大外濠川（神田川）の右岸に向かって突き当たる通りへと、入っていった。

それにしても黒い鋼を思わせるような、全身の筋肉隆隆として見事な黒馬であった。大老酒井家より預かっている（事実上、与えられている）二頭の馬の一頭である。

馬上の人となるため蔵人の着ているものは、家紋入りの単衣仕立ての肩衣、そして半袴。その着ているものから、単騎で下城途中の大身旗本と見えなくもない。いや、あえてそのように見えるよう装った蔵人ではあった。あざやかに馬を操ることが出来る武士(もののふ)が激減している徳川治世四代目の今世である。あまりにも美味しい太平の味にすっかり馴れ切った侍たちからは、本来の役割であった戦闘本能は著しく失せつつあり、代わって算盤(そろばん)勘定（出世計算）が武門ひろくに蔓延(まんえん)していた。

堂堂として見える馬上の蔵人と、真っ黒な凜凜しい黒馬に、道ゆく人人は目を見張った。

それほど、町の人人が馬上の武士の姿を見る機会は減っているのだった。もっとも、大勢の人人が往き来する目抜き通りを、武士だからと言って傍若無人(ぼうじゃくぶじん)に馬を走らせてよい訳ではない。未熟な馬の操りによって町の人人を死傷させた者は、侍と雖(いえど)も処罰されかねない。

「ゆっくりと行こう、ゆっくりと……」

蔵人は黒馬の首すじを撫でてやりながら、話しかけた。馬は人を理解する能力を備えている。相手次第で馬鹿にするし、無視もするし、忠実にもなる。

馬上の蔵人の表情は穏やかさのなかに、険しさを覗かせてもいた。目よりも口元にその険しさが見られた。

「前田（斬次郎）と横者（強之介）など手助けに来ずともよい。酒井家にとって〝不埒（ふらち）なる奴〟など私が討ち取ってやるわ。のう、お前……」

黒馬の背にゆったりと体を預けながら、その首すじに語り掛ける蔵人だった。

馬が二度、頭をタテに振って低く鼻を鳴らしてみせる。

蔵人は柳原堤の下を川上に向けて馬を進めた。これから行こうとする先は、神田の町人街区を西方向へ横切るかたちで、鎌倉河岸に出るのが近道だった。

しかし、あえてそれを避け柳原堤へと出たのは、密集した小さく質素な家家に住む神田の人人を大きな馬の図体（ずうたい）で威圧したくないためだった。であるなら徒歩にすればよいようなものだが、馬を利用するには蔵人には蔵人なりの考えというものがあったのだ。

柳原堤は筋違御門の手前で切れる。この時代、筋違御門の南側には松平一門の大邸宅が幾つも立ち並び、その西側に中堅の武家屋敷がそれこそ江戸城を護るかのようにして、広大な防禦屋敷群を形成していた。とは言っても、美味しい太平の味をしゃぶり尽くしてきた今世の侍たちに、「いざ鎌倉」に対してどれほどの機能が果たせるか、はなはだ疑問ではあった。

蔵人を背に乗せた黒馬は、松平一門の大邸宅街を抜けて、防禦屋敷群の中へと入っていった。蔵人は「旗本八万通」へと、馬を向けているのだった。

西条山城守貞頼の暗殺に失敗した隠密情報機関「白夜」の猛者たちを、追い散らすが如く撃退した〝不埒なる奴〟が、どのような人相風体であるのか蔵人はまだ知らない。しかし、間もなく必ず出会う、という不思議な予感にとらわれていた。

「どう……」

中堅の旗本邸が立ち並ぶ通りを暫く行ったところで、蔵人は手綱を軽く左へと引いた。「旗本八万通」へと入る辻であった。

「静かにな……」

蔵人が黒馬の首すじを、ぽんぽんとやさしく二度叩く。馬が矢張り二度頷いた。驚くべき理解力だ。それとも偶然の動作か。

黒馬は常歩（なみあし）でゆっくりと「旗本八万通」へと入っていった。

常足（なみあし）は馬にとって最も疲労の少ない歩き方である。

今日の蔵人は、「旗本八万通」を下の方角から上の方角へと、つまり登城する方角へと西条邸を目指していた。若し下城の途にある西条山城守が「旗本八万通」に差し掛かったなら、ばったりと出会いかねない。むろん、そのことが判らぬ筈のない蔵人であった。実は、そうなのだ。今日は西条山城守とばったり出会うかも知れないことを覚悟していた。

では、真正面から立ち向かう積もりなのであろうか。

否、蔵人は相手と目が合うようなことがあらば、馬上で礼儀正しく頭を下げ黒馬を道の脇へと寄せるという心の準備を終えていた。江戸の侍社会で、ひときわ「武人」の評判高い西条山城守が、駕籠（かご）ではなく愛馬で登下城していることは、疾（と）うの昔に蔵人の耳に入っている。

相手は万石大名に近い八千石大身旗本。宮将軍実現を強権で押し通そうとする酒井家にとって最も恐れ且つ最も早く取り除かなければならない相手であると理解できている蔵人ではあったが、その一方で近頃最も「敬うべき武人である」という思いをも抱いていた。

「いい常歩だ……そのままでよい」

馬上の蔵人の手が、また馬の首すじを軽く触れる程度に叩く。

通りは少し前方、新番頭二千石、形山右京太夫の屋敷前あたりで左へ緩く長く曲がっていた。その緩く長く曲がった通りが一直線となった所から、二町ほど先の右手に西条山城守邸の白い土塀と御殿の大屋根が窺えるのだった。

ところが、新番頭二千石、形山右京太夫邸の手前で、蔵人は馬の手綱を引いて常歩を止めねばならなかった。予想もせぬ事態が待ち構えていたのだ。

大身邸の立派な表御門は、長屋門であっても四脚門であっても、その扉は表通りより下がった位置の拵えとなっている場合が多い。つまり、表御門に近付かない限り、御門扉が開いているのかどうか判らないのが普通だ。

蔵人は、形山右京太夫邸の表御門の両扉が完全に開放され、邸内に家臣たちが強張った面持ちで身構えている場に出くわしたのだった。そう、まさしくそれは、身構えているとしか言いようのない、徒ならぬ雰囲気であった。しかも、槍、弓矢で武装している者までいる。

蔵人は御門前で馬上から降りると、御門内側の家臣たちに向かって鄭重に頭を下げてから、黒馬をその場に置いて、御門の屋根の下へと三段の石段を踏んで入っていった。

「御貴殿は？」

四十過ぎに見える家臣が、油断なく刀の鯉口に手を掛けながら訊ねた。目つきは険しいが声の響きは丁寧であった。よく手入れされている見事な黒馬、そして家紋入りの単衣仕立ての肩衣に半袴という〝公服〟姿の蔵人に、礼を失してはならぬという配慮が働いたのであろう。

蔵人は穏やかに〝演出〟して応じた。

「用あってこれより然(さ)る大身の御屋敷へ参る途中の者でござる。見れば只事でない御様子。出過ぎたる事と思われるかも知れませぬが、拙者(せっしゃ)に何ぞお役に立てることでもあらばと思い、馬上より降り申した」

「こ、これは誠に恐れ入ります」

四十過ぎの家臣は刀の鯉口から手を放すと、軽く頭を下げ、少し表情をやわらげた。

「詳しいことは申し上げられませぬが、昨夜、幕閣の上層部に騒動がござって、それに対する念のための備えでござる」

「幕閣の上層部？……若しや、それは幕閣の四大上層部を指しておられまするのか」

蔵人に問われて思わず表情を「うっ……」と詰まらせた相手であった。

「失礼いたした。ご免」

蔵人は矢庭(やにわ)に身を翻(ひるがえ)すや、馬上の人に戻って手綱を思い切り引き、馬首の向きを変えて馬腹を蹴った。

黒馬は蹄(ひづめ)の音高く駆け出した。蔵人の脳裏で〝四大上層部〟という言葉が、四老中つまり稲葉美濃守正則(いなばみののかみまさのり)、大久保加賀守忠朝(おおくぼかがのかみただとも)、土井能登守利房(どいのとのかみとしふさ)、そして堀田備中守正俊の四人と重なっていることは言うまでもない。

けれども、〝四大上層部〟という言葉が、大老酒井の身に何事か生じたことを意味している可能性もある。そう判断を刹那(せつな)的に広げて、蔵人は馬首を戻したのだった。

行き先は大老酒井邸であった。疾走する黒馬は酒井家から預かっている（事実上、与えられている）馬である。鞍の左右あおり革には、今や大権威の象徴ともなっている酒井家の格調高い家紋・剣酢漿草が、控え目に小さく目立ち難いようにではあるが金色に刷り込まれている。酒井雅楽頭忠清が権力を握っている間は、まさに天下御免とも言える家紋であった。

「旗本八万通」から大手御門前の酒井邸へ行くには、田安御門外にいったん出て牛ケ淵及び清水濠に沿って馬を走らせ、一ツ橋御門より御曲輪内へと入るのが手早い。

事実上の江戸城内である「御曲輪」内へ一ツ橋御門より入るには、手厳しい調べが待ち構えている。一ツ橋御門は広義の徳川一門とも言える譜代大名二万石以上の登下城門の格式を有し、その警備も譜代大名一万石から二万石の二組に命ぜられ交替で担っていた。

黒馬はたちまちのうち、一ツ橋御門外に着いた。

蔵人は壕に架かった橋の手前で「どう……」と手綱を引いて馬の首すじを撫でてやり、そして橋を渡り出した。だが直ぐに蔵人は「ん?」となった。形山右京太夫邸で見られた只事でない気配が、ここ一ツ橋御門には全く見られない。御門内警備詰所より現われた、腰の大小刀に加え槍を手にした四名の侍が、門の左右に分かれて立ち、落ち着いた様子で一礼したではないか。平安日日の警備、そのものだ。門の左右にすかさず分かれて立ったのはさすがで、鞍などに刷り込まれている家紋を、然り気なく左右斜めから四つの視線で確認するためだ。この〝確認〟は警衛者の重要任務の一つに定められている。

もっとも、蔵人が**「酒井家の馬」**で一ツ橋御門から入るのは、今日がはじめてではない。

「ご苦労様です。急ぎの用あって御大老邸へ参る」

「どうぞ。騎乗のままお進み下され」

「御免」

双方の間で交わされた会話は、それだけであった。蔵人は悠悠と一ツ橋御門を通り抜けた。しかし、事実上の江戸城でもある「御曲輪」内では、いくら「酒井家の馬」ではあっても走らせることは出来ない。戦(いくさ)など非常事態の際は、むろん別ではあるが。

一ツ橋御門を通り抜けて直ぐの大邸宅は、松平右馬頭(まつだいらうまのかみ)邸、戸田山城守(とだやましろのかみ)邸、一ツ橋邸（御三卿の一。十一代将軍家斉、十五代将軍慶喜を出す）などと動いた名邸の場所である。要するに「御曲輪」内は、徳川一門と称してよい大名屋敷街区なのだ。したがって、蔵人がいくら酒井家より授かった馬上にあろうとも、常歩で進ませるのが作法というものであった。一ツ橋御門から大老酒井邸までは凡そ、四町余。

「はて？」

馬を進めながら、蔵人は胸の内でまたしても首を傾げた。一ツ橋御門の警備が平安日日に感じられたように、「御曲輪」内のどの大邸宅も静まり返って険悪な雰囲気など微塵も漂わせてはいない。

「一体どういうことか……」

蔵人は声に出して呟いてみた。すでに前方に、宏壮な大老邸が見えている。と、大老邸の手前の辻から身形正しい三人の若い武士が現われ、近付いてくる黒馬に気付き辻口に姿勢を改めて立ち止まった。蔵人は穏やかな表情で真っ直ぐに前方を見つめたままだ。

三人の武士は、見守る馬の鞍のあおり革に、金色の剣酢漿草が刷り込まれているのに気付くと、うやうやしく頭を下げた。

「よき日和でござるな……」

蔵人が頭を下げている三人の武士に、静かにそう語り掛けた時には、黒馬は控え目に蹄を鳴らして通り過ぎていた。

ふた呼吸以上の間を空けて顔を上げた三人の武士は、

「今のは確か……」

「うん。ご大老家の剣術指南・式部蔵人光芳様だ。間違いない」

「おおっ、あのお人が『殺人剣法』とか評されておる夢伝心眼流を極めた大剣客の……」

「とにかく凄まじいばかりの強さであると言うぞ……」

などと囁き合い、頷き合った。

蔵人が酒井邸の表御門の前で馬上から降りると直ぐ様、両扉が内側から左右に開かれた。表御門の左右には番所窓が付いていたため、交替で終日、門番の目が光っている。

「お帰りなさいませ」

馴染みの若い門番が威儀を正して、蔵人を出迎えた。蔵人に対しては、どの門番も必ず「お帰りなさいませ」あるいは「お戻りなされませ」と声を掛ける。

蔵人は傍にやって来た門番に手綱を預けて訊ねた。

「何ぞ変わったことは？」

「いえ。これと言って……」

「左様か」

蔵人は若い門番の肩に軽く手を置いてやってから、御門を潜った。門番に対しては然り気ない優しさで接することの大事さを、蔵人は心得ている。目に見えない形で色色と役に立ってくれたり、屋敷への出入りに際して細やかな配慮を見せてくれたりすることがあるからだ。馬の手綱を、門番の御役目ではないにもかかわらず引き受けてくれたのも、その例の一つだ。このあたりの「機微の心得」は、宗次に似るところがある。その蔵人が心得る剣は『殺人剣法』、そして宗次の剣は『撃滅剣法』だ。

蔵人は玄関式台を入ると、長い廊下を江戸家老三番位、坂脇修右衛門忠安

（五十三歳）の執務室へと急いだ。なるほど屋敷内には、門番が「いえ、これと言って……」と答えてくれた通り、緊迫した気配は全く漂っていない。廊下で往き交った家臣たちの表情も、穏やかだ。

蔵人は、坂脇修右衛門の執務室の前で正座をした。

「式部蔵人、参りました」

蔵人は抑え気味な声でしかし鄭重な響きを心がけて、障子の向こうへ伝えた。酒井邸に入ったときは、坂脇に呼びつけられていようが、いまいが、必ず執務室の前で「式部蔵人、参りました」と声を掛ける。それが坂脇と蔵人との間で、お定めとなっていた。坂脇には気に入られ信頼されてもいる、という意識は常日頃から強くあった。

「入りなさい」

坂脇の声が障子の向こうから、返ってきた。何事も生じていないかのような、いつも通りの重重しく明るくない坂脇の声だった。どちらかと言えば、陰気な曇った声だ。

蔵人は静かに障子を開けて、江戸家老三番位の執務室に入るや、綺麗な座礼をみせた。

坂脇が、ほんの一瞬ではあったが目を細めて頷く。

「待っていた。内側の障子も閉めなさい」

「はい」

蔵人は廊下との間を仕切る「常の障子」と呼ばれている外側の障子を閉じると、内側の障子をも閉じた。つまり二重の障子となった。「常の障子」は頑丈な格子に厚い和紙の拵えとなっており、これだけでもかなりの防音の効果はある。それに加えてなお内側の障子も閉じる時は、相当に重要な密議の場合に限られている。坂脇は、治安維持、風紀取締、藩主特命の遂行、他藩の情報収集など重要な御役目が多いため、とりわけ内側の障子を閉める場合が多い。

「こちらへ……」

坂脇が、目の前に開かれていた厚い書類を閉じつつ、大きな文机の相対の位置を、顎の先でしゃくってみせた。

「畏まりました」

蔵人は障子を背にした位置から文机の前へと移動して正座をした。このとき蔵人はすでに、矢張り重大な何かがあったのだ、と感じていた。

文机を挟んで二人の目が合った。

「式部よ」

「は……」

「今朝早くに、殿より緊急の御指示を頂戴いたした。私が自ら其方(そなた)の道場屋敷へ急ごうと思うていたところじゃ」

「それはまた……で緊急の御指示とは何事でございまするか」

「其方に重要な御役目を命じねばならぬ。天下騒乱に陥るか、太平の世が続くかは式部蔵人の双肩(そうけん)にかかっておる。その覚悟で今から私の申すことを聞くのじゃ。よいな」

「はい」

自分に向けられた坂脇の目が炎(ひ)を放っている、と気付いた蔵人は、思わずひれ伏した。

## 三十七

蔵人は江戸家老三番位、坂脇修右衛門と大きな文机を挟んで目を合わせて、居住まいを正した。

坂脇の〝目の呼吸〟がいつもと微妙に違っていることに気付いた。

「ご大老より頂戴いたした緊急の御指示を其方に伝える前に、大事なことを伝えておかねばならぬ時期が参ったようじゃ。これはご大老のお考えでもあり、私の考えでもあるのだがな」

「伝えておかねばならない時期……と申されますると？」

「其方は実に立派に育って参った。まれに見る、姿正しき武士じゃ。お父上が御覧になればどれほど喜ばれ……いや、いきなりな無駄口は控えようか。先ずそのお父上に関してじゃがのう、其方は其方のお父上に関して乳母の佐代より、これまでに何ぞ聞かされたことはないか。ちらりと、でもじゃ」

「いいえ、まったくございませぬ。私は父というものを知らずして今日まで生きて参った訳ですが、時として乳母の佐代にそのことを訊ねましても、いつも巧みに話の筋をはぐらかされるばかりで……」

「左様か。母上（五十七歳）に訊くようなことは？」

「ありませぬ。どういう訳か判りませぬが、母に対してはそのような問い掛けをしてはならぬ、というような奇妙な気持がいつの間にやら私の胸の内で定まってしまい……」

「左様か……」

と頷いてみせた坂脇修右衛門が、どういう理由でか目を瞬いた。蔵人の表情が思わず「あのう……」と、不審気になる。それで坂脇の顔つきが思い直したかの如く、ひきしまった。

「我が殿酒井忠清様が、いつ、何歳で筆頭老中の座に就かれたか、改めて訊くまでもなく承知致しておろうな」

「勿論でございまする。慶安四年（一六五一）四月二十日に三代様（徳川家光）が亡くなられ、四代様（徳川家綱）が将軍の座を引き継がれて凡そ二年後の、承応二年（一六五三）六月五日、老中の職に就かれました。二十九歳の年でござりました」

「うむ。その通りじゃ。我が殿忠清様は寛永十四年（一六三七）に、僅か十四歳で先代様の遺領、上野国厩橋藩十万石をお継ぎになられた」

「はい。我我にとって忘れてはならぬ、大事なことでございまする。その翌年の寛永十五年には従五位下河内守に就かれ、更に**寛永十八年**（一六四一）には十八歳のお若さで従四位下にご昇進なされました」

「うむ。こうした不意の対話の中で、誤りなくすらすらと述べるところは、さすが式部蔵人、見事じゃ。本当に、見事じゃ。問題は十八歳のお若さで従四位下に昇進なされた、その**寛永十八年**のことなのだ。この年、ひとりの美しい腰元が、我が殿忠清様のお傍からひっそりと離れていった」

「え？……」

「その美しい腰元こそ、若い忠清様のお側付であった其方の母上なのじゃ」

「な、なんと申されます」

「真の話なのじゃ。当時若かった忠清様と其方の母上との仲が、どのようなものであったかについては殿は今でも口になさることはない。けれども当時の腰元たちの間では、共に信頼し合っていたかなり親しい仲、という噂があったりしてのう。私もその噂は、頷けるものと思うておる」

「母は……なにゆえ母は、殿のお側付を辞したのでございまするか」

「**酒井忠朝**様の名を存じておろうか」

「はい。よく存じております。寛永六年に老職の地位（後の老中）に就かれ、更に寛永十五年（一六三八）には江戸幕府最初の大老となられ、三代様（徳川家光）より『徳川家良弼最高の臣なり』と称えられた今は亡き酒井忠勝様（天正十五年・一五八七～寛文二年・一六六二）の、**御嫡男**ではございませぬか」

「まさに其方の申す通りじゃ。ここ酒井本家である雅楽頭家から見て分家すじに当たる、若狭国（福井県）小浜藩十二万五千石の領主で『謹直徳望の臣』と称された今は亡き従四位下侍従酒井讃岐守忠勝様の、**御嫡男**じゃ」

「その酒井忠勝様の**御嫡男忠朝**様と、母が酒井忠清様のお側付を辞したことと、どのようなかかわりがあるのでございまするか」

「心を静めてよく聞くのじゃ蔵人。決して感情を泡立ててはならぬ。約束できるか」

「お約束いたします」

「皆、若かったのじゃ。若さの輝きが、させたことなのじゃ。若かりし頃の我が殿忠清様と、美しかった其方の母が睦まじい仲であった噂が事実であったとしても、何ら不自然でも不思議でもない」

はじめて聞く想像だにしていなかった話に、蔵人は両の肩を硬直させ思わず生唾をのみ下していた。尊敬する大好きな母の、これまで見えてこなかった部分がいま雅楽頭家重役によって語られようとしているのであった。蔵人は、波立ち揺れようとしかけている己れの感情を、嚙み殺した。

「ある日、**酒井忠朝**様が、父君忠勝様より御用を仰せ付かって、本家である雅楽頭家へ初めて訪ねて見えたと思うがよい。その**忠朝**様を応接したのが、其方の母上だったのじゃ。むろん、定められた作法に基づき当たり前に応接したに相違ないのじゃが、**忠朝**様は其方の母との最初の出会いで激しく心を動かされてのう……」

「激しく心を……」

「うむ。父君忠勝様が**御嫡男忠朝**様に命じなされた雅楽頭家に対する御用は、その後三、四度に及び、我が殿忠清様と其方の母上との仲を知らぬ忠朝様はいよいよ想いを強められた。そしてのう、幾度となく其方の母上あて懸想文（恋文）を出しなされたのじゃ。その懸想文の中には、この想いが届かねば腹を掻き切って死ぬ、と書かれたものまであったという」

「な、なんとまた……」

「雅楽頭家の家老三番位を世襲して今があるこの儂も、当時は小伜であったから事の全てを自分の耳目で直接に見聞きした訳ではない。多くは今は亡き我が父より語り聞かされたものじゃ。いずれは家老三番位を世襲する者であろうから正しく知っておくように、とな」

「ご立派なよきお父上であられたのですね」

「よい父じゃった。だがのう、その父も全てを儂に対して打ち明けてくれた訳ではないらしい、と後になって次第に判ってきた。どうしても打ち明ける訳にはいかない部分もあったのであろう。いかに自分の後継者である我が子に対してであろうともな……」

「それで、我が母は、どのようなかたちで殿のお側付を辞したのでございましようか」

「雅楽頭家に迷惑の及ぶことを心苦しく思われた其方(そなた)の母上は、**忠朝**様の求めに半ば応じるかたちで、若年(じゃくねん)の身で当時早くも小姓組番頭の要職にあられた**忠朝**様のもとへ、お付女中として移られたのじゃ」

「お付女中……」

「ま、お側付腰元、という判断でよいじゃろう」

「殿は我が母が去ることをよく御承知なされましたな。**忠朝**様は分家すじ、雅楽頭家と言えば譜代の名門として知られた本家ではありませぬか。突っ撥(ぱ)ねれば宜しかったものを」

「とは言え当時の**忠朝**様の父君、酒井忠勝様は将軍家の信望誰よりも厚い幕閣の重臣。忠勝様なくば、三代様（徳川家光）も四代様（徳川家綱）もその存在は無かったであろう、とまで言われているほどの御方(おかた)じゃった」

「なるほど。母はある意味で、武家社会の威風の前に犠牲となって流された訳でございまするか」

「これ。そのような言い方をするものではない。口をつつしむのじゃ」

「ではご家老、私の父は**酒井忠朝**様ということでございましょうか。この年齢(とし)になるまで母も、そして私の身の周囲(まわり)にいる誰もが、私の父について語ることを避けていたように思うております。その割には生活の苦労は全くなく、恵まれておるのを不思議に感じてはおりました」

「まあ待て蔵人。話の先を急いで、そう感情を泡(あわ)立てるでない。其方(そなた)の母上はな、実は**忠朝**様のお付きとなって一月(ひとつき)と少しで再び雅楽頭家へ戻って参ったのじゃ」

「えっ……」

「そしてな、雅楽頭家が調えたお玉ヶ池の現在の〝道場屋敷〟にて、母上は其方(そなた)を産(う)みなされた」

「すると、ご家老……」

「これに関しての話は、ここまでじゃ。其方(そなた)の母上が忠清様のお側付を辞するとき既に懐妊していたのか、それとも**忠朝**様のお子を宿して雅楽頭家へ戻って参ったのかは、今も判っておらぬ。両家の対立騒乱を恐れた其方(そなた)の母上が、見事なまでにかたく口を閉ざしておるからじゃ」

「では、母には判っているのでございますね。母に訊ねれば判るのでございますね」

「訊ねて母上を苦しめる積もりか蔵人。おそらく死を覚悟してまでかたく口を閉ざしてきた母上に、お前は死を迫ろうと致すつもりか」

「な、なれど……」

「蔵人よ。今やこの屋敷の多くの者の記憶から消失しておる大事な事実を、もう一つ告げておこうか。式部家において其方（そなた）の母上と長く苦楽を共にして、乳母としてお前を育てて参った佐代は、私の実の姉じゃ」

「あっ」

「母上に訊ねたきことを、たとえその向きを変えて我が姉に訊ねたとしても、姉は恐らく答えまい。苦しみはするだろうがのう」

「ではご家老、ひとつだけお答え下さりませ。むろん、お答え戴きましたことは私の胸深くにしまい込んでおくことを、お約束いたします。私の父は、酒井忠清様もしくは**酒井忠朝**様のいずれか、と自分勝手に想像するくらいはお許し戴けましょうか」

「うむ、許す。そこまでで我慢いたせ蔵人。そこまでで、な」

「あ、有り難うございます」

　蔵人は両手をついて頭を下げた。自分の人生についてこれまで闇であった部分に光が当たった、という感動があった。が、喜びは殆どなかった。妙に冷静であった。なぜであろうか、と考えるまでもなく、一つの〝暗い事実〟に蔵人は気付いていた。それは、自分の父親であるかも知れない**酒井忠朝**の履歴についてである。

　本来ならば、**酒井忠朝**は父忠勝の後継者（嫡男）として、若狭国（福井県）小浜藩十二万五千石の領主となっている筈であった。しかしながら小姓組番頭から少老職（後の若年寄）へと順調に出世していた**忠朝**がある日突然、父忠勝の激しい怒りを買って廃嫡（後継者としての地位を失う）を告げられたうえ蟄居を申し渡された。そして失意のうちに寛文二年（一六六二）三月二十四日に、四十四歳の若さで亡くなっているのである。

　奇しくも、父忠勝と同じ年に亡くなっていた。

　廃嫡の事実についての詳細は判らなくとも、承知してはいる蔵人だった。また、忠朝が廃嫡を告げられた原因を是非にも知りたいという気持もない。既に十七、八年も過ぎ去ったる昔のことだ、という冷(さ)めた気持であった。ただ、その一方で、大権力者酒井忠清が父親かも知れない、という点については、複雑な温かみが胸の内にはっきりと生じてくるのが判った。

「これで漸く気持の整理がつきましてございまする」

穏やかな口調で言い言い下げていた頭を上げた蔵人は、坂脇修右衛門と確(しつか)り目を合わせた。

「うむ。では蔵人、話を次へ進ませようか。心を静めて聞くのじゃ。よいな」

「心得てございます」

「言葉を飾らずに結論から率直に打ち明けると致そう。貫鬼四郎五郎高房（三十六歳）じゃが、昨夜亡くなった」

「ええっ……い、今、何と仰せになられましたか」

「うろたえるでない。落ち着くのじゃ。貫鬼四郎五郎高房が昨夜、亡くなったと申したのだ」

「何故でございまするか。あれほどの剣の使い手が亡くなったなど、私にはとうてい信じられませぬ。恐れながら、亡くなった理由を知りとうございまする」

「儂は貫鬼に対して重要な単独任務を与えた。有能な見届け人をひとり従えさせてな。それ以上のことについては、其方が勝手に想像いたせ」

「その見届け人とかが、貫鬼の無残な結果をご家老のもとへ持ち帰ったのでございまするか」

「そういうことじゃ。貫鬼らしく幾人もの抵抗者をあざやかに斬り倒しはしたが、目標とする相手を倒す前に不覚を取ったようじゃ」

「今朝、我が〝道場屋敷〟へ前田斬次郎と横者強之介の二名が任務を進める目的で訪れる約束になっておりました。しかし、約束の刻限を過ぎましても姿を見せませんでした。貫鬼の殉職騒ぎのために来れなんだ、という判断で宜しゅうございましょうや」

「その判断でよい」

「それに致しましても、貫鬼の死ならば昨夜のうちに、私奴にも連絡を戴きとう存じました」

「この坂脇が判断したことじゃ。先ず急ぎ殿にご報告を申し上げて、善後策につきご指示を頂戴いたさねばならぬ。そうであろうが」

「は。そ、それはその通りでございます。失礼を申し上げました。申し訳ありませぬ」

「では、殿のご指示を其方に伝えよう蔵人。貫鬼の殉職によって幕府最高の隠密情報機関『白夜』は頭を失った。ご大老を中心とする老中の緊急持ち回り閣議により本日只今より式部蔵人光芳、其方に『白夜』を預けることと決まった。地位の正式なる呼称は、長官。これにより旗本五百石へ正式取り立てとなり、別途お役手当（長官手当）千五百石が加算される。有り難くお受けせよ」

「私が『白夜』の長官にでございまするか、ご家老」

「左様じゃ。辞退は出来ぬ。お受けして、お役目に励むのじゃ。これまでの頭であった貫鬼は旗本三百石。地位の正式なる呼称は頭領で、お役手当は千石であった。それに比べれば其方の取り立ては、お役手当を合わせれば二千石。破格の上にも破格であると素直に喜ぶがよい」

「真に仰せの通りかと存じまする。素直に喜び、お役目に励みまする」

「それでよい。明日よりは役宅に当てられておる、御側衆七千石を取り潰された旧本郷邸へと出向き、部下を濃やかに指揮することじゃ。それから、ここ雅楽頭家へは月に四、五度、お役目報告として訪ねてくるだけでよい。重責であるぞ。何かにつけ油断なきように致せ」

「はい」

「それから、懸念されておる〝不埒なる奴〟の討ち取りについてじゃが、其奴の顔を見知っておる前田斬次郎と横者強之介が藩付絵師に人相書（似顔絵）を描かせ、それを手にして少し前に屋敷を飛び出して行きおった」

「その人相書、余分はございませぬか」

「ある。これじゃ……」

家老坂脇は文机の上に載っていた「延宝旗本分限帳」なる厚い旗本家資料を手に取って文机の端へやると、その下に敷かれてあった油紙に包まれている薄いものを、「見てみよ」と蔵人の方へ滑らせた。

蔵人は丁寧にそっと油紙を開いてみた。墨一色で描かれた人相書が、逆さ向きの状態であらわれた。

蔵人はそれを取り上げて向きを改め、思わず「あっ」と叫び上げそうになった声を、必死で飲み下した。まさに必死だった。それほどの衝撃が背すじを走っていた。

「いかがした?……」

家老坂脇は、蔵人の表情の変化を見逃す筈もなく、怪しい目つきを拵えた。

「あ、いえ、余りにも精緻(せいち)に描かれている人相書なので、驚いてしまったのでございます。もう少し粗いものと思うておりましたゆえ」

「確かに精緻に描けておる。それを懐(ふところ)にして〝不埒なる奴〟を一刻も早く見つけ出すのじゃ。ぐずぐずはしておれぬぞ」

「はい。仰せの通りでございまする。直ちに配下の者を駆使いたし、動きを強力に展開いたしまする」

「うむ。よく言うた。前田斬次郎と横者強之介の二名に対しては、手勢十名ばかりを伴なって中小旗本街区から調べ上げるよう既に命じてある。其方(そなた)は大身旗本街区および各藩邸などにも目を向け、同時に前田、横者をよく指揮せよ」

「承りました」

「幕府最高にして最強の隠密情報機関の長官とは申せ、その身分立場を明明白白として行動する訳には参らぬ。時として動き難い状況に陥ることがあるやも知れぬが我慢いたせ。が、しかし、我慢はしても退いてはならぬ。よいな」

「心得てございます」

「よし。行け……」

「はっ。それでは……」

「白夜」長官、五百石旗本式部蔵人光芳は、家老坂脇の執務室を後にした。

長い廊下を玄関へと向かうにしたがって、蔵人の顔からは血の気が失せ出していた。

門番が調えてくれた黒馬の背に戻った蔵人は、ひとまず馬首を「白夜」役宅に定められた旧本郷邸へと向けた。家老坂脇は「……明日よりは役宅に当てられておる、御側衆七千石を取り潰された旧本郷邸へと出向き……」と言った筈であったのに、その言葉は蔵人の記憶の外へとこぼれ落ちていた。人相書を見たことで受けた衝撃は、それほど大きかった。

人相書のひとは、言うまでもなく「遊び人の宗次」である。この男とは身分立場をこえて友情を温め合えるかも知れぬ、と蔵人は思っていた。その男こそ、討ち倒さねばならぬ相手と言うではないか。しかも日の猶予(ゆうよ)を置かずにだ。

「どう……」

馬が一ツ橋御門へと差し掛かったので、蔵人は馬の首すじを軽く撫でてはやったが、半ば上の空だった。

（あの「遊び人の宗次」が、西条山城守暗殺を決行せんとした「白夜」の凄腕たちを一撃のもとに蹴散らしたというのか。信じられぬ。とても……）

胸の内でそう呟きつつ一ツ橋御門を渡り切った蔵人の脳裏に、ある光景が甦った。

居酒屋で宗次と盃を交わしたとき、なみなみと満たしてやった盃を宗次が一滴もこぼすことなく、すうっと口元まで運び、そして奇麗にグイッと呑み切った光景を思い出したのだ。

その「呑む呼吸」が、剣術の居合い抜刀の際の呼吸に似ている、と捉えたことを蔵人は思い出したのである。

「あの男、遊び人の宗次、などではないな……一体何者だ」

呟いて蔵人は馬腹を軽く打ち、「ようし……」と低い声を掛けた。

黒馬が常歩（なみあし）から速歩（はやあし）へと移った。

速歩（はやあし）では、馬上の者は馬の背に突き上げられる上下反動に必ず見舞われる。それを吸収するため、あぶみ（足を掛けるところ）に両脚を突っ張るようにして立ちそして鞍に座る、の動作を馬の歩みに合わせ反復しなければならない。行進する騎兵隊士の体が馬上でたくましく上下に揺れている、あの光景だ。大人の男の並呼吸十七、八回くらい（凡そ一分間）の内に、二町ほど（約二二〇メートル）進む速さである。

市井（しせい）の者が目的地まで行くには自分の足が頼り、というこの時代にとって江戸は大変な大都市であった。しかしながら馬上の人ともなると、「江戸市中」と称されているその広さは、さほどでもないと判ってくる。

中堅の旗本街区を抜けると、前方に旧本郷邸が見え出した。この旧本郷邸へはこれまでに二度、蔵人は訪れていた。「白夜」の役宅（役所兼自宅）としてどうか、と雅楽頭家の家老三人の間で取り上げられた際に一度、大老の発議により老中会議で正式決定が下された際に一度、であった。

「どう……よしよし」

蔵人は手綱を引いて黒馬を止め、首すじを撫でてやってから、身軽に馬上より下り旧本郷邸、いや、老中会議直属（表向きは）の「白夜」役宅を改めて眺めた。幕府最高の隠密情報機関として位置付けされているだけに、表御門である瓦葺きの巨大な四脚門は、大扉も潜り門もかたく閉ざしていた。門柱には隠密情報機関の役宅を窺わせるものは、何ひとつ下がっていない。表札無しだ。

門の外も、門の内も、ただ静まり返っていた。重苦しいほどに。

と、黒馬が空を見上げて、突然いなないた。まるで「長官のお帰りぞ……」と言わんばかりに。

表御門の両側に設けられている番所の格子窓が細見に開けられ、「あ……」

「こ、これは……」と、両番所から同時に声が漏れた。

大扉が微かな軋みを発して、左右に開けられ、まだ二十歳にはならないのではないかと思われる若い侍二人が現われた。「白夜」長官を発令されたばかりの蔵人ではあったが、その若い二人の侍が、お役心得つまり「白夜」という組織の見習いの地位にあることを、むろん知っていた。「白夜」を構成する凄腕の正員の下には、こうした若いお役心得が二十五名いて、日夜厳しい鍛錬に励んでいる。見習いゆえ、正式なお役目はまだ与えられていない。

表御門の大扉を開けた二人の若い侍は、蔵人が「白夜」長官の地位に就いたことを既に知らされていると見えて、硬直した直立の姿勢で頭(こうべ)を垂れ、新しい長官(おかしら)を出迎えた。

「頼む」

黒馬の手綱を引いて、巨大な四脚門の瓦葺き屋根の下へと入った蔵人は、右側の大扉を背にして立つ若侍に手綱を差し出した。

その若侍は薄い硝子(ガラス)細工でも差し出されたかのように、かちかちに緊張した様子でその手綱を両手で預かった。

蔵人は「よしよし……」と黒馬の頬を軽くさすってやってから、玄関式台の方へと向かった。亡くなった貫鬼四郎五郎高房が旧本郷邸のどの部屋を執務室としていたかは、むろん承知している。

蔵人が玄関式台に雪駄を脱いで進むと、間もなく新しい長官(おかしら)が現われるのを予感していたかのごとく、本郷時代に「使者の間」と呼ばれていた玄関左手の座敷で二人の武士が正座をして待ち構えていた。共に目つき鋭い三十前後だ。いずれも「白夜」の上席者たちなのであろう。

「ご家老坂脇様よりご使者がございまして、前頭領がお役目で無念の死を遂げられましたること、また式部様が新長官にお就きになられましたること、全て知らされてございます。我等心よりお待ち申し上げておりました」

「我等の上にお立ち戴けますことを、心待ちに致してございました」

本心かどうかは別として、目つき鋭い二人の武士は、そう言って平伏してみせた。鍛錬された者に見られる、上司に対する奇麗な作法であった。その作法が新たなる忠誠を誓っているかに見えた。

三十八

それにしても新長官蔵人のために手まわしよく使者を、「白夜」役宅へ遣わしていた家老坂脇であった。

実の姉である佐代より、おそらく蔵人の育ちようについて具に報告を受けてきていたに相違ない。それゆえ蔵人に対しては、佐代の実弟である己れもまた、姉と同じ感情を抱くようになっていたのだろう。たとえば父親のような感情を……。

その蔵人は今、「書院上の間」に座して居並ぶ練達の士たち十五名ひとりひとりの顔を見まわしていた。悠然たる態度であった。剣客としての自信の表れなのであろうか。

「……もう一度、重ねて言う。よくよく聞いて胸に叩き込むのだ。よいな。我が殿酒井忠清様が天下の御政道を貫き通すために今、最大の障害となっているのが老中堀田備中守正俊（四十五歳）にほかならない。この老中堀田を強力に支えているのが大番頭筆頭八千石西条山城守だ。この山城守は手強い。見方によっては、この山城守こそが、我が殿にとって最大の障壁と言えなくもない」

そこで言葉を休めた蔵人は、目の前の膳に載っている一合徳利に手を伸ばし、自分の手で盃に満たした。この膳はお役心得の若い徒士たちの手で調えられたもので、凄腕の正員たち十五名の前にも用意されている。ここ「白夜」役宅には、女性の奉公人は一人もいない。規律を厳格とする特殊機関（隠密情報機関）にとって、女性の奉公人は「色色な意味で危険」という思想が定着しているからだ。

「ま、呑め……」

蔵人は皆に言葉短く告げてから、盃を手にとり静かに口元へと運んだ。

「遊び人宗次」と居酒屋で盃を交わした時の光景が脳裏に甦って、蔵人はチクリと胸を針で刺されたような痛みを覚えた。

蔵人は目の前の皆が一杯目の盃を空にするのを待って、再び口を開いた。

「西条山城守貞頼。我が殿が御政道をお進めなさる上で目障りとなるこの実力者を討たんとして過日、『白夜』は総力で挑んだにもかかわらず、撃退された。この言葉を忘れてはならぬぞ。情けないことに、お前たちは撃退されたのだ」

蔵人は、はったと皆を睨み据えた。新長官を発令されたばかりだというのに、その口調、その気迫にいささかの遠慮も怯みもない。十五名の凄腕たちは息をのんで蔵人に注目した。

練士たちが式部蔵人光芳について知っていることと言えば、すぐれた剣客として雅楽頭家で殊の外大事に処遇されている藩剣術指南役、という側面だけだった。

家老坂脇が蔵人に対して打ち明けた驚くべき「私的なこと」など、知る由も無い。

蔵人の口調が強まった。

「我我は急がねばならぬ。西条山城守を討ち果たそうとしたお前たちを、訳もなく追い散らした其奴こそを真っ先に……」

蔵人はそう言いつつ懐から取り出した件の人相書を、いちばん前列に座っている練士に向かって差し出した。

「この人相書を手にして、前田斬次郎、横者強之介の二人は既に手勢十名を引き連れて探索を開始している。お前たちはこれより手分けして直ちに、下谷浅草界隈を虱潰しに当たり、其奴を見つけ出すのだ。見つけ次第、総がかりで叩っ斬れ。命を投げ出してもだ」

「おうっ」

練士たちは一斉に力強く応じた。さすが「白夜」らしい結束であった。

「私は私で独自の行動を取り、其奴を探索する。よって、私の動き様は気にせずともよい。以上だ。少なくとも二、三日中には役目を果たして貰いたい。行けっ」

　練士たちは汐が引くようにして、「書院上の間」から消えていった。蔵人が練士たちに命じた内容に、不審な点があった。下谷浅草界隈を虱潰しに当たれ、と申し渡している。「遊び人宗次」の住居や愛用の居酒屋が、鎌倉河岸にあることを知らぬ筈がない蔵人である。まるで練士たちを「遊び人宗次」から遠ざけるような命令ではないか。

　尊敬する我が母と大老酒井とのかかわりを知った蔵人は、我れ知らぬ内に豹変していた。「遊び人宗次」の素姓が何者であろうとも、我が手によって一刀両断にする、と。それが敬愛する母のためになるのだ、と既に確信していた。

　十五名の練士たちが役宅を出たことを確認して暫く経ってから、蔵人は黒馬を役宅の厩に預けたまま屋敷を後にした。

　標的が宗次であると判って受けた衝撃は、蔵人の胸の内でまだ泡立つ音を立た。

不可解な悔しさでもあった。

「よき友として付き合える筈であった……」

蔵人は呟いて、歯をギリッと噛み鳴らした。こみ上げてくる苛立ちを、容易に抑え込めない。何故だっ、という思いであった。不可解な悔しさでもあった。

しかしながら、我が父かも知れぬ殿のためなら、あるいは敬愛する母のためなら、相手が如何なる人物であろうとも斬ってみせる、という決意は揺るがなかった。「遊び人宗次」を見事に叩き斬って表情を苦し気に歪める自分の姿が、はっきりと見えていた。

蔵人が足を急がせて、お玉ヶ池の道場屋敷の門前に立ったとき、日暮れが迫っていた。長く下男奉公を続けてきた老爺時造には「……一刻もせぬ間に戻ってこれよう」と告げて馬上の人となり、屋敷を後にした蔵人である。

その時造がやはり、不安気に御門内で竹箒を手に待っていた。

「ご心配いたしておりました。遅うございましたな若様」

「思いがけない用が次次とあってな。そのこともあり馬は預けて参った」

「左様でございましたか。佐代様も心配なさっておられました。さ、台所にちょっとお顔を見せてあげて下さいまし」

「うん。判った」

蔵人はにっこりとして老爺の肩に手を置いてから、玄関へと向かった。その後ろ姿を見送る老爺時造が、何やら打ち明け足りぬような表情を拵えた。もう一言二言話したい事があったのであろうか。

蔵人はそろそろ夕食の頃合でもあり、時造にも言われたから、台所に顔を出してみた。奥を取り仕切る立場にある佐代が、膳部を担う五人の女たちと共に手忙（てぜわ）しく動き回っていた。

「佐代、いま戻った」

「あ、お帰りなされませ」

小鍋を両手で持っていた白髪の美しい佐代が、振り向いて控え目に笑った。母親のような笑顔だった。

「夕食は母と御一緒したいので頼む」

「承知いたしました。母上様のお居間へお運び致します」

「それと、徳利を二本ばかり付けてな」

「はい。今日はよいお酒が入ってございます」

「それは楽しみな」

蔵人は佐代に頷いてみせて、台所から離れた。

母豊美(とよみ)(五十七歳)の居間へと長い廊下を行く蔵人の歩みは何事かを思案しているかの如く、ゆっくりとしていた。

旗本五百石に取り立てられ、別にお役手当千五百石が加算される重責を与えられたことを母にどう打ち明けるべきか、迷っているのであった。とくにお役手当千五百石の部分についてである。いきなりな破格の取り立てに母は先ず驚くであろうし、その驚きを背にしてお役目の詳細について訊いてくるに相違ない、と想像している蔵人だ。

「白夜」という幕府最高の――危険な――隠密情報機関の存在について、蔵人は母と話を交わしたことはない。また母がそのような「暗い組織」の存在を知っているとは思っていなかった。

華道・茶道・和歌などにひたすら心豊かな女性(ひと)、それが我が母だと見ている。

**心あてに折らばや折らむ初霜の置きまどはせる白菊の花**

昨夜であったか母が、描いた花の墨絵の端にすらすらと筆を走らせた凡河内躬恒の秋の歌を、蔵人は思い出して呟いてみた。

その呟きが、心を決めさせた。

（よし、やはり言わねばなるまい。母に偽りの報告は出来ぬ）

気持をそう固めたとき、蔵人は障子が閉ざされている母の居間の前まで来ていた。庭にはまだ日没前の明りが残ってはいたが、障子の内側では既に点されている大行灯の炎りが、ほのかに揺らめいている。

「蔵人ですね。お入りなされ」

「あ、はい……」

母に先に声を掛けられ、蔵人は静かに障子を開けて座敷へと入った。

母は有楽窓に接するかたちで備わった文机の前に正座の姿勢美しくあって、筆を手に書きものをしていた。

このところ母が「式部流華道之理」と題する華道心得の執筆を手がけてい

ることを、蔵人は承知している。

「お邪魔になりませぬか」

「ちょうど一段落したところじゃ。佐代が、其方の帰りが遅いと心配しておったが」

　そう言いながら筆を置いて、逞しい我が子を見る豊美の眼差しであった。

「ご執筆お疲れ様です母上。でも余り根を詰められませぬように。せっかく取り戻された体調を、お大切になさって下さい」

「そうじゃのう。今日は少し頑張り過ぎてしまいましたか」

「肩を軽くお叩き致しましょう」

「ありがとう。その言葉に甘えましょう。母たる者、大事な息子から肩を叩かれるというのは真に有り難く嬉しいものじゃ」

「いつでも遠慮なく申しつけて下され」

「私はひたすら老いてゆくばかりじゃ。其方はいつまで、この母の傍にいてくれるのかのう」

「いつも母上の身傍にて確りとお見守り致しまする。ご安心下され」

　蔵人は文机に向かっている母豊美の背中へまわると、五十七歳の母の体に負担が掛からぬよう力を加減しながら肩を叩いた。考えてみれば、実に久し振りなことであった。その久し振りを、申し訳ない、と蔵人は思った。考えてみる迄もなく、母に充分尽くしてきた自分ではない、と判っている。剣の修行と、道場を訪れてくれる大勢の門弟たちの指導、それにお役目としての藩剣術指南で激忙の毎日だった。それに「白夜」長官としての重責が新たに加わったのである。

　母が息災な内に、出来る限りの親孝行をしておかなければ、母を亡くしたあと必ず後悔することになろう、と蔵人は胸の内で自分に言って聞かせた。

「蔵人、いま何を考えておいでじゃ」

「いえ、何も考えてはおりませぬが」

　いきなり母に問われて蔵人は思わず狼狽しかけた。

　母が、やや強い口調で言った。

「決して迷うてはなりませせぬぞ。家老坂脇様より告げられたる新しいお役目は、怯むことなく必ず前向きにお受け致すのじゃ。判りましたね」

「えっ、母上。それじゃあ……」

「ほんの少し前に家老坂脇様よりご使者があって、其方(そなた)の新しいお役目を詳しく知らされました」

「この屋敷へ、ご家老のご使者がでございまするか」

さすがご家老、一点の非の打ち所も無い動きを取りなさる、と蔵人は感心するよりもヒヤリとなった。そして表御門で出迎えてくれた時造がなんとのう話し足りぬ様子を覗かせておったのは、このご使者のことであったな、と判った。

「武士たる者、お役目から目をそらせてはなりませぬ。旗本五百石にお役手当千五百石という過分な栄誉を頂戴いたしたのじゃ。その御恩に報(むく)いねばなりませぬ。この母のことは何も心配せずともよい。ご自身の責任をまっとうするために全力を投じなされ。宜しいな」

「はい、母上。お約束いたします」

「よい返事じゃ。それでこそ五百石の武士(もののふ)じゃ」

「此度(こたび)の人事で私は一層のこと忙しくなりまする。つきましては母上の華道授業に招いておりました二、三の者たちにつきましては、また日を改めてということに致したく存じますが」

「一度交わした約束を改めて、相手に対し非礼とはなりませぬのか」

「その心配はございませぬ、これよりはお役目こそ第一と考えねば」

「判りました。では、其方(そなた)の考え通りに致しなされ」

「有り難うございまする」

「今日も佐代がこの部屋へ参って、しみじみと申しておりましたぞ」

「しみじみと？……」

「剣客として厳しい修練に打ち込む余り、若様はご自身の家庭を築くという責任に背を向けていらっしゃる。今年こそはよき伴侶(はんりょ)を、とのう」

「家庭を築くことに背を向けていた訳ではありませぬ。私は私なりの夢をきちんと抱いておりまする。が、もう暫くお待ち下され母上。そのうち必ず……」

「左様か。それを聞いて少し安心しました。あ、もうよい。随分と楽になりました。すまなんだのう」

蔵人は母の背中から離れ、大きな文机の側へと回って座り、母を斜めから見た。

「明日よりは新しいお役目のため、役所へ出向くこととなります。雅楽頭家へはお役目報告のため月に四、五度だけ出向けばよいこととなりました」

「お役目を果たすためには辛い決断も時には求められよう。しかし怯んではなりませぬ。退いてはなりませぬ。命を賭してでも五百石の武士らしくやり遂げなされ」

母の言葉に黙って深深と頷いた蔵人の脳裏に、「遊び人宗次」の顔が過ぎって消えた。

## 三十九

宗次は静かに筆を置いた。一尺四方ほどの奉書紙の中で、小雨のなか一匹の仔犬と戯れる四、五歳の幼女の姿が活き活きと描かれている。奉書紙の左下には小さく「仔犬と幼女」と画題があり、宗次の署名もあった。あざやかな色彩画だ。

幼女の身形(みなり)は貧しかったが、はち切れるような笑顔だった。もう一枚、やはり小雨のなか一匹の仔犬と二匹の雨蛙(あまがえる)が活き活きと戯れる絵もすでに描き終えている。

これの画題は「仔犬と雨蛙」。

「仔犬と幼女」「仔犬と雨蛙」の二枚の絵を描き終えるために、まる三日の間、宗次は八軒長屋の外へは一歩も出ていない。

「入りますよ先生……」

表戸の向こうで辺りを憚(はばか)っているようなチヨの小声があった。「どうぞ……」と答えて腰を上げた宗次は、上(あ)がり框(がまち)へと移ってゆき、きちんと正座をした。表戸を開けたチヨが古い小盆の上に握り飯二つと味噌汁をのせ、月明りと共に土間に入ってきた。庭側の障子に差し込んで行灯の明りを援(たす)けていた月明りが、いつの間にか表戸側へと移っていたことに気付いて、宗次は漸くのこと肩の凝(こ)りを覚えた。

「今夜も頑張ってるわねえ先生。これ夜食だよ。お握りだけど我慢しておくれ」

「夜食に握り飯とは贅沢すぎるさ。本当に申し訳ねえ。お蔭様で、今夜でなんとか描き終えたよ」

「それはまあ、よかったねえ。でも、かなりの髭面になってるよ。よかったら剃ったげよか」

「今夜のところは、この髭面のままでいいやな」

「味噌汁、あと一杯くらいなら、おかわり有るから声かけとくれ」

「うん。いつもありがとよ、おっ母さん」

宗次の、おっ母さん、にチヨは軽い睨みを利かせて外へと出ていった。

宗次は上がり框で、握り飯を手に取って、ひとりの老爺の顔を思い出していた。その老爺とは、お玉ヶ池の式部家の下男時造だった。三日前に突然、式部蔵人の言付けをもって、ここ八軒長屋を訪ねて来たのだ。はじめ居酒屋「しのぶ」を訪ね、そこで八軒長屋を教わって訪れたというのだ。

蔵人の言付けというのは「都合により母の華道授業の参観は中止」という短いものだった。

まさに、それだけを言い置いて、帰っていった時造である。

余計なことは一切、喋らなかった。けれども終始にこやかで、宗次に不快な印象を与えることはなかった。

そのため宗次は、参観の中止、を素直に受け入れることが出来た。

「さてと……」

握り飯を美味しく食べ終えた宗次は、描き終えた二枚の絵を油紙に包んで、月夜の外へと出た。

「蔵人様の仰る、都合により、とは一体(いってえ)何だったんだろねい……」

呟いた宗次は溝板を踏み鳴らさぬよう気を配りながら、表通りへと向かった。

急な〝中止〟を告げに訪れた老爺時造の表情がにこやかであったため、そのこと自体は殆ど気になってはいない。この三日の間、蔵人が訪ねて来る様子もなく、しかも華道授業の参観中止で、二枚の絵を描くことに集中できた宗次である。

実は、この絵を急ぎ手渡してやらねば、と気になっている相手がいた。

長屋路地から表通りに出て半町ばかり先、月明りを浴びて、軒下にさがった赤提灯を片付けている居酒屋「しのぶ」の女将美代（みよ）の姿が宗次の目にとまった。

「おや、もう仕舞（しまい）の刻限かえ……」

宗次は美代のその様子で、自分が刻（とき）の経過を忘れる程に絵仕事に打ち込んでいたこと、そしてその自分を気遣って向かいのチヨが夜遅くまで付き合ってくれていたこと、などに改めて気付いた。

（いつもすまねえ、おっ母（か）さん……本当に、すまねえ）

宗次は胸の内で、心を込めて礼を言った。

チヨによって、毎日の生活がどれほど援（たす）けられ充実しているか、知れなかった。

「あら、宗次先生。なんだか久し振り……」

月明りの中を近付いてくる宗次に気付いて、「しのぶ」の女将は動きを止め笑顔を拵（こしら）えた。

「そう言やあ、三、四日も顔を出してねえかな」

「もう閉めるけど、入んなさいな。いいから……」

「入って一杯ひっかけてえのは山山だが、どうしても行かねばならねえ所がよ」

「この刻限に？」

「おうよ。明日は早目にでも顔を出すっから、何ぞ旨え物でも頼まあ」

「判った。じゃあ待ってる」

「そいじゃあ」

「気を付けてね。神田の恋ヶ池あたりで辻斬りが出たらしいから」

「そいつあ物騒な……」

「足元提灯、持ってくかえ」

「要らねえ。今夜は月が明るいからよ」

美代の足元提灯を断わった宗次は、居酒屋「しのぶ」に背を向けて歩き出した。

美代が口にした神田の「恋ヶ池」というのは、多くの犠牲者を出した「明暦の大火」に懲りた幕府が、神田の町人街区と中小旗本街区との間を仕切るかたちで設けた、長さ一町半ほどの防火のための池だった。

が、池とは言っても幅は四半町もない川のようなものだから果たして防火の役に立つのかどうかは不明だ。

幸い、この「恋ヶ池」の役割を証明するかのような大火は、「明暦の大火」以降この池の界隈では生じていない。

常に満水状態の水は神田川から引かれている。

いまでは池の周囲（まわり）には松が繁り、岸辺は鬱蒼（うっそう）たる葦（あし）の林で覆われていた。

宗次の足は今、その恋ヶ池を目指していた。

神田の町人街区と中小旗本街区とを防火のために池で仕切るとは言っても、双方の日常的な往き来まで遮断（しゃだん）する訳にはいかないから、細長い池の真中を横切るかたちで一本の橋が架かっている。

それが「防火沼に架かる橋」を意味しているのかどうか、欄干（らんかん）は炎（ひ）のような朱の色で塗られており、したがって親柱には赤橋と彫られていた。これは白文字だ。

「いい月夜だな……」

夜空を仰いで呟いた宗次の表情は、満足気であった。べつに月夜に満足しての呟きではない。描き終えた二枚の絵を気に入っているのだ。自分が満足する出来ばえだと思っているから、受け取ってくれる相手もおそらく満足してくれよう。そう確信する思いが宗次の気分を和ませていた。

彼方に、等間隔で夜空に枝枝を張り巡らせているよく育った松並木が、見え出した。「恋ヶ池」だ。

この名前の意味が、宗次にはよく判らなかった。また、この名前が正式なものかどうかについても、宗次は耳にしたことがない。

が、町人街区の人人が「恋ヶ池」と呼んでいることは、確かなことだった。

宗次の歩みが止まった。細長い「恋ヶ池」の北の端に来ていた。皓皓たる月明りを浴びて、彼方に「赤橋」が朱の色を浮かび上がらせている。いや、朱の色というよりは真紅だ。絵師である宗次の目は、そう捉えている。

「恋ヶ池」の周囲は緩やかな勾配の、二段の堤で囲まれていた。上段は手入れの行き届いた松並木の歩道の造りで、下段には大人の背丈を超える葦が密生している。とても当たり前には立ち入れない。

宗次は赤橋に向かって、ゆっくりと歩き出した。背の高い葦が密生している向こう岸、こちら岸のところどころに、明りがちらついて見えていた。「恋ヶ池」の造成を終えてすでに二十年が過ぎていたが、松がよく繁って枝が四方へと張り出し、葦が密生し始めた頃から、畳一、二枚ほどの貧しい栖が葦林の中に息を殺すようにして広がり出していた。

夜鷹たちの栖だった。町人街区から見る池の向こうは、中小旗本街区であったが、どういう訳でか「恋ヶ池」の周囲に集まっている夜鷹の栖は、取り締まられることがなかった。

あっても形式的なもので終わってしまっている。

「赤橋」の袂まで来た宗次が、堤を斜めに「赤橋」の橋桁下を目指して下り出した。

橋の下の葦林をかき分けるようにして、とても小屋とは呼べない、しかし、そう呼ぶ他ない小さな夜鷹の栖があった。

その栖から、苦し気な明らかに病人のものと判る咳が漏れ伝わってくる。

鰯の生焼けのような青臭い匂いがあたりに漂っていた。貧しい家庭では油皿に安い鰯油を入れ、灯芯をその鰯油に浸して火を点すのだった。臭い上に、さして明るくはない。

裕福な家庭は植物から採った上等な油を使うが高価だ。したがって裕福な家庭と雖も節約する。火事も怖いから一層のこと節約する。だから今宵のような月明りは人人に喜ばれるのだった。

橋の下のその小屋の前で、宗次の足が、ふっとした感じで止まった。薄明りを漏らしている隙間だらけの小屋の中から、囁きあっているかのような声が伝わってくる。

「今の咳はな、心の臓が少しばかり生気を取り戻した証じゃよ。体の機能というものがな、心の臓を正しく動かそうとしているのじゃ。薬が効いてきたのう」

「助かりまして……ございます。この御恩は先生……決して忘れませぬ」

「お前様は幸運じゃった。不意の発作で倒れたところを、今や天下にその名が轟いておる若き浮世絵師宗次殿の目にとまり、この儂の診療所へ運ばれて来たのじゃから」

「けれども先生、私には治療費をお支払いする力が……」

「これこれ、それはいま考えなくてよいのじゃ。考え込んでしまうと、また心の臓にこたえるぞ」

「とは申しましても……」

頃合いかと判断した宗次は、「ごめんなさいやして……」と声を掛けてから、ゆっくりとした動きで薄暗い小屋の中へと入っていった。むっとする青臭い鰯油の匂いが充満していた。心細気な明りを点している灯芯が、小屋の片隅でジジ……と羽虫が鳴くような音を立てている。

「お、これは宗次殿、見えられたか。お波さんの病状、今宵はかなり良いようじゃ」

振り向いて小声でそう言ったのは、「白口髭の蘭方医」で知られた名医、柴野南州だった。湯島三丁目に手術室を備えた立派な診療所を持ち、併設されている付属幼児治療棟には幼子を持つ親たちが、引きも切らず訪れている。

いま南州の脇に、その幼児治療棟をほぼ任されている、女医の早苗が控えていた。

南州門下より出た、はじめての女医である。それも南州からその能力・人柄を激賞されるほどの女医だった。

その女医早苗が、宗次に軽く会釈をしてから、直ぐに手元へ視線を戻した。南州から指示を受けたのであろう、何やら二、三の粉末を調合している。

「症状の改善が見られたとは、何よりでござんす。よかったねえ、お波さん」

「儂らはな、池の向こうの旗本邸を二、三診て回っての帰りなのじゃよ宗次殿。少し遅うなってしまったがのう……」

「いつも南州先生は誰に対しても一生懸命。本当にご苦労様でござんす。南州先生が診て下さる以上、もう心配いりやせんよ、お波さん」

布一枚、と言っても言い過ぎではない余りにも薄い煎餅布団に体を預けている波の枕元に腰を下ろした宗次が、柴野南州と同じように囁いた。波の直ぐ横で、搔い巻きにくるまれ、幼い女児が安らかな寝息を立てているからだ。

「何もかも、宗次先生と南州先生のお蔭でございます。感謝の言葉が見つかりませぬ」

そう小声で言いつつ体を起こしかけた波の肩を、南州の手が「そのまま、そのまま……」と、やわらかに押さえた。

宗次が波の耳元へ口を近付けた。

「私とお波さんが出会うたのは、出会うべくして出会うた神様の思し召し。そう気楽に思いなさいやし。気楽に」

「うん。左様左様……」

鰯油臭い小明りの中、南州が目を細めて頷き、傍に控えていた早苗も手元を休め、笑みを見せてやはり頷いた。

宗次は、二枚の絵を包んだ油紙を開きにかかった。中に何が入っているかを知らない南州が思わず真剣な顔つきとなる。

宗次が奉書紙に描いた絵を取り出すと、背すじを伸ばした南州の目が、「おおっ……」という感じで大きく見開いた。

床に就いている波には一体何が描かれているのかはまだ判らない。

「先ず、これからだい。お波さん……」

宗次は仰向けに寝ている波の顔の上に、「仔犬と幼女」が戯れている絵を広げて見せた。あと一枚の方は、まだ油紙に包まれたままだ。

「まあ……」

薄暗い小明りのなか、あざやかな色彩画を見た波の目が、みるみる輝き出した。

「この身形は……この恥ずかしいほど貧しい身形の子は、まぎれもなく私の子……」

「そうでござんすよ、お波さん。隣で眠っている神の子のように清い、お道を描かせて貰いやした。可愛く描けているでございやしょう」

「は、はい。本当に我が子ながら、なんと可愛い……」

感動の余りか、涙ぐむ波の小声であった。

「よしよし。少しの間なら、体を起こしてみても大丈夫じゃろう」

南州先生はそう言うと、波の枕元に膝頭を近付ける位置へと体を少し動かし、患者の肩に両手を差し入れるようにして上体を静かに起こしてやった。

「さ、自分の手に取ってようく御覧なせえ。この絵はね、お道にあげやすよ」

宗次は波にそっと、「仔犬と幼女」の絵を手渡した。

「えっ、道が戴いて宜しいのでございますか。ですけれど、宗次先生ほどの御人に描いて戴いた我が子の絵を、母親とは申せ病人が手にする訳には参りませぬ」

「なあに、気にすることはありやせん。私が絵仕事に用いている奉書紙は丈夫で滅多に破れやせんし、手汚れも付き難うござんす。さ、安心して御覧なせえ」

「は、はい……それでは」

大人たちの間で交わされた小声での会話は、そこで一休みとなった。

波は「仔犬と幼女」と、隣で眠っている我が子、道とを幾度となく見比べた。

南州先生も、満足そうであった。「仔犬と幼女」を身じろぎもせず眺めている。

その絵に、今やどれ程の驚くべき価値があるか、よく判っている南州だった。

どれほどか経って、「次にもう一枚……」と、宗次の小声が静けさをそっと破った。

この時になって、薬を調え終えた女医早苗が、恩師の肩ごしに波が手にする絵を覗き込み目を見張った。

「まあ、なんと素敵な……今にも絵が奉書紙の中からこの世に飛び出してきそう……」

「よくぞ言うてくれた早苗。まさしく奉書紙から飛び出してきそうじゃ。さすがじゃ宗次殿。凄い」

「南州先生、そう褒(ほ)めないでおくんなさい。二枚目が出し難(にく)くなりやすので」

宗次は苦笑しつつ、二枚目の「仔犬と雨蛙」を、はじめの絵「仔犬と幼女」と取り替えるようにして、波の手に預けた。

　とたん、波の口から「えっ?……」という呟きが、そして同時に「おお……」という驚きが南州の顔に広がった。共に衝撃を受けたかのような、その二人の表情を、これもまた殆ど同時に早苗の言葉が言い表していた。

「いま動きましたですよ南州先生。絵の中で確かに動きました。仔犬と雨蛙が」

「うん。儂の目にもそう見えた。一瞬じゃったが……」

「私(わたくし)も、そう感じました。とくに雨蛙がピョンと……」

早苗の言葉に、南州先生以上に波が大きな驚きで応じた。もう患っていることを忘れているかのような表情だった。鰯油臭い貧しく薄暗い小屋の中に、ほのぼのとしたものが漂い出していた。これが江戸の人人から天才的浮世絵師と称されている宗次の、「絵の威力」であった。そう、威力という表現が許されるほどの、宗次画の〝魔力〟とも言うべきものだった。

宗次が、しんみりとした口調で言った。

「この絵は、お波さんに差し上げやす。是非とも受け取ってほしいと思って描きやした。但し、少しばかりわがままな、お願いがありやしてね」

「どのようなことでございましょうか。このように苦界に陥ってしまった私にも出来ますることならば、何でも致しますけれど」

「おいおい宗次殿、お波さんは心の臓をいためておる病人なのじゃ。無茶は言いなさるなよ」

南州先生が横から心配そうに、口をはさんだ。宗次は首を小さく横に振った。

「あくまで南州先生のお許しが戴けるほどに回復してからで結構でござんす。

また早苗先生が付き添って下さるなどして、駕籠で出掛けるようにして戴きとうございやす」

「早苗に付き添わせて出掛ける？　それはまた、何処へじゃね宗次殿」

「日本橋本町の『彩画堂』でございやすよ南州先生」

「ほう。『彩画堂』と言えば、江戸はもとより、京、大坂まで知られた画商。そこへ早苗に付き添わせてお波さんを？」

「左様でござんす。それでね、お波さん……」

南州先生と合わせていた宗次の視線が、波に戻った。鰯油に浸した灯芯がジジ……と鳴って、青白いひとすじの油煙が隙間だらけの天井へと、のぼってゆく。

宗次は、言葉を続けた。間近な早苗が我れ知らぬうちに見とれるほど、やさしい男の顔になっていた。

「私と『彩画堂』の主人文左衛門殿とは、もう二十年を超える付き合いなのでござんすよ。と、言うよりは、亡くなった私の父と文左衛門殿との付き合いが長かったのですが」

控え目な声で穏やかに話す宗次に注目して、皆シンとなっていた。宗次と長い付き合いのある南州先生も、いまの話は初めて耳にしたらしく、目が「えっ……」となっている。

「亡くなった私（あつし）の父は、剣術が少し上手な人でござんしてねえ、お波さん。その父が剣術の次に熱心だったのが、雨蛙を描くことだったのですよ」

「まあ……」

と、波の顔に笑みが広がった。心にも体にも安らぎが広がっているような笑みだった。

「その雨蛙の対手（あいて）として一点を選び父が好んで絵の中に登場させたのが、雀、蝶（ちょう）、蜻蛉（とんぼ）、白顎鬚の老人、水仙（すいせん）そして兎（うさぎ）などでした。これらそれぞれに季節性がござんすが、父はそれにはこだわらず、一枚の絵の中に二つも三つも季節を、そうっと質素に取り入れておりやしてね。これが『彩画堂』の文左衛門殿に大層気に入られやして」

「とても素敵でございます。聞いただけで頭の中にさわやかな絵模様が浮かんで参ります」

波が楽しそうに言い、早苗が「うんうん……」といった感じで二度頷いてみせた。同じ思いなのであろう。

「と、言ったところで私（あつし）の本題に入らせて貰いやすね。お波さんに差し上げてお波さんの所有となりやしたこの『仔犬と雨蛙』ですがね。日本橋本町の『彩画堂』さんに持ち込んで下さいやして、出来れば主人（あるじ）の文左衛門さんの言い値そのままで、譲ってやって戴きたいと思うのでござんすが……」

「え……」

すぐには意味が理解できなかったようで、波の顔からそれまでの笑みが消え去った。

だが、それとは対照的に、南州先生と早苗が何かに気付いたらしく、ハッとした顔つきになっている。

宗次が「実は……」と言葉を続けた。

「私（あつし）はね、お波さん。文左衛門さんから昨年の夏に、雨蛙を画題として是非とも何点か描いてほしい、と依頼されていたのでござんすが、京、大坂、大和（奈良）へと出かけたりで忙しく、いまだ約束を果たせないでいるのですよ」

「宗次先生のお忙しさは、私のような者でも充分に想像のつくことでございます。それではどうぞ、この『仔犬と雨蛙』を先に、先生の御仕事として文左衛門様にお手渡し下さいますようお願い致します。私のような者には『仔犬と雨蛙』は余りにも勿体のうございます」

「いや、私と文左衛門殿との間にある、仕事がどうのこうのは、お波さんが気になさることではございやせん。私のお波さんに対するお願いはただ一つ、『仔犬と雨蛙』を文左衛門殿の所へ持ち込んでほしいということでござんす」

「けれど先生、それでは余りにも……」

　ここで南州先生が間に割って入った。

「宗次殿。『仔犬と雨蛙』の件、この柴野南州が承った。儂がお波さんに付き添って『彩画堂』を訪ねるように致そう。それでどうじゃな」

『仔犬と雨蛙』が文左衛門によって如何ほどの値を付けられるか、柴野南州ほどの名医にさえ見当がつかなかった。だから、波にその値が想像できる筈もない。おそらく「好意値」で五両か十両、といったところが貧しい苦界に沈んでいる波の想像の限界だろう。

「真に助かりやしてございます南州先生。ではひとつ、宜しくお願い致しやす。私はこれで失礼いたしやすが、南州先生と早苗さんは？」

「これからお波さんに手渡す薬は新しい調合薬でな。先ず服用して貰って、四半刻ばかり服用後の体の様子をみたいので儂も早苗も、いま暫く此処にいることになるじゃろ」

「じゃあ、南州先生、私はひと足お先に……お波さん、南州先生が診て下さっておりやす。必ず治るから安心いたしなせえ」

「はい。確りと歩けるようになりましたならば、必ず宗次先生のお住居へ、道の手を引いてお礼に参ります。色色と本当にありがとうございました」

宗次は笑顔の頷きを残して、小屋を後にした。外は月明りが降り注いで、小屋の中よりはるかに明るい。

南州先生は波をそっと横たえてやると、「大切にしなきゃあのう……」と呟きながら、宗次が残していった油紙に、二枚の絵を包んだ。さあて、百両か二百両か……いや、ひょっとするとそれ以上か、などと胸の内でひとりそっと呟く南州先生だった。いまや値あって値なし、と言われている宗次の一枚画である。しかも色彩画だ。

## 四十

あの『仔犬と雨蛙』が日本橋本町の『彩画堂』へ持ち込まれることで、波と道の生活が少しでも立ち直ってくれればと願う宗次だった。実は『彩画堂』の主人（あるじ）文左衛門とはすでに、この件について合意済みであった。むろん、文左衛門から波に幾ら支払われるかまでは打ち合わせていない。その点は文左衛門任せだ。

けれども「お波さんが、ささやかな小間物商いで自活できるようになれば……」くらいのことは、さらりとした感じで文左衛門に伝えてはある。それに対して文左衛門は、ただ控え目な笑みを見せてくれただけで、頷くこともなかった。

が、文左衛門のその態度を、宗次はいささかも気にしていない。

波が急な心の臓の発作で倒れたのは、大外濠川（神田川）に架かる和泉橋を道の手を引いて渡っている時だった。刻限はちょうど午ノ刻（正午）ごろ。
たまたま和泉橋の手前に差し掛かっていた宗次が駆けつけ、そして驚いた。
倒れて苦しむ母親の背を、泣きもせず一生懸命に撫でている幼い道が、なん
とチヨの下の娘、吾子にそっくりではないか。
　宗次は吾子が可愛くて仕方がない。吾子も宗次のことを「せんせい……」と
か「せんせいおじさん……」とか呼んでなついている。
　宗次が波と道の母子のために絵筆を取ったのは、吾子に余りにも似ている母
親思いの道に心を動かされたからだった。吾子は充分過ぎる両親の愛情に恵ま
れて、貧乏長屋暮らしながら幸せである。父親の屋根葺職人久平は、その仕
事ぶりが評価を生み、めきめきと仕事量を増やし、若い衆を使うまでになって
いる。
　それだけに宗次は、幼い道の人生はこのままではいけない、という思いに駆
られたのだった。
　宗次のこの思いは、おそらく自身の余りにも痛ましく不幸な生い立ち（上巻口
絵最終ページ参照）と重なったからに相違ない。

宗次は「恋ヶ池」の土堤を、道のかわいい寝顔を思い出しながら歩いた。松並木の枝枝が宗次の顔や肩に影をつくったり、消したりしている。

葦林の其処此処に沈むようにして窺える夜鷹小屋から、刹那的な快感を求める男どもや、重い悲しみを歯をくいしばって耐える女たちの、小さな悲鳴や微かな喘ぎが漏れ伝わってくる。

ここ一帯は町奉行所の取締の対象から外れているとも言われている、苦界の里だった。

名は特に無い。ただ、二十幾つかの夜鷹小屋が息を殺すかのようにして存在することは、確かであった。

しかも悲しみを背負ったその小屋の住人たちは皆、教養を身に付け、武家の言葉を話し、ともすれば挫けそうになる重い苦痛を誇りだけで支えていた。

この「恋ヶ池」の苦界に身を沈めているのは、そう、武家の妻や娘たちであった。いや、もう少し正しく表現するとすれば、もと武家の、ということになろうか。たとえば改易に処された武士は、禄はもとより、領地、家屋敷まで取り上げられてその地位を失い、平民として生きて行くしかない。自給自足の生活力をもともと持たない武士にとって、それはまさしく地獄道への転落を意味し、主人（夫）の多くは責任と絶望に押し潰され自害して果てる。残された罪無き妻や娘は、主人（夫）が受けた改易という最悪の処断が災いして行き先の定まらぬ場合が多く、苦界へと身を落としてゆくこととなる。

だが、しかし、我が身が朱塗りの格子窓の向こうに品物のように陳列される**廓**にまで転落することは誇りが許さず、その果ての選択肢が、**「恋ヶ池」の夜のおんな**、となって世間から隠れひっそりと生きて行くことだった。

その悲しい姿の一つを、宗次はたまたま、波母子の身の上に見たということだった。

この母子にとって宗次と出会ったということは、まさに運命であり、神の救いとも言うべきものだった。その救いの力がどれほどのものか、波は「彩画堂」を訪ねるまでは実感しないに違いない。しかし、やがて判る。

宗次は松並木の土堤を北の端まで来て、振り返った。そして、「赤橋」の方角に向けて、深く頭を下げた。このような刻限になっても波を気遣って訪ねてくれた南州先生への感謝であった。むろん、若き女医、早苗先生に対しても。

悲しい運命を背負ってひっそりと「恋ヶ池」の女となった中には、禄高千石、千五百石を取り潰された大身家の妻や娘もいるとかであった。町奉行所が、旗本街区に近いこの「苦界」を、職権を振りかざして杓子定規に取り締まれない理由が、その辺りにあるらしかった。奉行や与力の知った顔があるとか、ないとかなのであろうか。

「感謝いたしやす南州先生。どうか、これからも……」

宗次は呟きを残すと、「赤橋」に背を向け、月明りの中ぼんやりと浮き上がって見える石段を下り出した。下りた所から直ぐに、広大という程でもない竹林が町人街区の方へと瓢箪のかたちを見せて広がっている。太くよく育った青竹の林である。あちらこちらに隈笹（多年生常緑笹）の豊かな繁りが見られはするが、手入れの行き届いた竹林は月明りをよく通している。

この竹林のなか、ちょうど瓢箪の首あたりに、「想い沼」という真四角な小さい沼がある。幕府に言わせれば、町人街区の火災に備えた単なる人工の貯水槽に過ぎないのであったが、いつの頃からか「想い沼」と呼ばれるようになっていた。もと武家のおんなを想い求めて、町人街区から竹林を抜け「恋ヶ池」へいそいそと通う男たちがいつとはなしに名付けた、とも言われている。その「想い沼」の畔まで来て、宗次の足が止まった。「想い沼」の水鏡が、月を映してまぶしい程であった。

「侍の仕来たり、なんてえのは、まったく下らねえ。弱い者を不幸にするためにあるようなもんだぜい」

　宗次は月を仰いで、舌を打ち鳴らした。波を訪ねるのは、今日を最後とする積もりだった。あとは南州先生の配慮と人情に縋り付きたい思いが強かった。南州先生に対してならば、自分の感謝の気持をどのようなかたちで表すにしろ、「出し過ぎる心配」はあるまいと考えている。

「そう言えば、春先にこの林で採れる筍は、小振りだが甘みがあって美味だったな……」

　宗次は、居酒屋「しのぶ」で、主人角之一の勧めで食した「想い沼」産の筍と若布の炊き合わせが絶品であったことを思い出した。

　とにかく酒に合った。

月を浮かべている水鏡の明りを浴びた宗次の表情が、突然硬化したのはこの時である。

宗次は、しゃがんだ。沼の向こう岸を見ていた。

鋭い風切り音が尾を引いて、宗次の頭上を過ぎたのは、この時だった。

瞬間、甲高い音が次次と鳴り響いた。殆ど間を置くことなく連続して六度。

何かが青竹の幹に命中した音、と宗次には判った。

宗次は慌てることなく、間近な隈笹の陰へそろりと身を潜め、辺りを見まわした。

その宗次の表情が、「ん?」となった。先程まで自分が佇んでいた背側、の太い青竹数本の幹に丸い穴があいているではないか。それが月明りで鮮明に見えた。寛永銭（直径凡そ二・七センチ）くらいの穴だ。寛永銭とは幕令によって寛永十三年（一六三六）から鋳造が始まった寛永通宝（江戸時代の代表的銭貨）のことである。江戸では浅草橋場、芝縄手の二か所、それに近江の坂本を併せた三銭座で先ず鋳造が開始され、翌寛永十四年からは陸奥仙台、常陸水戸、越後高田、三河吉田、備前岡山など八か所へと鋳造所が一気に増やされていった（のち全国へと付けた。

（あの穴……まさか）

宗次は胸の内で呟き、足元をそっと弄って三つ四つの小石を手にした。

その小石を宗次は身近な青竹数本に向かって、低い姿勢のまま無造作に投

小石を浴びた青竹が鈍い音を発した。刹那――殆ど同時に――それらの青竹が爆竹のような音を次次と発して、矢を放った弦の如く揺れた。

漸くのこと宗次は、現実を目の当たりにして、背すじにうっすらとした寒気を覚えた。

「間違いねえ」

宗次は呟いた。脳裏に夢想心影一刀流の名が過ぎっていた。その剣法が現在を遡ること三百数十年足利尊氏の時代、紀州龍神岳（標高一三八二メートル）の奥深くに居した孤高の修験者、聖本院坊一刀斎によって編み出されたことを承知している宗次だった。

しかし、現在の時代から見て余りに古流剣法に過ぎる夢想心影一刀流の剣技

について、宗次は詳しくは知らなかった。また、その剣法が後継者に恵まれて現在の時代に、江戸なり大坂なり京なりで道場を開いている、ということも耳にしていない。むしろ忘れ去られ、消滅した剣法であろうと思ってきた。ただ一つ。その剣法に恐るべき秘術があることを、宗次は亡き父、梁伊対馬守隆房から教えられている。

それが「闇礫」と称する投礫業であった。球状に鋳造され黒く塗布された鉛玉を目にもとまらぬ早業で次次と投擲するのだという。その威力は手裏剣などとは比べものにならぬ程に絶大で、投擲距離にもよるが、体のやわらかな部分に命中すれば貫通するというのだ。

宗次は今、それに相違ないらしいものを目の前で捉えたのであった。表面が黒く塗布された鉛玉だとすれば、如何な月明りであっても肉眼では捉え難い。それも竹の幹に穴をあける程の威力であるから、相当な速さで飛来すると思わねばならない。しかも、夜の暗さに溶け込むようにして飛来するとなれば、防ぎ様が無い。

相手が剣・槍・弓矢・手裏剣などであるならば、対処の仕方を幾通りも亡き父から伝授されてきた宗次である。ところが投礫業「闇礫」は、その業を極めた人の手から放たれる。発射音は無いし、火薬の発火も無い。

「さあて……」

無腰の宗次は静かに後退り（あとじさ）、後方の隈笹へと、潜り込むようにして身を縮めた。

無腰の宗次にとっては、かつてない強敵だった。たとえ一発でも腰や胸部に当たれば、致命傷となりかねない。

相手は、全く音を立てなかった。したがって一人なのか複数なのか宗次には判らなかった。しかも、一気呵成（いっきかせい）に攻めてくる様子もない。

と、言うことは……。

（こちらを浮世絵師宗次とは知らねえとしても……油断のできねえ相手と承知していやがるな）

宗次は、そう思った。心当たりは無論あった。あれはいつだったか、西条山城守貞頼の暗殺を謀（はか）った刺客集団を一度撃退している。おそらく、その集団の再来か、もしくはその集団にかかわる別の組織の動きではないか、と想像が出来た。確信に近い想像である、と思った。

となると、宮将軍招聘派(しょうへいは)の暗躍ということになる。

（ちょいと面倒なことになってきやがったな。それにしても尾行されていたのか、それともこの界隈で偶然この宗次の姿が目にとまったのか……いずれにしろこの場から逃げるようにして退がる訳にはいかねえやな）

声にならぬ呟きを漏らした宗次の瞼(まぶた)の裏に、チラリと美雪の控え目な笑顔が浮かんだ。

宗次は雪駄を脱いで、後ろ腰の帯に差し込んだ。足の裏は降り積もった竹の葉でやわらかだ。

よし、とひとり頷いた宗次は、隈笹から隈笹へと伝うように、そろりと動き出した。

月は皓皓(こうこう)と照っている。気を付けなければいけない。

が、幾らも動かぬ内に宗次の慎重な移動は止まった。足の裏が冷たい何かを捉えていた。この瞬間、宗次は足の裏に触れたそれが何であるか、想像できていた。内心、期待していたものだ、と。

右の手が、その期待していたものを拾い上げた。黒い鉛玉、つまり「闇礫」であった。大変な速さで、太い青竹の幹を貫通した証なのだろう。球状の鉛玉には、ほんの少しだが、ひしゃげて平になっている部分があった。まさに凄い速さで青竹に〝激突〟していたのだ。

（凄い投擲業だ。こいつを腹にくらえば、ひとたまりもない……）

宗次は背すじに新たな悪寒を覚えた。左右両手を用いての手裏剣業をも極めている宗次であるだけに、相手の業の位が如何に高いかが判るのだった。

宗次は黒い鉛玉を右の手にして、再び隈笹から隈笹へと移動した。

大胆にも、宗次は相手との距離を詰める積もりでいるのだった。距離を詰めた方が、敵の手から放たれる「闇礫」の威力を、薄められると考えている。揚真流兵法を極め今は大剣客の位に近付きつつある宗次には、〝読み〟の計算なりがそこにあるのだろう。

幸か不幸か、皓皓と降り続いていた月明りがこの時になって、すうっと明りを弱めた。

宗次は夜空を仰いだ。林立する青竹の間から、うっすらとした雲が月の下を流れていた。敵に接近しようとする宗次にとっては多少ありがたかったが、しかし、月明りが弱くなる分、敵の姿を捉え難くなる。まさしく、幸か不幸か……であった。

宗次にとっての武器はたったの一つ。差渡(さしわたし)(直径)が一寸(凡そ三センチ)にも満たない球状の鉛玉が一個だけだ。これを使うというのか宗次。

月明りがまた降り出して、先程よりも明るさが増した。これも宗次にとっては幸か不幸か、である。先に発見されれば、鉛玉が唸(うな)りを発して矢継ぎ早に襲い掛かってくるだろう。

だがしかし、神は宗次に味方した。

「いた……」という呟きを漏らしたのは、宗次が先だった。

それを証する光景が、宗次の前方にあった。身形決して悪くない一群の侍たちが、覆面をすることもなく身じろぎひとつせず、突っ立っていた。はじめに宗次がいた位置――沼の向こう岸――に視線を集中させながら。

宗次の移動に気付いていなかったのだ。

その侍たちを今、宗次は真横から眺める場所にまで接近していた。

宗次は敵の数を注意深く数えた。そして、十二という数に確信を抱いた。あとはこの十二名を倒すか、それとも自分が倒されるかだ。

十二名の敵は沼の向こう岸に対し、やや扇状に陣を張っていた。月明りでその一人一人の顔はおおよそ判ったが、知った顔の者はいなかった。

宗次は自分の位置から一番身近な相手までの距離を、凡そ七、八間（十五メートル前後）と読んだ。

（全員が「闇礫」の投擲業を心得ているのか。それとも一人二人か……）

宗次の目が鋭くなっていた。鉛玉を掌の中に納めている奴はどの侍か、と宗次の視線は月明りを頼りに、一人一人の手元を検ていった。

けれども宗次の位置から確かめられるのは、連中の左の手だけだ。

（一人の者が投擲したとすれば、あの礫の多さは恐らく左右の両手を使っている……）

宗次は、そう読んでいた。その読みが正しければ、左の手の〝様子〟を突き止めればいい訳だ。

〝其奴〟は、案外に早く宗次の目にとまった。扇形の陣の手前側（こちら側）から三人目。〝其奴〟の左の手は確りとした拳をつくっていた。しかも、膨らみ気味の拳だ。

（あいつか……）

宗次は尚も慎重に皆の左の手を検ていった。が、膨らみ気味の確りとした拳をつくっているのは〝其奴〟だけだった。他の者はいつ必要となるかも知れぬ抜刀に備えてだろう、左手五本の指はやや開き気味だ。

隈笹の繁みから左半身を出した宗次は、片膝を地についた姿勢を取り、背すじを静かにジリッと伸ばした。

狙いは既に、決まっていた。あとは命中するかどうかだ。

手裏剣では狙った的を外すことなどない宗次ではあったが、直径が一寸に満たない鉛玉を投擲するのは初めてだった。

直径が一寸に満たない鉛玉とはいえ、その重量は決して侮れない。この重さが破壊力につながっていく。

宗次の視線が〝其奴〟の一点に集中して、口元が引き締まった。宗次は知らなかったが、〝其奴〟こそ酒井雅楽頭家の三番位家老坂脇修右衛門の厳命を受け、不埒なる奴（宗次）暗殺に向けて手勢十名余と共に動き出した前田斬次郎であった。そしてもう一つ肝腎（かんじん）な事を付け足せばこの前田斬次郎こそ、孤高の修験者、聖本院坊一刀斎の血を濃く受け継ぐたった一人の者だった。

が、宗次にとっては〝其奴〟が、聖本院坊一刀斎の血族の者であろうが、なかろうが殆ど意味はなかった。倒すべき相手か、そうでないかの判断以外は、必要のない相手だった。しかも〝其奴ら〟を生かしておいては、西条山城守にまで悪影響を及ぼす危険がある。

（この位置からの投擲では……少し遠いか）

「完全」を計算しなければならない宗次はそう思って、片膝を立てていた姿勢を改め、再び右手斜め前方の隈笹へと移動し始めた。その気配を少しでも察知されたなら、「完全」を追求する宗次の計算は、それこそ音を立てて崩壊してしまう。

　運は宗次に味方した。目的の隈笹の陰に身を潜めた宗次の背中には、汗が噴き出していた。

　此処でよし、と宗次は決意をかため、隈笹の繁みから右半身をそっと出して片膝をついた。鉛玉を握りしめる右の手に、ぐいっと力が入る。

「気配を消しましたね。岸に沿うようにして左右に分かれ回り込んでみましょうか」

〝其奴ら〟の内の誰かが言った。わざとらしい大きな声であった。〝相手〟に聞かせて、怯えさせる腹積もりなのであろうか。

「いや、こちらから近付くのは危ない。奴はもう、獅子の前の小兎よ。呼吸の乱れの訪れを待つ」

そう応じた男の声も、あたりを憚ってなどいなかった。自信にあふれたその応じ振りは、宗次が狙う前田斬次郎のものだった。

一体宗次は、前田のどこを狙っているというのであろうか。頭か、それとも頬か、あるいは脚か。

宗次の目がギラリと凄みを見せ、呼吸を止めた。そして、背すじが伸びあがり、右腕が肩を軸として大きな半円を描き、後ろへさがってぴたりと静止したところで、月が翳り出した。

それが一対十二の、血戦開始の合図だった。

## 四十一

宗次の手から鉛玉が放たれた。生まれて初めて経験する「闇礫（やみつぶて）」の投擲だった。しかし、卓越した手裏剣業を心得ている宗次だ。鉛玉が空気を裂いてヒヨッと鋭く唸った時には、宗次の足は既に地を蹴り降り積もった竹の葉を舞い上げていた。そして、二つの光景が前後して、いや、殆ど同時に生じた。

「うがあっ」

左の手に鉛玉の直撃をくらった前田斬次郎が、野太い悲鳴をあげて沼の畔に叩きつけられるように横転した。

このとき宗次は最も身近な敵の一人へ矢のように迫り、〝其奴〟に「あっ」と驚く余裕を与えぬ内に腰の鞘から大刀を奪っていた。

「あっ、おのれ」

漸く叫んだ〝其奴〟こそ、横者強之介だった。前田斬次郎と並んで隠密情報機関「白夜」の二枚看板だ。その横者の手が形相凄まじく小刀の柄にかかったとき、宗次の手にある大刀が横者の膝頭を殴りつけた。斬ったという生易しいものではなかった。切っ先三寸で殴りつけたのだ。剣術を知らぬ者が打ったのではない。剣術界から大剣聖と崇められた父梁伊対馬守隆房に迫る剣客にまで上ってきた宗次が打ったのである。ただでは、すまない。

膝頭が異様な音を立て、横者強之介は悲鳴もなく仰向けに倒れるや、直ぐさま体を海老のように丸めて激しく痙攣をした。名状し難い猛烈な痛みに見舞われていた。

その二つの光景の間に宗次は、〝敵〟の足もとを稲妻の如く低い姿勢で走り抜けた。悲鳴をあげる者あげない者数名が、次次と脚を襲われて竹林に沈んでゆく。

半分は倒したか、と読み切った宗次は刀を捨て、韋駄天の如く竹林の外に向かって〝脱出〟を試みた。

全員を倒すつもりは初めからなかった。また斬殺せずとも、半数以上の者に対して動けぬよう大きな打撃を与えれば、集団としての動きも著しく弱まるか、あるいは動けなくもなるだろうという読みがあった。

一瞬のうちに数名を倒されて仲間の間に混乱が広がったのか、誰も宗次を追わなかった。

その意味では、宗次の読みは当たっていた。

竹林を出て直ぐの東側に、荒れて無気味な小さな無人の庵があある。江戸を舐め尽くした「明暦の大火」で類焼をまぬがれた数少ない建物の一つで、縁起が良いとかで取り壊されずに残っていた。その庵の裏手に稲荷の社があって、矢張り焼けずに残っていた。今では庵に誰が住んでいたのか知る人もいない。が、どうやら白狐の夫婦が人間に姿を変えて住んでいたらしいという噂もあったりで、それがため「取っ払っちまえ」という声はどこからも生じなかった。

むしろ、余りの傷みを見かねた老大工が、ひっそりと小修繕を加えたりしているらしい、とかだ。

宗次はその庵の陰へ回り込んで、片膝をついた。

月明りは、再び皓皓と降り出していた。このところ、昼間など明るいうちの江戸の町は穏やかで落ち着いていた。ただ、夜になると、生活に行き詰まった浪人たちによる金目当ての、辻斬りや押し込みなどが続発している。

宗次は庵の陰で待った。自分を狙った集団の行き先を、突き止めずにはおれなかった。

そのために数名を痛打はしたが、命は奪わなかったのだ。が、その手負いの数名は二度と戦闘能力を回復させることはあるまい、と宗次は思っている。

「来たな……」

宗次は呟いて、庵の陰から顔半分を覗かせた。いくらも待たないで、集団の不揃いな足音が、竹林の中から次第に近付いてくる。そのひきずるような足音の中には、苦し気な呻き声も混じっていた。

先ず三人が竹林の外へと現われた。宗次が体の位置を、すうっと暗がりへと退ける。

庵の先を、三人、二人、三人……と横切った。全員のうち、ほぼ半数が宗次に倒されていた訳で、支えたり支えられたりの連中だった。相手が余りに悪すぎたのだ。去る年、京において西国の大剣客と称された嵯峨飛天流の二代目宗家、斜野小路能師を圧倒的な力量差で倒した宗次である（祥伝社文庫『皇帝の剣』)。

「十二名……だな」

目の前を横切っていった連中を数え終えた宗次は、用心深くそろりと庵の陰から出た。

宗次の尾行がはじまった。自分に襲い掛かってきた相手を尾行する。これは宗次にしては、珍しいことであった。これまでは、容赦なく相手の命を奪ってきた宗次である。だが今回は、相当な手練どもであったにもかかわらず、手加減をしている。これには理由があった。自分が襲われたことが、若し西条家と深くかかわっているならば、相手の全貌を確りと突き止める必要がある、と思ったのだ。曖昧に対決し曖昧に突き放したならば、西条家の命取りになりかねない、と考えたのだ。

「倒すなら一人も残さずに根刮ぎだ……」

宗次は前方を行く連中を用心深く尾行しながら呟いて、軽く歯を噛み鳴らした。

幸いなことに、月が雲に隠されたり出たりを繰り返し始め、前を行く連中が闇色に溶け込んで見えなくなったりした。だが宗次は、亡き父梁伊対馬守を相手に闇討ちの修練、いや、正確に言えば「闇に討たれる訓練」を徹底的に積み上げてきている。したがって夜目は利いた。宗次に対し真昼に襲い掛かる方が有利か、それとも漆黒の闇に襲い掛かる方が有利かは、無駄な問答というものであった。

どれほど尾行を続けたであろうか。夜空の雲が綺麗に吹き流され、ザアッと音を立てるかのようにして青白い月明りが降り出した。宗次が思わず「む、眩しい……」と思うほどに。

その強く青白い月明りが、宗次に予想もしなかった光景を捧げてくれた。

「あの屋敷は……」

と、宗次が呟いた半町ばかり先の堂堂たる大邸宅へ、戦闘能力を捥ぎ取られた刺客集団が、足もと危ない姿で次次と消えていくではないか。

宗次は暫くの間警戒して、その屋敷の前へは近寄らず、通りの大きな公孫樹並木の下に佇んでいた。

が、屋敷内から誰も現われる様子はない。

「もと御側衆七千石旗本、本郷甲斐守清輝の改易屋敷跡が、連中の根城だったとは、ちょいと驚かせやがるぜ」

そう漏らした宗次は深刻そうな表情を拵えて、旧本郷家上屋敷へそろりと近付いていった。

そして、本郷邸跡が奴らの根城だとすれば、幕府中枢部の大権力とつながっている、と確信した。

屋敷の七、八間手前で宗次の足は止まった。旧本郷家の上屋敷ほどになると、表御門の両袖に格子窓を持つ番所の備えがあって、門番の若党とか中間、下男などが詰めているため迂闊に門前へは近付けない。

宗次は土塀に沿うようにして表御門に接近すると、塀の角から片目だけを覗かせた。

表御門の柱に表札、たとえば北町奉行所のような役所看板などは下がっていなかった。しかし、幕府中枢に在る組織の役宅に相違ない、という宗次の確信は揺るがない。

宗次は塀に沿って退がった。どうにも月明りが邪魔であった。西条家の安泰を考えれば、ここで連中の素姓・実態を暴かない訳にはいかないのだ。

旧本郷家の右隣には、戦時に限っては監察憲兵の性格をもって将軍の幕僚（参謀）を務める**御使番**（おつかいばん）旗本千五百石、橋下六左衛門（はしもとろくざえもん）の邸宅がある。徳川松平一門の枝葉に列しているが、橋下六左衛門の母方は平氏に濃くつながっている。

その名門屋敷と旧本郷家との間に石畳が敷かれた小路があって、この小路の突き当たりに江戸では珍しい小さな尼僧院「清月院」（せいげついん）の山門があった。拵えは小さいが京（みやこ）の本院につながる格式を誇る美しい庵構え（いおりがまえ）の寺院である。

宗次は月の明るさに用心しつつ、その小路を「清月院」に向かって入っていった。

「清月院」山門の少し手前左手に、旧本郷家の長屋口（勝手口・裏口など）があることを宗次は承知している。旧本郷家の若き嫡男、清継（きよつぐ）に執拗（しつよう）に挑まれて、已（や）むを得なかったとは言え、清継を激闘の末に打ち倒して本郷家を潰滅（かいめつ）へと追い込んだのは宗次なのだ（祥伝社文庫『夢剣 霞ざくら』）。したがって、旧本郷家のことに関して宗次は多くのことを知り尽くしていた。

「宗次」と「清継」の果たし合いという「大事件」は、ただでは済まなかった。

本郷清継の父、甲斐守清輝が「御側御用人」麾下御側衆の要職に在ったこと、清継自身も将軍家に直属する隠密情報機関、駿府城御庭忍び「葵」の統括与力（事実上の長官）という重要な地位にあったこと。その地位にある者が、将軍家の信頼厚い西条家の姫（美雪）に対し邪な恋情をもって強引に迫ったこと。

そして、そのことをもって、宗次に対しても強引に戦いを挑んだこと。

これらのことを知って将軍家が激怒したのは当然のことだった。

その結果、本郷家は消滅した。

宗次が旧本郷家の長屋口の前で足を止めたとき、幸いにも月明りが弱まり出した。宗次が夜空を仰いでみると、薄雲が月にかかったところだった。ただ、雲の形状は幅細くしかもそれほど長くはない。直ぐにも強い月明りに戻りそうだ。

宗次は長屋口の木戸を押してみた。開く筈がなかった。長屋口の向こうには旧本郷家の家臣たちの住居――つまり長屋と称するもの――が在る。その長屋は現在、幕府中枢に位置する薄暗い組織に属する者たちが、日常的な住居に使っている、宗次はそう読んでいた。確信的に読んでいた。

しかしながら、その薄暗い組織が、自分が倒した本郷清継の支配組織「葵」の姿を変えたものとは、さすがに知り得ていない宗次だった。

本郷家が消滅した原因はいささかも公表されず、うやむやの中で処理されていた。

宗次の名も、西条家美雪の名も、本郷家消滅の周辺で浮上してきてなどはいない。

と、言うことは本郷清継の指揮下にあった旧「葵」の手練たちも、自分たちの頭(かしら)の**消滅理由**を上から何一つ知らされていないということになるのだろうか。

ともかくも、こうして「葵」の今が「白夜」としてあるのだった。

「思い切って……やるか」

宗次は土塀の頂(いただき)を見た。七尺高はありそうだった。けれども宗次にとって高さは問題ではなかった。軽軽と飛び越えたその後が問題だった。恐るべき手練集団であることは既に判っている。「闇礫」にすぐれる者が若し三人も四人もいれば、いくら宗次とて勝ち目はない。それでなくとも丸腰なのだ。

が、宗次は耳を研ぎ澄ましてから「よし……」と己れに対し頷いてみせ、軽く地を蹴って両手を塀の頂(いただき)に掛けた。塀の頂(いただき)は瓦ではなく目板打(めいたうち)板葺が山形に施されているため、それを確りと摑む必要がある。その点は心得て、地を蹴った宗次だった。

だがしかし、宗次は一気に塀を越えなかった。塀の頂(いただき)に両手をかけてぶら下がった姿勢で、腕力を使って静かに体を持ち上げていった。五尺七寸の肉体を腕力だけで、そろりと塀の上まで引き上げていったのだ。

よし大丈夫、と判断した宗次は、ふわりと土塀の向こうへ体を沈ませた。殆ど音を立てない。

とは言え、ここからが油断できなかった。相手は明らかに暗殺が役目と思われる手練集団だ。

長屋口の左右から、旧本郷家の家臣の住居であった長屋が細く長く延びていた。さすが、もと七千石旗本家だ。

大身武家の**家臣長屋**の背側(せがわ)は土塀と一体となった造りが多く、ここ旧本郷家もそうであった。

宗次はいま長屋口を入った所――長屋に挟まれた位置――に片膝をついて、旧七千石旗本家の壮大な御殿を横から眺めていた。長屋はどうやら空室（空家）が多いのか静かだ。音一つ聞こえてこない。

（ここを幕府組織の役宅と考えたところで、長屋の全室を埋めるだけの要員は抱えていないということか……それとも通いの者が少なくないということか）

宗次はぶつぶつと呟きながら、長屋口から低い姿勢でそっと離れた。

不意に月明りが、カッと強まった。

その月明りを浴びた御殿だが、宗次に近い方の建物は檜皮葺の屋根を持つほっそりとした矩形で、その向こう、夜空に向かって聳えるが如き真っ黒な瓦葺の大屋根は大棟の両端に勇壮にして魁偉な鬼瓦を有し、かつ大棟の両端近くより優美に勢いよく下り落ちる降棟の先端にも、鬼瓦が備わっていた。

月明りのもと、黒光りのするそれらの鬼瓦は、見るからに凄みがあった。

宗次は、ほっそりとした矩形の檜皮葺の屋根は旧本郷家の御台所御殿であろうと読み、どっしりとして重重しく見える巨大な黒瓦葺の大屋根こそが旧本郷家の御殿様御殿であろう、と想像した。

宗次は用心深く、旧御台所御殿であろうと思われる建物に近付いていった。こちら側に向かって大きな花頭窓（かとうまど）が二窓、大丸窓（おおまるまど）が二窓あったが、四窓とも障子に明りを映してはいなかった。それに、ひっそりとしている。

だが耳を澄ますと、微かな声が聞こえてくる。旧御殿様御殿の方ではないか、と思われたので、宗次はほっそりとした矩形の建物を右から回り込んだ。

見つかれば〝再激突〟といった単純なことでは終わらないかも知れない。拘束されたなら八つ裂きが待ち構えている、と思わねばならなかった。なにしろ問答無用とばかり、必殺の鉛玉を投げつけてきた相手なのであるから。

## 四十二

宗次は息をのんだ。我が目を疑った。信じられない光景が、「庭池」の向こうにあった。庭池に水は無かった。真っ白な玉石が池の床に敷き詰められ、それが月明りを浴びて青白い輝きを放っている。宗次は今、その「水なき池」の端の高台に物語を形作っている、大きな舟石の陰に身を潜めていた。「水なき池」は旧御殿様御殿の側を除く他の三方を、手入れの行き届いた笹藪(ささやぶ)で取り囲まれていた。そして更にその外側が矢張り手入れの見事な六尺高の平戸躑躅(ひらどつつじ)で覆われている。やさしい丸い刈り込みだ。誰の造作なのであろうか、見事な石組を演じている広大な枯山水(かれさんすい)庭園だった。

いま宗次が潜んでいる位置は枯山水(かれさんすい)庭園の最も高いところで、「水なき池」は旧御殿様御殿に向かってゆるやかに傾斜していた。

したがって、宗次の目にはよく見えたのだ。信じられないような、その衝撃的な光景が。

旧御殿様御殿の直前の庭先は一面、苔(こけ)に覆われている。その苔庭に倒れ伏して呻き、仲間たちから応急の手当てを受けている連中がいた。青竹の林、「想い沼」の畔で宗次の痛打を浴びた連中だった。

宗次は、その治療の光景に驚かされた訳ではない。

宗次が息をのんだのは、腕組をして御殿の廊下に身じろぎもせず立ち、深手を受け呻き苦しんでいる連中に冷厳な眼差しを向けている人物を見たからだった。

（なんてことだ……）

宗次は胸の内で呟き、ギリッと歯を噛み鳴らした。御殿の廊下に傲然(ごうぜん)たる威圧感を漂わせて佇むその人物が、この屋敷（役宅）の頂点に君臨していることは疑いようもなかった。

式部蔵人光芳、廊下に冷やかな面持ちで立っていたのは、なんとその人物だった。

宗次は視線を足もとに落として考え込んだ。

（この屋敷の本性は一体何なのか……幕府からどういう機能、役割を与えられているのか……）

知りたい、それも直ぐ、と宗次は思った。一刻の猶予(ゆうよ)も許されない、と自分に言って聞かせもした。

どうすればいいか、と迷いつつ宗次は用心深く、舟石から後退(あとずさ)った。

屋敷の外へは誰に見つかることもなく、長屋口から容易に出られた。

（私に向かって牙を剝いた連中は、式部蔵人の命によるものなのか。あの知性あふれる穏やかな印象の蔵人が、私の命を奪う命令を発したというのか……）

宗次が受けた衝撃は容易に鎮まらなかった。それほど蔵人に対して気を許していた宗次だった。

宗次の足は自分でも気付かぬうちに、闇夜に沈んで人の気配を絶やした神田の町人街区へと入っていた。宗次は小駆けに近い速足で、東へと向かっていた。明らかに行き先を定めたかのような足運びであるというのに、宗次はそのことを意識してはいなかった。頭の後ろで、蔵人の静かな笑顔が現われたり消えたりを繰り返していた。

鍋町を横切った辺りで漸くのこと宗次は、歩みを止めて夜空を仰ぎ、溜息を吐いた。

苦渋に満ちた顔つきだった。

暫くしてから、今度は腕組をして、考え考え歩く様子を見せた。

だが、その歩み方は、長く続くことはなかった。

彼は足を止め腕組を解くと、険しい目つきになって目の前の屋敷を眺めた。

眉を顰め、目尻を少しはね上げている。宗次にしては、日頃余り見せることのない尖った険のある顔つきだった。怒りの顔つき、というのではない。

「どうするか……」

ぽつりと呟きを漏らす宗次だった。目の前に堅く表御門を閉ざした屋敷があった。

神田お玉ヶ池の式部邸である。此処まで足を運び宗次は一体何をしようと言うのか。

いや、未だ衝撃の尾が引いている宗次にも、それは充分に判ってはいなかった。〝厚い迷い〟に遮られて。

ただ、あの蔵人が自分に対する暗殺命令を間違いなく発したのであれば、絶対に見過ごす訳にはいかない。

どうするか。宗次は懸命に冷静な判断を追い求め、幾度も溜息を吐いた。

（此処まで来たのだ。蔵人の御母堂にお目に掛かることが出来れば、今この瞬間の蔵人の置かれている立場が判るのではあるまいか……）

宗次はふっと、そう考えた。が、それがどれほど無謀で蔵人の御母堂に対し非礼なものか、むろん判らぬ筈がない宗次である。

「まさに……一刻の猶予も許されぬ。非礼は腹を切ってでも詫びるしかない」

宗次は遂に決断した。辺りを見まわして人気が無いのを確かめつつ、式部邸の塀へと寄ってゆき両手をかけた。ひとたび飛び越える、と決意した宗次にとっては、容易い塀の高さであった。

両腕に力を加えた瞬間、宗次の体はふわりと宙に浮き上がって、塀に足先が触れることもなく庭内に着地した。着地するその肉体を支えたのは、両足十本の指先だった。それがため着地して、地を鳴らすことは全くない。

式部邸は立派な拵えの道場屋敷ではあったが、その敷地・建物の規模は旧本郷邸と比較すれば取るに足らない。

宗次は庭の奥へと向かった。この刻限である。蔵人の御母堂に会えるとは、期待していなかった。それでも、会えないことを確かめずにはおれない、焦りが宗次にはあった。重苦しく悲しい焦りだった。蔵人が放ったと思われる刺客に襲われるなど、予想だにしていなかったから。それどころか、語り合えるよき友ができた、と思っていた程である。

「お……」

庭の奥まったところまで来て、宗次の動きが止まった。

青白い月明りを浴びて黒い艶を放っているかに見える二間四方ほどの月見桟敷。濡れ縁と一体となっているその桟敷と向き合って、大きな四枚障子があって、その障子の向こうで、大行灯か大燭台のものに相違ない確りとした明りが、小さく揺れていた。

宗次は庭に片膝をついて暫くの間、その障子の明りを眺めていた。

と、立ち上がった婦人の姿影が障子に映った。座敷の奥——次の間か——へ行くらしいその姿影が直ぐに小さくなり、そして消えた。

宗次は腰を上げ、俊敏に動いた。大胆にも、桟敷へ近付き、そして身軽に欄干を越えて上がり、座敷に向かって正座をした。

月はいよいよ明るい。

障子に婦人の影が戻ってきた。その影が座ったのを見届けて、宗次は軽く平伏した。

「おそれながら……」

宗次は、障子の向こうへそっと声をかけた。

「誰じゃ……」

すぐに反応があった。澄んだ声であったが若くはない、と宗次には判った。

「おそれながら……」

宗次はもう一度、声をかけた。発する声に敬いの響きを持たせることを忘れなかった。

再び障子に婦人の影が映り、その手が伸びて障子へと触れ、カタッと微かな音を鳴らせた。

宗次は面(おもて)を上げて待った。

障子が静かに開いて、月下の桟敷に姿勢正しく正座をする宗次と、蔵人の母豊美(とよみ)（五十七歳）とが初めて顔を合わせた。

「そなたは誰じゃ」

咄嗟(とっさ)に宗次の為人(ひととなり)（人の本性・性質）を読み切ったのであろうか、豊美の表情にも声にも怯えや取り乱しはなかった。

「私は蔵人様より、母上様の花屋敷における華道御教授参観に招かれていた者でございまする」

「おお、そなたが……」

母豊美の受け答えは物静かであった。宗次は今度は深深と頭を下げて詫びた。

「このような刻限に作法を心得ぬ参上を致し真に申し訳ございませぬ。なにとぞご容赦くだされまするようお願い申し上げます」

日頃のべらんめえ調を抑えた宗次の、なめらかで穏やかな口調だった。

宗次は面を上げて続けた。

「加えて作法が後先になりますことを、お許し下されませ。蔵人様の母上様であらせられましょうか」

「はい。蔵人の母豊美です。花屋敷における授業参観の件は蔵人より聞いておりました」

「私は浮世絵師を生業と致しております宗次と申しまする。**そう**は、節約を宗とするの宗、**じ**は、東海道五十三次の次と書きましてございます」

「承りました。いま浮世絵師の宗次殿と申されましたけれど、間違うていたならばお許し下され。若しや、あの御高名なる宗次先生ではございませぬか。市谷浄瑠璃坂の白山宗関東総本山紋善寺の『無明道場』の大襖に、思わず息をのむ程に尊い観世音菩薩をお描きになられました……」

「あ、はい……」

と宗次は控え目に頷いてみせて、続けた。

「紋善寺の観世音菩薩は、確かにこの私が描いたものでございます」

「なんと、矢張り左様でございましたか。あなた様をひと目見るなり、これはただの御人にあらず、と直感いたしましてございます。倅蔵人が、宗次先生のような御立派な芸術家とお付き合いをさせて戴いていたなど、母としては大きな驚きであり喜びでございまする」

　そう言って豊美は広縁にまで進み出て座り、茶・華道の師らしい美しい辞儀をしてみせた。豊美もまた茶・華道を極め歌をよくする芸術の人である。

「で、宗次先生……」

　豊美が漸く思いついたかのように、皓皓たる月明りの下、怪訝な眼差しを拵えた。

しかし、宗次はそれに気付かぬ振りを装って訊ねた。

「母上様は何故にまた、私の紋善寺における絵仕事を御存知なのでございましょうか。差し支えなければ、お聞かせ戴きたく思いまする」

「あ、そうでございました先生。実は式部家は正保元年（一六四四）の頃より紋善寺を菩提寺とさせて戴いておりまする。私は月に一度の午前の内に、この屋敷の奥を任せております者（佐代）をともなって、墓前に香華を手向けに参っておりまする」

「なるほど、それで……」

「はい。今朝のことでございました。紋善寺にお参り致しました折り、親しくさせて戴いております法主の覚念和尚様より、『あなた様にならそろそろお見せしても宜しかろう』と笑顔で告げられまして、無明道場の宗次先生の絵仕事を拝見させて戴いたのでございます。私も連れの者も、それはもうその絵の神神しさに息がとまってしまいました」

「有り難うございます。そのように感じ取って戴けますると、絵師として苦心して描いた甲斐がございます。何よりも嬉しいお言葉です」

そう答えながら宗次は、正保元年と言えば二代様（徳川秀忠）の時代に老中・大老の地位にあって権力を自在に用い恐れられた土井利勝様が確か没した年、と頭の中で嚙みしめた。文武にすぐれた大剣客であり父である梁伊対馬守に、「徳川権勢史」や「徳川一門史」を厳しく教えられてきた宗次である。そう思うことに「間違いはない……」と自信があった。

ただ、如何に宗次と雖も、正保元年と式部家との深いかかわりに関して一点、決して判らぬことがあった。それは、この正保元年に当時若く美しかった豊美が、江戸幕府最初の大老・従四位下侍従酒井讃岐守忠勝の嫡男忠朝のもとより、酒井雅楽頭家つまり忠清の所へ「戻ってきた」ということであった。

「で、宗次先生、あの……」

豊美が今度は体を前に少し傾けるようにして、宗次を見つめた。

「今宵この刻限に宗次先生がわざわざお忍びで参られましたのは、何か余程に大事な用があってのことと思われまするが一体……」

「ええ、先程、母上様に申し上げましたように、私は蔵人様より母上様の華道授業参観のお誘いを受け、お教室である今川堀そばの花屋敷をお訪ねするのを大変楽しみに致しておりました。ところが直前になって、下男の時造殿が参観中止を告げに私の長屋へ見え……」

「宗次先生……」

豊美の言葉が宗次の話の途中で、やわらかく申し訳なさそうにそっと割って入った。

「はい」

「矢張り参観の急な中止を気になさっておられたのですね。申し訳ございませぬ。蔵人の母としてこの通りお詫び致しまする」

豊美は声の調子を抑えてそう言いつつ、月明り降り注ぐ中で丁重に頭を下げた。

「いえ、母上様、私は気分を害してこのような刻限に訪ねて参ったのではありませぬ。私は蔵人様のご性格を正直で真っ直ぐな意思強固なる御人(おひと)、と見てよき友になれると出会いの縁と申すものを喜んでおりました。その蔵人様が参観の突然の中止を決められたのです。これは何か余程のことがある、と私は不安を覚えました。もしや、お体あまり丈夫ではないと聞いておりました母上様の身に何か急変があったのではないかとか、蔵人様ご本人の身に何事か重大なことが生じたのではあるまいかとか……」

宗次も辺りを憚る用心を忘れず、小声であった。

「宗次先生ほど徳望お高い御方にそのような御心配をおかけ致し、本当に申し訳ないことでございまする。幸い私の体はこのところ極めてさわやかで、食の面でも気分の面でも明るく充実いたしております。また蔵人もこのたび、上に立つ方のお眼鏡にかない、旗本五百石に取り立てられ、千五百石のお役料も得る立場に就かせて戴きましてございます。それで身辺、急に忙しく騒がしくなったようで……」

「おお、旗本五百石に取り立てられたとはまた、何とお目出たい……いや、凄い」

宗次は思わず面に笑みを広げたが、胸の内には大きな衝撃を走らせていた。五百石という高禄の旗本にいきなり取り立てられるなど尋常ではない。また千五百石のお役手当も、相当高い地位を宗次に想像させるには充分だった。ただごとでないことが、蔵人の身の上に生じたことは、もう疑いようがない。

「差し出がましいことをお訊ね致しまするが母上様、蔵人様は如何なるお立場に就かれたのでございましょうか」

「お役目の詳しいことは私にはまだ知らされておりませぬ。けれど幕閣に強く結びついた厳しく重要なお役目ではなかろうかと想像いたしておりまする」

「で、蔵人様のご様子は？」

「私には蔵人が不意に大きく堂堂として見えたように思いました。本人も非常に力強い様子を体全体に漲らせてございました。意思の強固な蔵人のことゆえ、お役目には妥協なく全力で当たりましょう。また私も、母のことや家のことは気にせずひたすら一心不乱にお役目を果たすよう、強く申し伝えましてございまする」

「左様でございましたか。いや、これで私もホッと安堵いたしました。よかった」

「宗次先生。これからの蔵人が如何なる障害、如何なる敵をも排除して断固として進む様子を、どうか見守ってやって下さりませ」

「承りました。では母上様、私はこれで安心して下がらせて戴きます。夜分、大変失礼申し上げました」

宗次は平伏して三呼吸ほども動かず、これから自分の眼前に出現するであろう激烈な状況を胸中に想い描いておののいた。

（これが運命か……）

そう考えると、容易に平伏を解けず、おののきばかりが体の隅隅に広がった。

## 四十三

朝がきた。

宗次はよく眠って目覚めた。長屋の女房たちの笑い声が聞こえてくる。すでに亭主たちを勤めに送り出して井戸端で談笑しているのであろうか。

宗次は寝床から出て、猫の額ほどの庭に面した小障子を開けた。

朝の光が部屋の中ほどまで差し込み、渋柿の枝に止まっていた雀二羽が驚いて飛び去ってゆく。

濡れ縁に出て腰を下ろした宗次は、小障子にもたれて空を仰いだ。

雲ひとつ無い。青く澄みわたっている。

寝起きの気分が洗われるような爽やかな朝の空だというのに、宗次は「ふうっ」と溜息を吐いた。胸の内に蔵人の母親豊美の姿が、甦っていた。

（まさに、母上、と呼ぶにふさわしい御方であられた……）

そう思って宗次は、羨しく感じた。母に抱かれるぬくもりを知らぬ宗次であった。宗次が知っているのは、父（養父）梁伊対馬守の剣の師としての厳しさと、黙して語ることが少なかった判り難い優しさだけだった。

宗次が父の優しさというものを漸く理解できるようになったのは、十五、六歳になってからだ。

二羽の雀がまたしても渋柿の枝に戻ってきた。その仲睦まじい二羽の雀を眺めながら宗次は、何故かこれまでに感じたことのない孤独を覚えた。大海に漂う小舟に、たった一人で乗せられたような……。

と、井戸端の辺りから聞こえてきていた女房たちの笑い声が、ふっと止んだ。

二羽の雀を眺めていた宗次の視線が、表口へと移った。何かの訪れというものがあって、女房たちの笑い声が止んだのであろう、と宗次は思った。

その通りであった。次第にこちらへと近付いてくるヒタヒタという足音を、宗次の聴覚は捉えた。おそらく我を訪ねてくるのであろう、と宗次は予感出来ていた。蔵人の母親を知ったがゆえに訪れ来たる足音、という予感だった。

ヒタヒタという足音は、表戸の直ぐ前まで来て消えた。やはりな、と呟いて宗次は穏やかに立ち上がった。

「どうぞ、入っておくんなさい。遠慮は要りやせん」

宗次は表口に向かって声を掛けた。が、返事はない。

表戸には、今朝は突っ支い棒はなかった。そんな物は用心の役になど立たないと判っているから、したりしなかったり気紛(きまぐ)れだ。してあっても、してなくても訪れた者がその気になれば誰でも入って来られる。

「どうぞ……」

宗次は上がり框(がまち)に正座をして、もう一度外へ声を掛けた。表戸は向かいの屋根葺職人の久平が四、五日前に滑り具合を調えてくれたから、するすると開く筈だ。

その通り、表戸が多少の音を立てながら、ゆっくりと動き出した。

相対する客に備えて、宗次の表情が改まる。

真面目（まじめ）そうな若い侍が、真っ直ぐな姿勢で表口に立っていた。少し剣術で鍛えられているな、と宗次には見えた。軽く開いた両足の位置、両拳の握り様（よう）、そして目付きなどが、やや力みを覗かせている。険は全く窺えない。好青年、という印象だ。

若い侍は丁寧に一礼して、「失礼いたします」と一歩土間に入って来た。

「このような朝の早い刻限に、どちら様で？」

宗次は物やわらかな口調で訊ねたが、若い侍はそれには答えずまた丁寧な一礼を見せると、更に上がり框に近付いてきた。これ以上は喋らぬぞ、という意思の表示なのかどうか、唇を真一文字にぐいっと結んでしまっている。

そして懐から一通の書状を取り出すと、うやうやしく両手でそれを宗次に向かって差し出しながら、また頭を下げた。

宗次は受け取った。書状の表に、**勝敗決し度**(た)**くお伺い候**(そうろう)、とある。思わず溜息を吐いてしまいたくなるような、流麗な筆運びだ。果し状、決闘状などとせぬあたりに知性の滲(にじ)みを感じさせる。

宗次はそう思いつつ、書状を裏返した。矢張りであった。式部蔵人光芳とある。

こっくりと頷きながら宗次は、若侍と目を合わせた。書状を開き見ることはしなかった。

「承(うけたまわ)った、と蔵人様にお伝えを願いやす」

それは、**夢伝心眼流**次期宗家の資格を許されたる最高師範皆伝の**式部蔵人光芳**と、**揚真流兵法**の二代目宗家**徳川宗徳**(宗次)との死闘が決定した瞬間であった。

このとき何かを予感するかのように、貧乏長屋の屋根の上で烏(からす)が不気味に鳴いた。

若い侍は、逃げるようにして表へ飛び出した。今度は辞儀が無かった。忘れたのか、目的を終えた安堵でしなかったのか。

宗次は〝果し状〟を開いた。日時と場所が書いてあるだけだった。立合人（見届け人）の要、不要についても記されていない。つまりは一対一で、ということなのだろう。

宗次は〝果し状〟を懐にして外に出た。井戸端には、談笑していた女房たちの姿はすでにない。

宗次の足は、浅草へと向かった。行き先は決まっていた。顔色は心なしか青ざめている。蔵人のことを、「勝てるかどうか判らぬほどの強敵……」と見ているのであろうか。

大外濠川（神田川）に架かった木橋を渡りかけた宗次の足が、ふっと緩んだ。向こうから平桶を天秤棒の両端に吊り下げて、日焼けして元気そうな老爺が渡って来る。

相手も宗次の存在に気付いて「お……」という顔つきになり、目を細めた。

「おいおい矢助爺（やすけと）っつぁん。大店『魚清』の楽隠居が、こんなに朝の早（はえ）え内から天秤棒を担がなくってもいいのによう」

「何を言ってんでい宗次先生。俺の体は魚を詰めた平桶を担がねえことには、明日にも枯れ木になっちまわあ」

「大店『魚清』の創業者がよう、後を継いで頑張ってる矢次郎さんを尻目に、古いお得意さんの間を走り回るこたあねえだろうに。足腰大丈夫かえ」

「しゃらくせえこと言いなさんな先生よ。なんなら先生と並んで走り比べしょうじゃねえか」

「ははは……判ったよ爺っつぁん。じゃあ、体を大事にして頑張りなせえ。くれぐれも無茶をせずにな」

「明後日によ、いい鯛が入ると思うんで、先生の長屋へ届けまさあ」

「そいつあ有り難え。心待ちにしてるぜ爺っつぁん」

「留守だったら、向かいのチヨさん家へ預けっとくからよ」

二人はお互い木橋の端に向かって、離れていった。

橋を渡り切ったところで矢助は立ち止まり、ちょっと首をひねった。

「何ぞあったのかな……」

次第に遠ざかってゆく宗次の背中を見送りながら、矢助は呟いた。長い付き合いだから判るのだった。いつもの宗次と、なんとなく違うというのが。

一方の宗次は確かに、いつにない苦しみの中にあった。蔵人の母親のやさし気な面立ちが、現われては消えを繰り返していたのだ。

蔵人に倒されるか、それとも倒すか。倒せば、あのやさし気な母親は塗炭の苦しみ悲しみに陥ることになろう、そう思うと〝果し状〟を破り捨てたかった。

だが、**勝敗決し度くお伺い候**、と真正面から挑まれたからには揚真流兵法二代目宗家としてこれに背を向ける訳にはいかない。

宗次の歩みが、少し遅くなった。

今の時代、筋を通した堂堂たる〝果し状〟に対しては、「逃げない」のが剣客としての作法であった。むろん、逃げる腰抜け侍は皆無、という訳ではない。案外に多い。

「そう言えば確か……」

呟いた宗次の足が不意に止まった。視線は、己れを見失ったかのようにあらぬ彼方に注がれている。

「確か……暮れ六ツ（午後六時頃）だった」

ぐっと唇をひきしめた宗次の脳裏に、蔵人の母親に代わって、幕府最高の隠密情報機関だった「葵」（駿府城御庭忍び）の長（おさ）本郷清継の顔が思い浮かんでいた。その本郷から突き付けられた死闘開始の刻限が、暮れ六ツであったことを宗次は思い出したのだ（祥伝社文庫『夢剣　霞ざくら』）。

そして、蔵人の〝果し状〟に示されてあった刻限も、何という因縁か今日の暮れ六ツであった。

本郷清継が宗次へ挑んだ原因が、美雪への激しい恋情にあったことは一片の疑いようもなく明らかである。そのことを本郷自身も自覚していたからこそ、宗次に差し出した書状の表書きが、果し状でも決闘状でもなく**私状**となっていたのだ。

私状はまさしく私情であったのだろう。

宗次は再び歩み出した。まだ午前（あさ）の内とはいえこうしている間も、暮れ六ツまでの刻限は、確実に削（けず）られつつある。

歩き続けて宗次は浅草へと入った。ひと口に浅草と言っても広い。大外濠川（神田川）より南に住む町人たちにとっては面倒臭えから、下谷の東端から隅田川にかけての広い範囲を「浅草でい」と言ってしまう場合もある。

その下谷の東端にある宗対馬守邸の角を左に折れて、宗次の表情が漸くのこと少し安らんだ。少し先、松平備中守邸と佐竹右京大夫邸（出羽久保田藩）に挟まれるかたちで、水面が朝の陽を映して輝いていた。

三味線堀である。

かつてこの界隈は湿地帯で大小の池沼があり、そこへ上野不忍池から水が流れ込んでいた。不忍池を源とする流れであったことから一般に「忍川」と呼ばれていたようである。しかし正保の中頃（一六四〇年代）になるとこの池沼帯から隅田川に注ぐ掘割が幕府によって延伸整備され界隈は埋め立てられ、その結果、大小の池沼はあふれた水でつながって三味線の形になってしまった。それでいつしか三味線堀と名付けられてしまったと言う。また別に、人生に失望した池姫という名の遊女が三味線を胸に抱いて入水したので、「姫ヶ池」という名に併せて三味線堀という名が付いた、という言い伝えもあるらしい。

宗次は、隅田川に注ぐ掘割に沿って歩いた。敷地の広い武家屋敷の多いことが幸いして、誰彼に顔を知られている宗次もこの界隈では、ひと息つける。

今は余り、誰彼に話しかけられたくない心境だった。このような心境に陥るのは珍しい、と自分でも判っていた。

（蔵人には、斬られてやるべきか。あの素晴らしい母親のためにも……しかし、その結果起こるべき事態を想定すれば……）

矢張り容易く斬られる訳にはいかない、と思い改める宗次だった。蔵人の支配下にあるらしい組織が、幕府の「強大な権力」に支えられていることは、疑いようもない、と宗次は思っている。そして、その「強大な権力」が、おそらく大老酒井忠清を指していることも。

宗次の足が、掘割に面して建つ二階建の町家の前で止まった。間口はさほど広くはない。

この地味な感じの二階家こそが、旗本や諸藩の侍にその名を知られた刀商百貨「対馬屋」であった。宗次にとっては最も心の拠り所となる場所だ。

日頃から表口を閉ざしている「対馬屋」は、看板をあげている訳でもなく暖簾を下げている訳でもないため、此処が名職人ぞろいの刀商百貨「対馬屋」とは判り難い（祥伝社文庫『夢剣　霞ざくら』）。

「ごめんなせえよ」

宗次は表口の腰高障子を静かに開けて、店土間へと入った。

「これはまあ若様。このような朝の刻限にお珍しい……」

静まりかえった奥に向かって広い板の間に、たったひとり正座して、一振りの刀を眺めていた重重しい風格のある老爺が驚いたように腰を浮かした。曽て名研ぎ師として江戸の内外にその存在を知られ、現在は「対馬屋」の二代目主人として柿坂作造を襲名している、もと大番頭の進吉であった。

「朝とは言え、すでに金打（鍛冶の意）の音が聞こえてもいい刻限ではないのか」

そう言いつつ店の内を見まわす宗次であった。

「誰もが頑張って大変いい仕事を為し遂げてきてくれましたので若様。昨日、今日、明日の三日間、皆に休みを与えたのでございますよ」

満面に笑みを広げた二代目作造が、手にしていた刀を置いて上がり框までやってきた。が、二人の間には訪れた者の胸高あたりまである用心格子が立ち塞がっている。

「それでは爺ひとり、留守番なのか」

いつもの宗次のべらんめえ調は消えていた。

「いいえ、二人で留守番でございます。初代柿坂作造恩師が見守って下さっておりますから」

「うむ……そうであったな。で、皆はそれぞれの縁者のもとへ帰っておるのだな」

「はい。喜び勇んで……あ、若様、ともかくお上り下さいませ」

二代目作造は板の間の左手端の方へと移動すると、奥へ通じる店路地（たなろじ）の出入口の用心格子を内側へ開けた。

ついでに「店の間（たなま）」である板の間について述べると、その中央には三段の帳簿棚と並んで大きく立派な帳場机（勘定机とも）が備わっている。その帳場机の背側にある壁は天井高まで一面刀掛けとなっており、三百振り以上の刀が掛かっていた。中には収集家垂涎（すいぜん）の名刀もあるから日頃の用心は不可欠だ。

だから「店の間（たなま）」は用心格子で守られている。

「さ、若様。私の居間で少しお待ちになって下さい。私は表口の用心を改めてから参りますゆえ」

「うむ」

頷いた宗次は、勝手知ったる店路地を奥へと向かった。ゆったりとした足取りだった。

この刀商百貨「対馬屋」と、今は亡き宗次の父・従五位下・梁伊対馬守とは、深いつながりがあった。刀匠として頭角を現わし始めた初代柿坂作造が、強靭な刃（やいば）づくり、とくに切っ先三寸の鍛造に関して「大きな壁」に突き当たり深刻な苦悩の中にあったとき、大剣聖とうたわれた梁伊対馬守が実戦家として数数の知恵を授けたのだった。

それにより初代柿坂作造の手がけた刀は、**「斬る、打つ、受ける、で決して刃毀（はこぼ）れせぬ刀」**として広く知られるようになり、名匠の名を恣（ほしいまま）に——いい意味で——したのである。「対馬屋」の名は、初代柿坂作造がまぎれもなく「巨匠」の位（くらい）にふさわしいと認めた梁伊対馬守が、**対馬**を屋号「対馬屋」として用いることを認めたのだった。「巨匠」としての精進を**更に怠るべからず**、を条件として。

宗次は二代目作造の居間に入った。庭に面した明るい座敷である。初代作造が使っていた三間続きの部屋であった。三間とも庭に面していて、一番奥の座敷には初代作造の仏壇がある。

その仏壇の前に宗次は先ず正座をした。

「何やら問題を背負うて参られましたな若様」

初代作造の声が聞こえたような気がした宗次だった。初代作造と従五位下・梁伊対馬守とが交誼を深め始めた当時、宗次はまだ幼かった。その宗次を「若様、若様……」と呼んで、初代作造は可愛がった。宗次も「爺、爺……」と懐いた。元服に達した宗次が「そろそろ若様は止した方が……」と言ったが、初代作造は改めなかった。

そしてこの「対馬屋」では今も尚、二代目作造から下男の矢介五十二歳に至る迄が「若様、若様……」である。

「爺、やりたくはない果し合いをやることになってしまったのだ」

「はて？　やりたくない果し合いをですか」

「相手の母上様が実に素晴らしい御人でなあ爺……」

「なるほど、相手を倒せばその母上様が悲しみまするのですな」

「悲しむどころか、後を追いなさるかも知れないのだ……いや、きっと追いなさる」

「それほど我が息を溺愛ひとすじの母上殿なのですかな」

「いや、爺……溺愛ひとすじとは、かなり違う。違うぞ」

「では斬られてあげなされ」

「え……」

「若様が負けてあげなされ。さすれば相手の母上殿は悲しまずに済みましょう。涙を流さずに済みまする」

「爺は私に負けよと言うのか……本気で言うておるのか」

「本気ですとも。それにしてもまあ、大剣聖梁伊対馬守様のご子息が随分と弱気になってしまわれましたなあ」

「弱気になった積もりはないのだが」

「若様。若しや好きな女性を心の片隅で意識し始めたのではありますまいな」

「な、何を言う爺。私は剣においても浮世絵においても、まだまだ研鑽を積まねばならぬ未熟者じゃ。女性に目を向けている隙などはないぞ」

「これはまた、この爺をがっかりさせるようなことを、はっきりと仰せですなあ」

日当たりのよい廊下が足音を伝え、宗次の幻聴(げんちょう)が消え去った。

宗次は仏壇に短く手を合わせて腰を上げた。

「お待たせしました若様。あ、仏壇に手を合わせて下さいましたか。若様の顔を見て先代名人も喜ばれておられましょう。さ、どうぞこちらへ」

座敷に入って来た二代目作造は、茶菓をのせた黒漆塗(くろうるしぬり)の盆を手にしていた。

それを座卓(後の世で言う)の上に置いて、自分は下座に座った。ただこの時代、座卓などという洒落(しゃれ)た家具は、余程の大店(おおだな)の座敷でもまだ調ってはいなかった。帳場机とか文机に腕ききの職人が多少の工夫を凝らしたものが、ぼちぼちと見られる程度で、本格的に座卓と呼ばれる高級物の出現は、いま少し時代を下らねば見られない。

「で、若様。このような朝の刻限にお見えになったのは、何ぞ特別な御用でも？……」

二代目作造が真顔で切り出した。

「爺、**宗次対馬守作造**を使わせて貰う時が訪れたようだ」

「それはまた……一体何事がございました」

二代目作造のそれまで穏やかだった表情がさすがに、少し硬くなった。**宗次対馬守作造**とは、「名匠」初代作造が宗次に手渡すことを目的として二年の歳月を掛けて鍛造した、渾身の大刀である。この大刀を宗次に手渡しそして宗次が「宗次対馬守作造」と命名したその日の夜に、初代作造は安心したように息を引き取ったのだ。老体を蝕む病を周囲の者にひた隠しに隠し、「名匠」としての全身全霊を打ち込んで仕上げた、まさに稀代の名刀と称されるものだった。

その**宗次対馬守作造**はこの刀商百貨「対馬屋」で、略して**対馬守**の名で大切に保管されている。

「差し支えなければ若様。この爺にご事情を打ち明けて下さいませぬか」

「勿論だ……」

宗次は頷いた。そして全てをありのままに打ち明けた。二代目作造もまた、初代作造に劣らぬほど宗次を幼い頃から可愛がってきた人物だった。宗次にとって、打ち明けた結果についての不安など全く無い相手である。

「判りました」

静かに聞き終えた二代目作造——いや、もう**二代目**と付す必要はなかった。**初代**と比較するとき以外は——の目は穏やかな光をたたえ、黙って頷き腰を上げた。

次の間へと入った作造は、六段の引き出しからなる重厚な拵えの刀箪笥の前に立った。

備前国長船住景光（小龍景光とも）、岡田切吉房、石田切込正宗、備前国包平、鬼丸国綱、山城伝来国行、などの天下の名刀がその刀箪笥の引き出しの中に、ひっそりと横たわっている（現在、以上の殆どが東京国立博物館蔵）。

作造の手が、一段目の引き出しを開け、一振りの大刀を取り出した。鞘は無用の飾りを排し帯通しの際の滑りを重く見た黒蠟色塗、そして鍔は地鋼そのままの色を大切にしての桜の花の彫り込み——これぞ巨匠初代作造が残した渾身の名刀**宗次対馬守作造**であった。

宗次と向き合う位置に戻ってきた作造が、その名刀を卓の上にコトリと小さな音をさせ、静かに横たえた。見つめた宗次の目が漸くのことキラリと光る。

「毎朝、目が覚めましたら一番に、柄頭から鞘尻に至る全てを、私の目で確りと検ております。若様、安心してお使い下され」

「此度の相手は、対馬守の刃がぼろぼろになるやも知れぬ」

「それほどの強敵でございますか。あ、いや、聞かせて下されたお話ではかなり厄介な相手のようでございますな」

「おそらくな……」

「構いませぬぞ若様。刃がどれほど傷んだとしても、この爺が必ず元の姿に修復してご覧にいれましょう。それよりも御身無傷にてお戻り下され」

「うむ」

「対決の刻限までには、まだ充分以上の間がございます。軽く一献、楽しみなされますか」

「いや、さすがに今日は止そう」

「若様らしくありませぬな。大丈夫、軽く一献、嗜みなされ。さすれば心中の片隅で不気味に息衝いておる鉛色の痼は霧散いたしましょう」

「ふふっ、古今に肩を並べる者なし、と言われた名研ぎ師としての爺の眼力には敵わぬのう」

苦笑して三の間の仏壇へと思わず視線を流した宗次だった。

作造がそれまでの真顔をにこやかな表情にかえて、座敷から出ていった。

明るい日差しは、姿勢正しく座っている宗次の腰にまで射し込んでいた。

宗次は改まった眼差しを卓上に横たわる対馬守に向けると、「爺……」と呟いてから刀に手をのばした。

目の前に、亡き初代作造の笑顔が浮かんで消え、宗次はゆっくりと鞘を払った。

刃長二尺五寸六分が一瞬、鋭い光を放って、宗次が思わず目を瞬く。

「凄い……まさに巨匠の作……何度見ても息がとまる」

宗次は溜息を吐いた。碁石のように丸く、うっすらとした刃文が綺麗に連なり流れている互の目、刃縁に粒だった地沸が厚くつき、湯走り・金線・砂流しがかかって何とも言えぬ覇気を漂わせている。

作造が脚の短い猫足膳に、片口の漆器銚子と盃二つ、それに鯣烏賊の焼いたのを添えて戻ってきた。宗次は対馬守を鞘に納めて右の脇に置いた。

「今日は台所を束ねておるお種や女たちも皆休みでいませぬのでな、勝手の様子がよう判らぬので鯣烏賊の焼いたのでご辛抱下され」

「なあに、酒に鯣はよく合う」

「若様……」

「うん？」

「必ず戻って来なされや。たとえ全身血まみれになろうとも」

「判った。爺を悲しませぬよう、死力を尽くしてはみる……」

「そして次の年あたりには嫁を貰うて、この爺や、東光山良雲院松平西福寺に眠る初代名人や布由様（初代作造の妻）を喜ばせてあげて下され。宜しいな若様」

「ま、呑もう、爺」

宗次は作造の言葉を控え目な笑みで聞き流し、膳の上の片口銚子を手に取った。

「若様の婚礼の席に出席できましたならば、この爺、その日の内に命が絶えても構いませぬ」

ぶつぶつと呟きながら、宗次が注いでくれる酒を盃に受ける作造であった。

宗次は手酌をして、「しかし……なあ、爺よ……」と相手を見た。表情に翳りが漂っていた。

作造は口もとへ運びかけていた盃を顎の下あたりで止めると、キラリと光った目で宗次を見返した。

「私は予感がしているのだ爺……強くな、非常に強く」

「予感……でございますか」

「うむ。今度ばかりはな、勝てぬかも知れぬ……たとえ死力を尽くそうとも」

そう言い置いて、宗次は盃を静かに空にした。

「若様は……」

作造はそこで言葉を切ると、酒が満たされた盃をそろりと卓に戻し、そして言葉を続けた。

「此度の相手、式部蔵人光芳とやらの母上殿に、若様はすでに打ち負かされておられまするな」

「私が蔵人の母上殿に？」

「大剣聖、従五位下・梁伊対馬守隆房様は、若様に対し如何なる辛苦にも耐えられる強靭な精神力を授けられた筈でございましょう」

「……厳しいことを言うのう爺」

「左様でございましょうかな。若様を斬殺せんとする蔵人とやらの母上殿は、それほど魅力あふれた御方でありましたのか？」

「教養とやさしさに溢れ、我が息をひたすら信じ愛する母としての理想のお姿を備えておられた。まるで、観世音菩薩のような……」

「では斬られてあげなされ」

「え……」

「若様が負けてあげなされ。さすれば相手の母上殿は悲しまずに済みましょうし、涙を流さずに済みまする」

宗次は衝撃を受けていた。仏壇の前に座した時の幻聴と全く同じ言葉を、目の前にいる作造が口にしたではないか。

「爺は私に負けよと言うのか……本気で言うておるのか」

さすがに幻聴の時とは違って、作造の返答はなかった。なかったが、俯き加減のその表情は悲し気であった。

「すまぬ爺。勝つか負けるかは、私の問題であった。余の者に対して口にすべきではなかった。どうかしているな……今の私は」

言い終えると、宗次は右の脇に置いてあった対馬守を手にして立ち上がった。

作造は盃を空にすると、二杯目を手酌で満たした。黙って座敷から出てゆく宗次の背を見送りはしたが、腰を上げることはなかった。

作造を座敷へ残したまま廊下に出た宗次は、暗い表情で研ぎ師の作業場へと入っていった。

## 四十四

浅草は今戸の先、橋場にしばしば女の幽霊が出るという鏡ヶ池があり、この池を取り込むようにして、まるで血の海を思わせるかのような荒涼たる朱色の原野が広がっていた（一六八〇年代の古地図による）。

知る人ぞ知る、**浅茅ヶ原**である。原の外周には出山寺、永伝寺、玉蓮院、法源寺、福寿院、蓮花寺などの小寺が密集している。

血の海を思わせる濃い朱の色は、隙間なく一面に群生する真紅の花・幽霊花によるものだった。幽霊花とは、正しくは多年草の曼珠沙華、別名彼岸花のことである。

この花の繁殖力は極めて旺盛で、場所を選ばず撒き散らすようにして真紅の花を群生させ、寺院境内とか墓地などにも自生することが多い。このことから、死人花という名が付いたりして、この美しい花のためには気の毒という他ない。ただ、猛毒花ではあった（鱗茎中にリコリンなどのアルカロイドを含む）。

有毒植物は転じれば薬用となる一面を有してはいるが、しかしこの曼珠沙華は素人考えで用いることを試みるのは禁とされている。つまり危険な花なのだ。

沈んだ表情で、宗次は、鏡ヶ池のさざ波ひとつ立っていない真っ赤な水面を熟っと眺めた。水面の赤さは、まわりを埋め尽くしている曼珠沙華のせいではない。空一面を覆っている夕焼けのせいだった。

約束の刻限まで、まだ半刻（一時間）近くある。

宗次の沈んだ表情は、「蔵人に斬られる」ことを決断したことにあった。お玉ヶ池の道場屋敷ではじめて会った蔵人の母親を悲しませる勇気は、矢張り宗次には湧きあがってこなかった。

「それでよい……」

呟いた宗次は、つと立ち上がり朱の花の中へと踏み入って、ゆらりゆらりと歩いた。美雪の姿、大和国（やまとのくに）のお祖母（ばば）様の姿や顔、八軒長屋の人人の明るい笑顔などが次次と脳裏に浮かんでは消えた。

宗次が腰に付けているのは大刀、対馬守一刀だった。脇差は無い。

朱の花は、どこまでも広がっていた。ここは隅田川に近い小さな寺院の密集地である。それらの寺院を概（おおむ）ね南方向に置いて、浅茅ヶ原は広がっていた。

宗次は川の向こう岸に、有名な**天台宗の木母寺**（もくぼじ）（旧名・梅若寺（うめわかでら））のあることを承知している。

木母寺は、さる少将の子と伝えられる梅若丸（うめわかまる）が奥州（おうしゅう）への修行の旅の途中、貞元元年（九七六）に隅田川の畔で病没し、哀れに思った里の人が埋葬して塚を立てたことに始まる。

この物悲しさに満ちた言い伝えは、室町時代に入って観世流の元雅が能「隅田川」を演じて一躍注目を浴びるところとなり、慶長十二年（一六〇七）に入って前関白近衛信尹が梅若丸の梅の偏と旁を分け、旁の毎を捩って木母寺と名付け、将軍家も大切としたことから寺領二十石へと栄えていった（のち明治新政府の廃仏毀釈令により廃寺の憂き目に）。

宗次の足が止まって、「ここか……」と辺りを見まわした。目の前直ぐの所に朽ち果てた庵（実在）があった。傾きを深めている粗末な藁葺屋根に三味線草ならぬ曼珠沙華が咲き乱れている。

ここ浅茅ヶ原の曼珠沙華は、九月末頃と常よりも遅目に咲き出して、十月末を過ぎても次から次へと新しい芽を出して咲き続ける。土地の人人はその息の長い花の命に、まわりの寺寺の墓から抜け出した死人の魂のなせるわざじゃ、と気味悪がる。だからこの浅茅ヶ原へは、里の者は余り立ち入らない。

宗次は空を仰いだ。夕焼けはいよいよ濃さを増して、地上の何もかもを朱の色に染めていた。

この浅茅ヶ原は、家康時代（初代将軍）は、今の数十倍の広さがある大荒野（だいこうや）で、毎日のように変死体が見つかったと伝えられている。

「美しい朱（しゅ）の原（はら）だ……絵になる」

宗次は呟いて、庵の周囲（まわり）をひとまわりした。この庵の前で暮れ六ツに、それが式部蔵人光芳の指定であった。幕府最高の隠密情報機関「葵」の長（おさ）本郷清継と対峙（たいじ）し討ち倒した因縁の刻限でもある暮れ六ツ。

宗次は庵に背中を向けて、鞘から対馬守を静かに抜き放って正眼に構えた。

刃は、たちまち朱の色に染まっていた。

数呼吸の後、宗次は正眼の構えを解き、刃を左の掌（てのひら）に当てた。

そして、スウーッと引く。

血玉が飛び散るか、いや、飛び散らなかった。掌は切れていなかった。宗次は刀商百貨「対馬屋」の誰もいない研ぎ師の作業場で、なんと対馬守の刃を潰したのであった。蔵人のためではない。蔵人の母のために潰したのである。

「これでお許しを願いたい……母上殿」

ぽつりと漏らして宗次は対馬守を鞘に納めた。刃を潰した以上は、蔵人に対し死力を尽くす積もりであった。手加減は、考えていなかった。

このとき、背後でコトッと小さな音がしたので、宗次はべつだん〝気を構える〟こともなく振り向いた。殺気など、ただならぬ雰囲気を感じなかったからだ。

「おお、あなたは……」

宗次の表情がやわらいだ。

藁葺(わらぶき)屋根の傾きを深めた庵の、歪んだ小さな戸口から、ひとりの侍が背を少し屈(かが)めて出てくるところだった。

式部蔵人光芳である。

蔵人は微かな笑みを口もとに浮かべて、宗次の前に立った。

「我が母に会(お)うて下されたのですな、宗次先生」

「はい。お目にかからせて戴きやしてございます」

いつものべらんめえ調の響きを、やわらかく抑え気味な宗次であった。

「あなたが、あの高名な浮世絵師の宗次先生であったとは……大変驚いています」

「蔵人様もご出世なされたと、母上様より伺いやした。誠におめでたいことでござんす」

「おそれいります。ところで宗次先生と筆頭大番頭西条山城守様とは、どのようなご関係なのでありますか」

「まったくお付き合いなどはござんせん、はい。蔵人様が私に対して突然そのようなご質問をなされるとは意外でございやす。どのようなご出世を、あ、いや、如何なるお役目に就かれたのでございやしょうか」

「それは申し上げられませぬよ先生。それよりも何よりも宗次先生は、高名な浮世絵師でありながら、相当な剣術の達者のようではありませぬか。なにとぞご素姓を明かして下され」

「いえいえ、私は一介の浮世絵師に過ぎませぬ。本当でござんす。剣術にしたって少年の頃に三、四年、興味半分で町道場に通うていたくらいで……」

「ほう、少年の頃に町道場に……」

「はい」

「では、是非ともその町道場剣術の腕前とやらを見せて下され」

「喜んで……ただ、蔵人様がなぜ私と勝敗を決したいのか、その理由が判りやせん。どうか理由をお聞かせ下さいまし」

「邪魔だからでございますよ」

「え？」

「天下の御政道を進めるにあたって、浮世絵師宗次先生の存在が邪魔だからでございますよ」

「私が御政道の邪魔？　何故……ですか」

「それは先生ご自身がよくご存知なのではありませぬか。大刀を腰に帯びたるお姿に微塵の不自然さも感じられぬ宗次先生ご自身が……」

もはやこれ以上の会話は無駄かと感じた宗次は、口から出そうになった次の言葉を嚙み殺して微かな溜息を吐き出した。

「見せて下されますな先生。町道場で鍛えなされた剣術のお腕前を……」

蔵人に促されて黙って頷いた宗次は、足場を定めるために蔵人から離れて歩き出した。

蔵人が、その後に続いた。夢伝心眼流と揚真流の勝敗の刻は、刻一刻と迫りつつあった。空の色は尚のこと赤く、それを浴びて浅茅ヶ原は激しく炎えあがっていた。

宗次の足が止まった。あとに続く蔵人が用心深く回り込むようにして、宗次の前に立った。仲間から追い払われたはぐれ烏なのであろうか。どこからかふらふらと力なく飛んできて庵の藁葺屋根に羽を休め、「かあっ」と淋し気にひと声鳴いた。

そうだ、これだけは聞いておきたい、と思って宗次は蔵人に訊ねた。

「この対決、母上様は知っていなさいやすので？」

「もちろん……私の方から打ち明けてござる」

「で、母上様は？」

「一撃で倒しなされ、と申された……それだけです先生」

こっくりと頷いて宗次は刀の柄に手をやった。一撃で倒しなされ、蔵人を愛するあの母上様なら間違いなくそう仰ったであろう、と宗次は信じた。

双方、殆ど同時に抜刀して、烏がまた力ない鳴き声を響かせた。

「参れっ」

蔵人の裂帛の〝気合〟が先に迸って、綺麗な正眼に身構える。

宗次も正眼の構えを取った。気合は発せず、足をするりと一歩小さく進ませた。

蔵人の反応を見るためだったが、反応はなかった。

二人の足もとは曼珠沙華に隠されている。

（まれに見る綺麗な正眼の構えだ……）

宗次は蔵人の構えを、そう思った。対馬守の刃を潰したことは、しっかりと頭の中にあったが、それが怯えに全くつながってはいないことを、宗次は自覚した。

再び宗次は曼珠沙華のなかで一歩を、するりと踏み出した。曼珠沙華が揺れ動き、あるいは倒れた。

蔵人は矢張り応じない。構えに針の先ほどのスキも無かった。双方の切っ先の間は凡そ二尺を空けていた。

「参れっ」

二度目の蔵人の怒声のような誘いが終わるか終わらない内に、宗次の構えが稲妻のような速さで大上段となった。ザアッと空気が鳴った。確かに鳴った。そして蔵人が反射的に二尺ばかりを退がったのも、その刹那であった。曼珠沙華が散り乱れた。夕焼けの中を朱の花が舞い上がる。まるで夜蝶(やちょう)のように。

宗次は、開き過ぎた蔵人との間合(まあい)をするすると詰めた。無表情であった。と、蔵人の構えが正眼から大上段へと移った。お互いの眼(まなこ)は、夕焼けの色に染まって血を噴き出しているかのようだった。

強い、と宗次は思った。並大抵の強さではない、と判った。

「流派をうかがいたい」

宗次は穏やかに訊ねた。当たり前な言葉を発すれば時として構えに緩みが生じる。

だが剣客としての宗次の位(くらい)はすでに〝非凡さ〟をはるかに超越してしまっている。

「夢伝心眼流……そちらは」

言葉を発しても、その構えに僅かな緩みさえも生じさせぬ蔵人だった。

「揚真流……」

宗次の答えに、朱色に染まった蔵人の顔の中で、右の眉がぴくりと動いた。

それだけであった。

「さあ、参れっ」

「おうっ」

今度は宗次も応じた。応じて歩をぐいっと進ませた。蔵人も進ませた。曼珠沙華が揺れて双方、激突の間合となった。ぶつかり合えば、お互いの切っ先が、相手の眉間に届く筈であった。

だが二人は、共に大上段のまま動かなくなった。刻を刻む音を、二人は捉えていた。心の臓の音であった。乱れることもなく、怯えて震えることもなく、平に静かに正確に打ち鳴っていた。ドクン、ドクンと……。

隅田川を上り下りする荷船の船頭歌が、微かに聞こえてきた。それに応えでもするかのように、傾いた庵の屋根に身じろぎもせず羽を休めて二人の剣士を眺めていた鳥が、「くわあっ」と物悲し気にひと鳴きした。

大地が、めりっと軋んで二人の剣士を揺さぶったのは、その直後だった。ぎしぎし、と大地がいなないた。地震だ。しかし直ぐに鎮まった。

船頭歌はまだ続いている。

「うおっ」

「やあっ」

雷鳴とも言えそうな二人の気合がぶつかり合い、閃光のような速さでその身構えが変化した。蔵人が八双の構えに、宗次が右下段構えにと。

が、足もとは共に動かない。

（強い……それも凄い……まさしく凄い）

声にならぬ驚愕の呻きを胸の内で発したのは、宗次にあらず。蔵人であった。

（一体何者か……この絵師は）

蔵人は相手の尋常ならざる強さを認めた。認めたが負けるとは思ってはいなかった。自分の強さは相手の数段上を行っている、という確信があった。

その確信を背負って、蔵人の曼珠沙華に隠された足がそろりと踵を浮かせ爪先が土を噛んだ。

いよいよか……。

宗次は、矢のように突入してくるかも知れない蔵人の気配を、すでに捉えていた。

大上段へと再び蔵人が構えを戻した。背すじが伸び上がっている。

次の瞬間、地を蹴っていたのは蔵人ではなく、宗次であった。

出鼻を抑えられた蔵人が、それでも豪快に大上段から打ち下ろす。

右下段構えという突入業には不向きな対馬守が、打ち下ろした相手の剣を下から跳ね上げた。

二合、三合、四合……目にも止まらぬ烈火の打ち合いが連続した。

夕焼けの中を、火花と刃の粒が飛び散った。

「ぬんぬん……」

「おうっ」

「ぬんぬんぬん……」

「おうっ」

何としても宗次を砕かんとする形相凄まじい蔵人だった。対馬守が受ける。また受ける。さらに受ける。剛と柔の打ち合いだった。獅子と蝶の激突であった。激突であったが、蝶はふわりふわりと避けた。避けて受けた。

「おのれえっ」

蔵人が〝激昂〟へと誘い込まれた。これが揚真流の〝妙〟であった。〝美〟であった。〝必殺〟でもあった。

「やっ」

短い気合を発した宗次の対馬守が、朱の色に染まった光となって走り、蔵人の刀の鍔もとを激しく叩いた。

蔵人の刀が、鈍い音を立て鍔もとで折れた。

対馬守が蔵人の眉間で、ぴたりと寸止めとなる。

あっ、という表情のまま蔵人が動きを止めた。茫然自失の顔つきであった。

だが、それは長く続くことはなかった。なぜなら勝敗を決した宗次が対馬守を鞘に納め、くるりと踵を返したからだ。飄飄乎として自分から離れて行こうとする宗次の後ろ姿に、蔵人はわなわなと唇を震わせた。

次の瞬間、蔵人は脇差を抜き放ち、宗次の背中へとぶつかっていった。

気配を殺し、足音を殺して。

しかし無駄であった。振り返りざま宗次が、抜き放った対馬守の切っ先三寸で蔵人の右手の甲を打っていた。

手の甲の砕ける鈍い音。対馬守に若し刃があったなら、蔵人は右手を失っているところだった。

蔵人は酷い音を発して砕けた右の手を胸に抱くようにして、余りの激しい痛みに転げまわった。悲鳴をあげなかったのは、さすがであったが。

対馬守を再び鞘へ戻した宗次が、眉をひそめて言った。

「右の手はこれ迄のようには使えやせんが、蔵人様なら短い月日の鍛錬で左手だけの皆伝級には達せられやしょう。間違えなく」

宗次の口から出たのは、物悲しい調子の言葉であった。

「ううむ……先生は……お前は一体……何者か。み、身分を明かせ」

言い終えてのけぞり、歯を嚙み鳴らして激痛に耐える蔵人だった。

「浮世絵師の宗次でござんす」

言い残して宗次は、蔵人から離れていった。一撃で倒しなされ、と蔵人の母親は言ったという。その母親の顔が、脳裏に現われて消えない宗次であった。

ひとり取り残された蔵人は、まだ諦めなかった。取り落とした脇差を左手で摑むと、宗次の後をよろめき追ったが、低く呻いてがっくりと両膝を折った。

「おのれ……おのれえ」

呻きの間から漏らす己れの言葉に、蔵人のくやしさは膨れあがった。

「必ず倒す……忘れぬぞ……」

蔵人の両の目から涙があふれ出ていた。蔵人もまた、この自分の姿で衝撃を受けるであろう母の姿を、脳裏に浮かべていた。

## 四十五

宗次が「対馬屋」へは立ち寄らず、お玉ヶ池の道場屋敷に着いた刻には、日はとっぷりと暮れていた。

しかし表御門の二本の門柱には大きな掛け行灯の備えがあって赤赤と明りを

点し、御門の大扉は二枚とも開け放たれていた。更に御門内では篝火がたかれ、必ず無傷で戻ってくるであろうと信じる蔵人の身を、案じていることを窺わせた。

人の姿は、御門の外にも内にも見当たらない。

御門前に立った宗次は軽く一礼してから、屋敷の中へと入っていった。庭内のところどころにも篝火がたかれ、隅隅を明るく照らしている。

今や五百石の旗本に取り立てられ、千五百石という破格のお役手当を得る式部蔵人光芳である。

　五百石の旗本家ならば、幕府の軍則に従えば少なくとも侍二名、甲冑持一名、槍持一名、馬の口取一名、小荷駄扱一名、草履扱一名、挟箱扱一名（挟箱とは戦場での着替や身回り品を納めた箱のこと）、そして五百石となってはじめて認められる弓矢の備えの者（立弓）一名、計十名は抱えなければならない。

　しかし合戦が遠去いて平和に馴れるにしたがい、万が一の事態への緊張感を抱かなくなる武家が増え出していた。つまり軍則を忘れていい加減とし、雇用期限を定めた臨時雇いの人揃えで御茶を濁すようになり出していたのである。

軍則に代わって金(かね)に目の色を変えるようになっていた。

ただ、この風潮は宗次の時代にはまだ、さほど深刻ではなかった。五百石取りとなった式部家には家臣の姿は窺えなかったが、昇進したばかりであるから人の備えはこれからなのであろう。そのように宗次は思った。

宗次は篝火の熱を頬に感じて、石畳を庭の奥へと進んだ。玄関に近い部屋のところどころでは、閉じられた障子に行灯の明りが揺れていた。おそらく奥女中たちや下男に割り当てられた小座敷あるいは板の間なのであろう。

宗次の足が止まった。

月見桟敷(つきみさじき)と向き合った座敷の障子が開け放たれていて、大行灯の明りの傍で針仕事をしている蔵人の母親の姿があった。針を当てているのは、どうやら男の着物のようである。

「おそれながら……」

驚かせてはならない、と宗次は穏やかな響きで声をかけた。

母親が手の動きを休め、宗次を見た。

「おやまあ、これは宗次先生……」

母親は大行灯の傍を離れ、いそいそと月見桟敷まで出てきた。

「先生、どうぞお上がり下されませ。あちらの踏み石より広縁へ、さ、どうぞ先生」

落ち着いた美しい笑顔の蔵人の母親であった。はて？　と宗次は思った。一撃で倒しなされ、と言った激しさは、母親のどこからも感じ取れない。

「蔵人は今日、新しい地位に就いての最初の大変に重要なお役目を成し遂げる日だ、と言い残して出かけました。それで赤赤と篝火（かがりび）をたいて戻ってくる蔵人を迎えてやろうと……まもなく蔵人は戻って参りましょう。今宵はどうか、蔵人の帰りをお待ち下されませ」

ああ……と宗次の体から力が抜けていった。一撃で倒しなされ、は蔵人の偽りの言葉であったといま判った宗次である。

「今宵はこれで失礼させて戴きます。実はお体あまりご丈夫でないとうかがっております母上様のご体調のことを考えまして、此度は私と親しく致しております蘭方医術の名医について、お伝えに参りました。差し出がましい点は、どうかお許し下さい」

「まあ、それはご親切に有り難うございます。差し出がましいなど、とんでもございませぬ。して、その蘭方医術の名医と仰います御方（おかた）は？……」

宗次は柴野南州の名と湯島三丁目の診療所の場所を教えて、こう付け加えた。

「研究熱心な柴野先生は手術も得意としておられ、これ迄に大勢の患者を救うてこられました。ただ、西洋の鎮痛麻酔（ちんつうますい）の薬が充分手に入らぬことから、手術をするにしても難しい立場に立たされていらっしゃるようです」

「左様でございますか。では柴野先生のお名前、大切に心に刻んでおきましょう。それはそうと宗次先生、腰に刀を帯び大層似合（にお）うていらっしゃいますが、剣術も心得ていらっしゃいますのでしょうか」

「絵仕事は結構気力体力を要します。それで時たま町道場で体を鍛えたりも致します。この刀は……」

宗次は大刀の鞘を払うと、刃を掌（てのひら）に当て引いてみせた。

「この通り刃はありませぬ。町道場へ通うときだけ、こうしていささかの虚勢を楽しく味わっております」

「それならば、この屋敷の道場へお通いなされませ。そうなされませ宗次先生。蔵人が戻って参りましたら、そのように伝えておきましょう」

「いやいや、母上様……」

とんでもない事でございます、と腰低く丁寧に断わって式部邸を後にした宗次であった。かなり気持が疲れ切っていた。砕けた蔵人の右の手は、南州の医術をもってしても治るかどうか宗次には判らない。砕けた骨の修復手術をするとなれば、西洋の鎮痛麻酔の薬がかなりの量必要なのではないか、と宗次は想像した。

「闘う相手ではなかった……」

徹底的に避けて避けて逃げるべきであった、と宗次は後悔の呟きを漏らした。

それでも蔵人は追ってくるだろう、とは判っている。

「呑むか……まだ商いを終えちゃあいめえ」

宗次は居酒屋「しのぶ」の主人角之一と女将の美代の顔を、思い出した。無性に会いたかった。歩みが、ひとりでに速くなった。

「うん?……」

宗次は歩みを休めずに漆黒の夜空を仰いだ。冷たいものが、ぽつりぽつりと頬や額に当たった。

階段が目の前に現われた。修練で夜目が利く宗次には何の不自由もない。階段を下りて直ぐの先は、小さな稲荷を祀った猫の額ほどの竹林だ。その竹林を抜けて半町ばかり先を右へ曲がれば居酒屋「しのぶ」の赤提灯の明りが見える。

ぽつりぽつりが勢いを増し出した。宗次は急な石の階段を小駆けに下り、竹林口のお稲荷様に手を合わせてから、青竹の林へと駆け込んだ。もっともこの刻限、竹の色も種類も判る筈もない。

猫の額ほどの竹林を抜け、俗に浪人長屋と呼ばれている古い十軒長屋の脇を通って堀端へ出たとき、雨はさらに勢いを増して、大量の豆を激しく板戸へ叩き付けたような音が、漆黒の闇に広がった。彼方に赤提灯の明りがポツンと小さく見えている。

宗次は急ぐのを止めた。今の不快な気分をこの雨で洗い流そうと思った。

（もう屋敷へ戻ったであろうか……）

蔵人のことを思いながら胸の内でひとり呟き、「しのぶ」へ向かう足には力がなかった。

「おい……」

不意に後ろから声が掛かった。浪人長屋の辺りから、誰かが尾行（つけ）てきているのは捉えていた。べつに険悪な雰囲気などは伝わってきていない。

宗次は振り向いた。夜目が利くから二本差しの浪人風だと判った。

「金（かね）を借りたい。少しでよい」

相手が言った。すでに刀の柄に手をやっているが、矢張り殺気などは伝わってこない。

「夜盗か……」

「夜盗ではない。金がいる。妻と子の体調がよくない」

「この叩き付けるような雨の中だというのに、酒の臭いがするぞ」

「確かに呑んだ。呑まずにはおれない。もう、やぶれかぶれだ。初めての辻斬りを覚悟しているのでな」

「それほど妻子の調子は悪いのか」

「悪い……とくに子供の方が」

「そうか……今はこれしかないが」

宗次は相手に近寄ってゆくと、袂(たもと)から取り出した一分金二枚（四枚で一両）を差し出した。

「一分金二枚だ。暗いが見えるか」

「ああ、見える。かたじけない」

相手の手が刀の柄から離れた。

「明日、湯島三丁目の柴野南州という先生に診(み)に来て貰うことだな。忙しい先生だが優秀な女先生(おんなせんせい)もいなさる。宗次に紹介されたと言いなされ」

「そうじ……殿でござるか」

それには応じず、宗次は踵(きびす)を返した。浪人の気配が遠去(とおの)いてゆくのが感じられた。相手の言っていることが、嘘(うそ)である可能性もある。だがそれでもよい、という気分に宗次はなっていた。

「しのぶ」の表口に着いた。この雨だというのに、閉じられた障子の向こうは大層な賑わいだった。宗次は裏口（勝手口）へと回った。仕込場、調理場と二部屋続いている。

宗次は掛け行灯で明るい仕込場へ、そっと入っていった。

水仕事をしていた女将の美代が直ぐに気付いて人の善(よ)さそうな丸い顔に笑みを広げたが、その表情は直ぐに硬くなった。

濡れた両手を手拭いで手早く拭いた美代は、傍にいる亭主の角之一にさえ気付かれぬ然(さ)り気(げ)なさで仕込場に入ってきた。

「どうしたのさ……ずぶ濡れじゃないの」

「これ預かっといておくんない。刃の無い絵仕事用だ」

宗次は腰の対馬守を女将の手に預けた。

「ちょっと待ってて……」

美代は対馬守を大事そうに板壁に立てかけると、調理場に引き返して角之一の耳もとで何やら囁いた。角之一が驚き顔で宗次の方を振り返り、そして美代と共に仕込場へ入ってきた。

「先生、今夜は呑むね？」

「ああ、呑む。底抜けにな」

「判った……おい美代、奥へ先生を連れてって素っ裸にし、とにかく俺の着るもので先生の体をぐるぐると包んじまえ。これじゃあ風邪をひく」

「あいよ」

美代が二つ返事ならぬ一つ返事で、仕込場の右手の板戸を開けて、消えていった。

その板戸の向こうが角之一が言った〝奥〟つまり、自分たちの住居だった。

「先生よ。今夜は店が混んでるから奥で呑みねえ。酒と肴は美代に運ばせっからよ」

「いいのかえ」

「なにを水臭え。さ、奥へ行って家内に体を拭いて貰いなせえ。そのままじゃあ体が冷え込み病を呼び込んでしまわあ」

「すまねえ」

「家内は先生の世話をするのが好きなんでえ。長屋のチヨさんと結構張り合ってんだ。さ、早く行きなせえ。但し家内に手を出しちゃあならねえよ」

「馬鹿……」

「へへへ……」

角之一は首を竦めると調理場へ戻ってゆき、「よっ、いらっしゃい　拵屋の銀ちゃん。久し振りじゃあねえの」と、たちまち明るい声を飛ばした。

　宗次は大き目な行灯の明りが利いて明るい奥へと入っていった。仕切襖が無い三間続きだった。三間とも行灯を点している。最初は六畳大の板の間で、あとの二間は行灯の明りの中でさえもまだ青さが残っていると判る畳敷きだ。最近取り替えたのだろうか。

　女将の美代が手拭いを手に、板の間で待ち構えていた。着替えは既に次の間に調えられている。

「さ、先生。脱いで」

「おいおい、自分ですっからよ」

「私に恥をかかさないで、言う通りにして頂戴。さ、脱いで」

　宗次は苦笑しつつ帯を解き、濡れて重くなった着物を足もとに落とした。

　美代が、かいがいしく宗次の体を「すっかり冷えてるじゃないの」などぶつぶつ言いながら拭き出した。

宗次は体の芯が温もっていくのを覚えた。今宵の蔵人もあの母親によって、このような温もりを与えられるであろう、と思った。

宗次は、自分には家庭というものはないが、大勢の素晴らしい人人に恵まれている、と神仏を超えた大きな天地のものに、感謝をしたかった。刀商百貨「対馬屋」の存在、八軒長屋の人人、今宵のような場合の自分に対しても何一つ余計なことを訊かない角之一や美代の心の寛(ひろ)さやさしさ、ありがたいと心の底から覚える宗次だった。

「さ、これで大丈夫。やっと体が温もりを取り戻したから……こちらへ来て先生」

美代が次の間へと移ったので、宗次はその後に従った。

「うちの角之一も、背丈だけは先生に劣らないから、合うとは思うんだけど……」

女将の美代がそう言い言い宗次の後ろへ回って、両の肩にふわりとかぶせた角之一の着物は、「あら、ぴったり……」と女将を喜ばせた。

胸元を合わせ、帯を結び終えるまで、女将は動きを休めなかった。

「これでよし……と」

宗次と目を合わせ、ニッと笑みをこぼした女将であった。けれども直ぐに真顔となって、少しきつい目つきとなった。

「先生、決して無茶をしないで……お願いだから……ね」

そう言い残して、奥から出ていった美代だった。なぜか、何もかも見透しているような美代の言葉に、宗次は息を詰まらせ腰を下ろすのも忘れて立ち尽くした。

と、右腕の肘あたりに、軽微なチクリとした痛みを覚えて、宗次の表情が思わず動いた。袖をまくり上げて右腕をねじるように裏に返してみて、宗次の顔つきが、あ……となった。うっすらとした薄赤い線が肘から手首近くにかけて一尺近くも走っていた。ほんの僅かにだが、血が滲んでいる。

蔵人に斬られていたのだ、と判った。いつ、どの段階の打ち合いで斬られたのか、全く覚えがない。

しかし、この傷がもっと深ければ太い血の道を断ち切られていた、と背すじを寒くした宗次であった。矢張り蔵人は強かった、と宗次は大きな溜息を吐き出した。

「さあさあ、今夜は大いに呑みましょうね先生」

女将が大きな盆を手に明るい声で戻ってきた。迎える宗次の顔にも笑みが広がった。

（完）

〈特別書下ろし作品〉

# 苦難をこえて

# 一

「今日は朝から雲ひとつ無い快晴でよございましたな」

「日を浴びた海がまるで鏡のように輝いておりますこと。幾艘もの小船がのんびりとたゆたっているかに見える風景に、心が洗われて参りまする」

「こうして海を眺めるのは？」

「このように安らいだ気持で眺めるのは、生まれて初めてのような気が致します」

そう答えて微笑む美雪に、宗次はやさしく目を細めこっくりと頷いてみせた。今の美雪の返事の仕様に微塵の暗さも無いことを認めて、正直ほっとした宗次だった。

街道に沿って建ち並ぶ家家の切れ目切れ目から眩しい海原が眺められることで、美雪の表情は生き生きとしていた。

駿河の譜代田賀藩四万石の重臣・御中老の地位にある廣澤家六百石に嫁いだ

ことのある美雪だ。したがって西条家の武者駕籠を用いての駿河への道行きではあっても、当然海は眺めている筈だった。

また藩内の権力抗争という美雪には無関係な騒乱を理由として、一方的に離縁され廣澤家の駕籠で江戸へと戻る途上でも、美雪は暗い気持で海を眺めたに相違ない。

けれども今朝早くに宗次と二人して江戸を発った美雪の表情には、明るさとか気力とかが控え目にだが満ちていた。

多くのことについて常に控え目である、ということが、西条家の姫君として生まれた美雪の性質の美しさなのであろう。まさしく持って生まれた。

今日の美雪は、なんと町娘の身形だった。西条家の奥を束ねている菊乃の勧めに同意したのだという。父である西条山城守も異議を挟まなかったらしい。

菊乃は、〝町人宗次〟と初めての旅をする美雪の内心を察して、「町娘の身形に……」、と思いついたのであろうか。それとも「なるべく目立たぬように……」と、用心のためであろうか。

宗次は西条家の御門前まで美雪を迎えに出掛け、その町娘の身形に、「なんと似合っていることか……」と大層驚かされた。絵師としての驚きでもあった。

「足は大丈夫でございますか。疲れてはいらっしゃいませんか」

労る宗次の言葉からは、日頃のべらんめえ調が消えていた。

「はい、大丈夫でございます」

「あと小半刻と行かない内に、道の左手に柿木坂と言う緩やかな石組の階段が見えて参ります。階段の左右には白い土塀が長く続き、その土塀の内側に沿うかたちで三、四百本もの丈の低い梅の木がずらりと植わっておりましてね。毎年二、三月の花の咲く頃には、それはもう馥郁たる香りが階段を覆い尽くします」

「まあ、素敵ですこと。けれど、柿木坂なのに、梅の木なのでございますの？」

「はい。そのあたりの不思議さが謎となっておるのですが、地元の古老たちにもよく判らないらしゅうございますよ。面倒臭いから考えるのは止そうとかで、五、六月にわんさか獲れる梅の実には、とにかく階段界隈の人人はひたすら感謝感謝でございましてね」

美雪に対し、やわらかく丁寧に語り掛ける宗次の口調だった。

「柿木坂に梅の木、の謎が地元の古老たちにも判らないとなりまするとき、きっと梅の木は相当に古いのでございましょう」

「仰る通りです。丈が低い割にどの幹も大層太うございますから、ひょっとすると百五十年や二百年は経っているのかも知れませんねえ」

「えっ、梅の木は、それほど長寿なのでございましょうか」

「私も考えるのが面倒なので適当に答えております。ははは……」

「うふふ……」

宗次の笑いに誘われ美雪も肩をすぼめて、そっと笑った。

「ともかく、その柿木坂の倖明寺と言う寺でこの弁当を頂戴いたしましょうか。其処へ着く頃には、時分時でございましょうから」

宗次は右の手で中空に倖明寺と書いて見せてから、左の手に提げていた風呂敷包みを、胸の高さにまで上げてみた。

それは宗次と美雪のために、西条家の膳部方（調理師）に菊乃が立ち入って、料理人（膳部）と共に作り上げた昼餉の弁当だった。美雪のこととなると、とにかく菊乃は一生懸命だった。それをよく心得ている料理人であったから、自分の仕事場に菊乃が割って入って来ても、嫌な顔ひとつしない。協力的だった。

そうして作り上げられた弁当である。

「かなり重うございますよ。これは中身が期待できましょう」

「西条家の膳部方も菊乃も、料理の味につきましては、父がお酒を嗜みますることから、日頃より屢意見を交わし合うたり致しております」

「ならば、この弁当は一層のこと楽しみでございますねえ」

「はい。お箸を手にすれば、きっと自然に笑みがこぼれることでございましょう。先生も……私も」

「四日前の昼四ツ頃（午前十時頃）でございましたか。菊乃殿が私の貧乏長屋へ足を運んで下さいまして、大和国よりお祖母様がいよいよ江戸入りなさいます、と告げられた時は、それはもう嬉しゅうございました」

「旅の宿からお祖母様が父宛てに早飛脚を走らせましたる手紙の中には、宗次先生に是非とも保土ケ谷宿でお目に掛かりたい、と記されてあったそうでございます」

「お祖母様にそのように思って戴けるなど、私にとってはこの上もなく名誉なことでございます」

「父の筆頭大番頭のお役目もこのところ穏やかに進んでいるようでございます。お城の様子も何とのう妙に調和が取れた感じがあって、ぎすぎすした雰囲気が消えている、と先夜父が申しておりました」

「それは誠にようございました。お祖母様を明るくさわやかな雰囲気の中へとお迎え致しとうございますから」

「仰せの通りでございます。今朝、父の書院へ出立の挨拶に参りましたところ、宗次先生にはくれぐれも宜敷くお伝えしてほしい、とのことでございました」

「恐れ多いことです……」

「それから、出来るだけ早い内に大事なことで先生に一度お目に掛かることが出来れば、と申してもおりました」

「はて？……御殿様は、出来るだけ早い内に大事なことで、と申されましたので？」

「左様でございます。私はその意味が判る立場にはございませんけれど、父の表情はにこやかで、ご機嫌でございました」

「そうですか。それを聞いて、少し安心いたしました。御殿様は幕府のご重役でいらっしゃいますから、油断のならない毎日であろうと存じます。実力のある立場というのは、本当に大変できついものでございますよ」

「私は筆頭大番頭を父に持つ娘でありながら、父のお役目を充分に理解しているとは申せませぬ。菊乃の話によれば、亡き母は父の全てにわたって、それはそれはよく理解して内助の功にすぐれていたそうでございます」

「今の幕府には、いつ生じるか知れない新たな戦に備えましてね、強力な軍制組織が存在しているのですよ」

「ご老中ご支配下の大番と、若年寄ご支配下の書院番、小姓組番、小十人組、それに新番の五つの組織でございましょう」

「仰る通りです。総勢二千数百名からなる大戦闘集団である、と思ってください。このうち書院番と小姓組番を合わせて**番方両番勢力**と呼ばれております」

「番方両番勢力……」

「はい。この両番には血筋や文武の点において、選り抜きの剣士たちが揃っているのですよ」

「血筋や文武の点において、選り抜きの……でございますか」

「ですから、番士の誰もが非常に誇り高いと言われております。この両番勢力にご老中支配下にある大番が加わって、**番方三番勢力**と称されています。大番頭は職制上はご老中支配下に位置付けられておりますものの、実際は将軍直接のご支配下に置かれていると思うておいた方が宜しいでしょう。とくに筆頭大番頭には、将軍家の剣術師範である柳生家を超えて将軍近侍にあるという自覚が必要とか言われております」

「父からは、そのようなことについてこれまで一度も聞かされたことはございませんでした」

「御殿様は、いや、父上様は、まだ二十一（現在の満年齢でいう二十歳）と若い美雪様に、あれこれ負担や心配を掛けたくないと常に考えておられるのでしょう」

「そう言えば、父から聞かされたお話、打ち明けられたお話は、明るいこと嬉しいことが多いように思われます」

「亡くなられたお母様と同じ気苦労を、美雪様には掛けたくないと思うておられるに相違ありません」

「私に代わって、菊乃が奥を束ねる者として多くのことを引き受けてくれているのでしょうか」

「言葉とか顔には出さずとも、おそらくそうでしょう」

「これからは父のことを、いま以上に大切に見て差し上げなければなりませぬね」

「言葉や形に出さずとも、そのやさしいお気持は自然と父上様に通じるものです。ともかく大番組という組織は幕府の旗本諸職の中では最大にして且つ非常に格式が高く、旗本諸家は最も由緒古いこの大番組に取り立てられることを何よりも名誉としておるのです」

「私は父のことを一層、誇りに思わねばなりませぬ。先生に色色とお教え戴いて改めてそう思いました」

「ご覧なさい。向こうに大きな銀杏の木が見えて参りましたでしょう。その銀杏の木の足元から、柿木坂が海側に向かって緩やかに下っていっております」

「この界隈は街道に沿って切れ目なく商家が続いておりまするので、海が眺められませぬ。柿木坂の階段口に立てば先生、海は見えましょうか」

「まあ、楽しみにしていなさい。失望はさせませぬよ」

「先生との此度の旅、とても素敵でございます」

美雪の端整な表情が華やいだ。宗次は、本当の美人というのはこの女性を指して言うのであろう、と改めて思うのだった。

「ま、旅というほど、江戸から離れる訳ではありませんが……」

「けれども私にとって、西条の家から楽しい思いのままにこれほど遠く離れることなど、ございませぬもの」

「ははは、そう言えば、そうですねえ。なにしろ、浅草を案内して差し上げたときも、美雪様は今日のようにとても喜んで下さいましたから。あ、ほうら、着きましたよ」

大きな銀杏の木を二、三歩行き過ぎたところで宗次の足は止まった。

美雪は柿木坂の坂の下に広がる漁村の向こうに輝く海を眺めて、思わず眩しそうに目を小さく瞬いたが、

「なんと雄大なこと……海は本当に人の心を寛やかにしてくれると思います。まるで宗次先生のように……」

我れ知らずに呟いたのであろう。そしてそっと宗次の体に寄り添った美雪である。

「美雪様、階段を三十段ばかり降りた、ほら、左手に見えております小さな三門、あれが倖明寺です。小さな寺ですが、庫裏の広縁で弁当を頂戴しながら庭ごしに眺める海の景色は、それはもう天下一で……」

「此処でこうして眺める海の景色よりも、なお素晴らしく見えるということなのでございますか」

「まあ、とにかく行ってみましょう」

「でも、お昼を戴くのに庫裏をお借りできるのでしょうか」

「さ、ついていらっしゃい。足元に気を付けて下さいよ」

「はい」

美雪の手が、風呂敷包みを提げている宗次の左腕の袖に遠慮がちに触れた。決して摑んではいなかった。触れているに過ぎなかった。それで充分に、美雪の気持は満たされていた。

この頃になると美雪は、宗次の両腕の自由度というものが、いざという場合に如何に大事かが理解できるようになっていた。宗次の稲妻のような剣術について父から詳細に聞かされたのは、出立前日の朝餉を共にした席においてであった。

宗次の剣で危ないところを救われた父の話は、朝餉の場にはふさわしくないほど凄まじい内容だった。むろん語る口調はいつも通り重重しく物静かではあったが、「……それはまさに稲妻のような……」という表現が父の口から出たとき、美雪はさすがに戦慄を覚えた。

そして父はこう言い、美雪はそれに対して、こう答えたものであった。

「旅の途上で、宗次先生の両腕は常に自由であることが、お前の身の安全にとっても大事であるということを忘れてはならぬぞ。よいな……」

「はい。よく心得ております。大和国へ旅いたしましたことで、その点につきましてはよく学びましてございます」

「そうか。うむ」

頷いて、やさしい目をした父の表情が、いま時おり瞼の裏に現われては消える美雪だった。

「石組の階段ゆえ、滑らぬよう足元から気を抜かないように……私の袖を確りとお持ちなさい」

「はい……」と微笑んで応じる美雪の気持には、余裕があった。

この柿木坂には、白く長い土塀にもたれるようなかたちで、ところどころに茶屋、しるこ・ぜんざい屋、菓子屋、飴屋、うどん・そば屋、茶漬処などの小商いが暖簾を下げていた。宿もたったの一軒だがある。傾斜が長く続くため大店は構えにくい。古い小店が柿木坂の下にまで歯が抜けたように並んで、その風情がまた海原と相俟って一幅の清涼なる絵となっていた。雄大な……。

## 二

倖明寺の手前二軒目に、めし・そばと下手な字で書かれた赤提灯(あかちょうちん)を下げている小店(こだな)があった。

赤提灯だからおそらく酒も置いているのであろう。

と、案の定、赤い顔の浪人二人連れが、爪楊枝(つまようじ)でシイシイと小音を鳴らしながら、階段を上がってきた。二人とも肥満気味で大柄ですさんだ印象だ。ただ、着ているものは悪くないから、小金に不自由はしていないのであろうか。

「お、これはまた天女(てんにょ)の如(ごと)き美形ではないか」

四十近くに見える髪の薄い方が、階段を下りてくる美雪を認めてニタリとした。

美雪は嫌な予感がしたから然(さ)り気(げ)ない足運びで、宗次の後ろへと回った。

双方の間は、たちまち二間(けん)ほどとなって、それもあっという間に縮まった。

「おい、品のある綺麗(きれい)な娘さんよ、俺たちにちょいと付き合わねえかい。もう一軒、立ち寄りたいのでなあ」

四十近くに見える髪の薄い浪人が、宗次の存在を殆ど無視したかのように、その背側に身を潜めている美雪に矢庭に手を伸ばした。いや、伸ばそうとした、と表現を改める必要があったのかも知れない。

なぜならその瞬間、浪人は階段をかなりの勢いで転げ落ちていたからだ。

仲間のもう一人は、一体何が生じたのか判らず、茫然とするばかりであった。

宗次は何事もなかったような顔つきで美雪を促し、倖明寺の小さな三門を潜った。

それほど広くはない境内はやはり、梅の木で埋まっていた。

「あ、これはこれは宗次先生……」

竹箒で落ち葉を掃き清めていた寺男らしい老爺が宗次に気付いて、深深と腰を折った。

「仁造さん、久し振りでござんすね。相変わらずお元気そうで何よりでございやす」

べらんめえ調が、和んだ響きで戻っていた。老爺もにこやかだった。

「元気だけが取り柄でして……昨日でしたか、和尚様が、近頃は宗次先生の訪れがないのう、と淋し気でございましたよ」

「絵仕事で忙しく致しておりやした。申し訳ござんせん。今日は弘念和尚様はいらっしゃいやすので？」

「はい。庫裏の方で書きものをなさっておられます。ですが、どうぞ……きっとお喜びなさいましょう」

「そうですか。じゃあ、少しお邪魔させて戴きやす」

「宗次先生、あのう……」

「え？」

「あのう、こちらの美しい御婦人は若しや先生の……」

「あ、へい、私の大事な御人でござんす」

宗次はさらりと言い流して微笑むと、「そいじゃあ……」と美雪を促して歩き出した。美雪は老爺仁造に対して黙って、しかしにこやかに腰を折ると、宗次のあとに従った。浅くも深くもない美しい辞儀を向けられた仁造が「こ、これはどうも……」といささか慌て気味となって天女の背に辞儀を返した。明らかに下位の者、と判っている相手に対してのこのあたりの美雪の綺麗な作法は、さすがに西条家の姫君ならでは、であった。

「ふうう……びっくりしたわい」

竹箒にしがみつくようにして茫然と突っ立ち、溜息を吐く仁造だった。

宗次と美雪は梅の木に挟まれたかたちで敷き詰められている石畳の小道を、奥へと向かった。隣の傾斜下に建っている柿木坂ではたった一軒の宿の屋根が邪魔になって、海はまだ望めない。

前を行く宗次が足を止めて振り向いたので、美雪は近寄って弁当を挟んで肩を並べた。

十四、五間先が、切妻造の小屋根をのせた小さな門で塞がれている。小屋根を葺いてあるのは木の皮だと判るが、近寄らないことには檜皮なのか杉皮なのか、はっきりしない。その小屋根を支えているのは自然のままの二本の丸太で、扉は竹編み格子の両開きだった。京の表千家不審菴や一乗寺詩仙堂などに見られるのと同じ腕木門の一種で、梅見門（梅軒門とも）と呼ばれている。

「ご覧なさい美雪様、あの小さな門を」

「とても風雅な香りを漂わせている梅見門でございますこと。私には懐かしく思われてなりませぬ」

「梅見門と申されたからには、直ぐに結びついたのですね」

「左様でございます。宗次先生にはじめてお目に掛かりました浄善寺の茶庭にも、あれに見えます御門にそっくりな梅見門がございました」

「そうでしたね。浄善寺の茶室・霜夕庵の庭と、浄善寺の『宝樹』とまで言われている花美しい霞桜の庭との間を仕切るかたちで、確かに梅見門が佇んでおりました。目立つことなく、ひっそりと……」

「その霞桜の花が爛漫と咲き乱れまする季節の昼九ツ半頃（午後一時頃）、差し込む日の光が霞桜の枝枝を包み込んで、それはそれは息をのむ美しさである、という意味のことを先生からお伺い致しました」（祥伝社文庫『夢剣　霞ざくら』）

「ええ、覚えております」

「あの日、浄善寺で宗次先生にお目に掛かることがなければ、今日こうして先生とご一緒に旅をする機会は、おそらく訪れなかったことと存じます。先生と私との間に若し僅かな擦れ違いがございましても、私は今日ここに立っていなかったに相違ございませぬ」

「うむ、そういう意味では確かに、出会いというのは人の運命にかかわってきますねえ」

「はい。私もそう思っております」

「さ、参りましょうか」

二人は十四、五間先の梅見門にゆっくりとした足取りで近付いていった。このとき美雪の右の手は、弁当を提げている宗次の左腕に軽くではあったが触れていた。袖にではなく腕に、であったから、宗次の腕の男らしい頑丈さが美雪の掌に伝わっていた。けれども美雪は、宗次の腕に着物の上から触れるというその行為を、意識してはいなかった。我れ知らぬうちごく自然に出来ていた。

　かつて宗次に対して抱いていた、〝自分は夫を持つ身であった〟という悲しい引け目のようなもの、それが宗次の心の寛さによって消え始めている、ということなのであろうか。

梅見門を潜ったところで、「まあ……」と足を止めた美雪の顔にやさしい笑みが広がって、瞳が明るく輝いた。きらきらと眩しい海の展がりがこの上もなく雄大で、無数の船が浮かんでいた。まるで海面で小蟻が戯れているかのように。

宗次が言った。

「あの沢山の小さな船は、漁師たちの船でしょうね。ほら、右手の方から左手の方へとかなりの速さで進んでいる大型の船、あれは下り酒を積んでいるのかも知れませぬよ」

「先生には積み荷までお判りになるのでございますの？」

「なあに、私はなにしろ酒が好きなものですから……」

宗次のいい加減な返答で、美雪がくすくすと笑った。このような瞬間の美雪の美しさには、絵師としての宗次も強く心を打たれる。

いずれ西条邸の大襖に、絵師として渾身の業で美雪を描いてみたい、と思っている宗次である。

「父が申しておりました。宗次先生となるべく早い内に是非盃を交わしてみたいものだと」

「恐れ多いことです。日をお決め戴けますれば、いつでも参上申し上げます、と御殿様にお伝え下さい」

「はい、そのご返事を聞けば父はきっと喜びましょう」

「さ、弘念和尚にお目に掛かりましょうか。いらっしゃい」

宗次に促されて、美雪は表情を改めて頷いた。

広い濡れ縁を持った庫裏は二人の左側に続いていた。

「一番奥が弘念和尚の居間ですよ」

宗次の右の手が、庫裏の奥を指差してみせながら、ここで〝弘念〟の字綴りを美雪に伝えた。

「宗次先生とは古いお付き合いなのでございますの?」

「ええ……」

宗次は答える事を、そこで踏み止まった。亡き父、梁伊対馬守との交流が深かった弘念和尚であったが、この場ではそこまで打ち明けなくともよかろう、という宗次の判断であった。打ち明ければ、余計な方向へと話が長くなりかねない。

二人は静かに、弘念和尚の座敷の前に立った。開け放たれた障子の奥まで日が射し込み、その日に包まれた文机の前で和尚は一心に筆を動かしていた。庭に宗次と美雪が佇んでいることに全く気付かぬ程に。

二人は和尚の筆の動きが止まるのを待った。そして、その動きが止まって和尚の表情が緩んだ。

宗次は、やわらかに声を掛けた。

「和尚、ごぶさた致しております」

弘念和尚の面が上がった。眉も、豊かに長い顎の下の鬚も、真っ白だった。

「おお、宗次か。よく来た……」

和尚が和んだ表情で〝宗次〟と呼び捨てたことで、美雪は双方の付き合いが浅からぬことを推し量れた。

よっこらしょ、と腰を上げて濡れ縁へと現われた和尚に対し、町娘の身形の美雪は綺麗な辞儀をしてみせた。和尚に対し、敬いの気持をはっきりと見せて。

和尚は「ほほう……」と目を細めて美雪を眺めた視線を、宗次へと戻して訊ねた。

「宗次がこの儂に黙って身分高き家柄の女性を嫁に迎えたとは思えぬが、どちらの御人じゃな」

さすが梁伊対馬守と交流深かった弘念和尚であった。美雪をひと目見て、〝身分高き家柄の……〟と見事に見破った。いや、しかしそれは、少し言い過ぎというものであろう。なぜなら、美雪自身に持って生まれた豊かな稟性の備わりが隠しようもなくあったからだ。いくら町娘の身形を繕っていようとも。

美雪は長めの辞儀を解いて姿勢を改めたが、視線は伏せ気味だった。

宗次が答えた。

「こちらは筆頭大番頭、西条山城守貞頼様のご息女、美雪様でいらっしゃいます」

「なんと、あの文武の人として知られた西条山城守様のご息女であられましたか。このような貧乏寺へようこそお見えになられた。さ、傷みのひどい古い座敷じゃが、遠慮のう上がって下され。山城守様の御名は、江戸仏教界にも、それはよう知られておりまするぞ」

ゆったりとした口調で言う弘念和尚だった。

「有り難うございまする」

と、美雪は澄んだ声で丁重に応じたが、座敷へ上がるかどうかは、むろん宗次の応じ様を忘れる訳がない。

その宗次が答えた。

「和尚、美雪様と私は西条家と縁続きのある御人を迎えるために、こうして日本橋を発ちましたゆえ、余り刻の余裕を持ち合わせてはおりません。この広縁をお借りして海を眺めながら弁当を開くことを許して下さいませぬか」

「なんじゃ。久し振りに顔を見せたというのに、ゆるりとは出来んのか。ま、しかし、西条家と縁続きの御人と申さば大事な御方に相違あるまい。いま、旨い塩茶を賄いのスミに淹れさせるでな、縁に腰を下ろして少し待っていなされ」

「申し訳ございません。近いうち必ず改めて訪ねて参りますゆえ……」

「うんうん、賄いのスミも宗次の訪れを気にかけておるでな。必ずまた二人して訪ねて来ておくれ。二人でじゃぞ」

弘念和尚はにこにことそう言い残して、次の間へと消えていった。次の間の向こうにも狭い中庭に面したぎしぎしと床鳴りのする廊下があって、台所へと続いていることを宗次は知っている。

このとき美雪の視線はある一点に向けられて止まっていた。

それこそ食い入るようにそれを見つめ、その美しい面に感動を静かにひろげている。

宗次が、美雪のその様子に気付いて微笑んだ。

「あの大襖の『亀と童』は、私が弘念和尚の喜寿（七十七歳）を祝って昨年の今頃に描き上げたものですよ。和尚には大層、喜んで戴きました」

「こうして眺めているだけで、涙がこみあげて参ります程に、感動を覚えます。悪戯盛りのかわいい童が三人に後ろ足で立ち上がっている亀が三匹という構成に何とのう先生の意図を感じております」

「和尚はこの庫裏に三日に一度、この界隈の童たちを集めて、読み書きを教え、ときには生きている意味についてわかり易く説いています。その和尚の精神の柱というのが……」

宗次はそこで言葉を止めると、右手の人差し指で中空に、**匡正**（じっくりと正しいことについて教え導くこと）、**協和**（相手を理解し争いをせず協力し合い仲よくすること）、**憐愍**心（弱い者や衰えてゆきつつある者への思いやりを忘れぬこと）と書き綴っていった。

その一つ一つを美雪は、反芻するかのように声に出さずに呟き、そして小さく頷いてみせた。

「昼餉のあとで美雪様、大襖に近付いてようくご覧になってみて下さい。今は日が大襖にまで射し込んでいないため、この位置からはよくは見えませんがね、三匹の亀の直ぐ前に、三匹の豆蟹（小粒な蟹）がいるのですよ」

「まあ、三匹の豆蟹が……」

「はい。それに気付いた亀たちが踏み潰してはいけないと、後ろ足で懸命に立っているのです」

「なんだかとても可愛く感じられますこと。それに和尚様の精神の一つ、**憐愍**にもつながるのでは、という気が致します」

「仰る通りです。三匹の亀の豆蟹に対する配慮を評価した童たちが小枝を手に元気よく亀に近寄ろうとしていますね。あの小枝の先には、亀に与えようとする好物の餌(え)がくっついているのです」

「素敵でございますこと。それに童たちのとても愛らしい健気(けなげ)な心の動きが、こうして見ている者にまで伝わって参ります。これは和尚様の協和につながるもの、という判断を致してよろしいのでしょうか」

「ええ……あ、和尚様が戻っていらっしゃいましたよ」

次の間の、中庭に面した障子が開いて、宗次もよく知るスミという髪の白い老女を従えて弘念和尚が入ってきた。盆を手にし、ほんの少し腰の曲がったスミは近くの農家の女房で、もう長いこと倖明寺の台所を手伝っている。料理上手なそのスミが宗次と顔を合わせると、思いきり顔をくしゃくしゃにした。

「あらまあ宗次先生、久し振りに訪ねてみえたと思うたら、なんとまあ、こんなに天女様みてえに綺麗な嫁さんを貰(もろ)うたのかね。こりゃまあ驚いたわ。なんとまあ、なんとまあ、お美しい」

余りにあっけらかんとしたスミのいきなりな言葉に、美雪の頰(ほお)がたちまち朱に染まっていった。

宗次は苦笑しつつ、顔の前で手を横に振った。

「これこれスミや……」

和尚が、これも苦笑しながら、手振りでスミを窘(たしな)めた。

「宗次はまだ独り身じゃ。このお嬢様はな、大身(たいしん)のお武家の姫君じゃ。さ、さ、早(はよ)う塩茶を二人にすすめなされ。宗次も美雪様も、遠慮のう縁側に上がって来なさるがよい」

そう和尚に促された宗次と美雪であったが、二人は大きな踏み石に上がって縁側の框(かまち)に腰を下ろした。スミが美雪の顔をにこにこと見つめながら、「ほんにお美しい……」と呟き、二人の前に塩茶を置いて退(さ)がってゆく。

「和尚も一緒に弁当をいかがですか」

「儂はもう昼は済ませた。二人で海を眺めながら、ゆっくりと食すがよい」

「左様ですか……」

宗次が弁当を包んだ風呂敷を開け始めると、和尚はやさしい笑みを二人に残して、スミの後を追うように次の間から出ていった。

「先生、桜の花びらが……」

塩茶を飲もうと湯呑みを手にした美雪が、澄んだ湯の中にたゆたう桜の花びらに気付いた。

風呂敷を解く宗次の手が休んで、答える。

「倖明寺名物の一つですよ。中庭に一本ある霞桜が毎年春に、大き目な花を立派に咲かせるのです。その花びらを和尚が手ずから摘み取り、塩に漬けるのです」

「霞桜の花びらを……」

「ええ、漬ける時の塩の塩梅（あんばい）がなかなかに難しいそうですよ」

「いま摘み取ったばかりのように、綺麗な花びらですこと……」

宗次と美雪を心温かく出会わせたのは、茶道石秀流（せきしゅうりゅう）の野点（のだて）が催された浄善寺の霞桜であった。その日のことを思い出したのであろうか、美雪はかたちよい唇に湯呑みを触れるのを忘れたかのように、湯の中にたゆたう花びらを熟（じ）っと眺め続けた。

宗次が開いた風呂敷の中から、二段の御重（おじゅう）が現われた。

菊乃が二人のために丹精込めてつくった弁当であったが、決して贅沢（ぜいたく）な中身ではなかった。

## 三

「空(から)の御重(おじゅう)は旅の手邪魔になろう。寺(ここ)へ預けてゆくがよい」

弘念和尚の勧めに甘えて、倖明寺を後にした宗次と美雪は、その日の日暮れ刻(どき)近く、日本橋(にほんばし)から八里ほどの位置にある保土ヶ谷宿(ほどがやしゅく)へと入っていた。

「漸(ようや)く保土ヶ谷宿に入りましたね美雪様。ほら、ご覧なさい。一町(ちょう)ばかり先の街道左手に、天を突くかのように聳(そび)え立っている大きな松の木が見えましょう。あの松の木と向き合っている質素な造りの冠木門(かぶきもん)、あれがこの保土ヶ谷宿でただ一軒の本陣（街道の宿に設けられた大名・上級大身武家の宿所）の表門に当たります」

「それでは明日、あの本陣でお祖母(ばば)様にお会いできるのですね」

「明日の何刻頃に本陣に到着なさるかは、おそらく既に本陣宛て、お祖母(ばば)様の早飛脚が届いておりましょう」

「大和国(やまとのくに)からの長旅で、お祖母(ばば)様のお体に重い疲れがたまっていなければ宜しいのですけれど……」

「大丈夫。芯が強く気力を充実しておられるあのお祖母様には、疲れの方がきっと避けてくれましょう。あ、本陣の表門からいま三人ばかり出てきたようですね。霧靄が漂い出したので、かすんでよくは見えませぬが……」

宗次と美雪は丁度、街道脇に設けられた六尺高の大行灯（街灯）の明りの前を通り過ぎたところであった。

すると表門（冠木門）の前に立った三人が、宗次と美雪に向かってうやうやしく腰を折った。

美雪が言った。

「先生、あの規律の正しさと体つきは家臣の、戸端忠寛、山浦涼之助、土村小矢太の三名に相違ございませぬ」

「おお、三人とも美雪様の大和国への旅に、警護の役目を背負って同行したのでありましたな」

「はい。あの旅では宗次先生にどれほどお助け戴きましたことでございましょうか」

「土村小矢太殿と腰元の佳奈殿は、般若の面の一党による襲撃で深手を負いましたねえ。その後手足の動きなどに不自由は生じておりませんか」

二人は控え目な声で話を交わしつつ、本陣へと近付いていった。

保土ヶ谷宿は、日暮れに差しかかって靄が漂い始めたというのに、街道すじは旅人や地元の者たちで大層な賑わいだった。

ここ東海道の宿場町、保土ヶ谷は慶長六年（一六〇一）に伝馬制度（馬による宿駅間の貨物逓送）が定められた時に宿駅（宿場）となってから、すでに八十年に迫る歴史がある。

鎌倉方面へと伸びている街道との分岐点に当たることから、日暮れ近くになっても人の往き来が絶えることなく賑やかだった。

選ばれた家臣の三名が西条山城守の命を受けて、ひと足先に保土ヶ谷宿で待機することになっている点については、宗次も美雪もむろん予め聞かされ承知をしていた。しかし家臣の誰と誰が先に遣わされているのか、その姓名については二人とも聞かされてはいなかった。

山城守にしてみれば、旅発つ前にあれやこれやを言わず、宗次と美雪を二人だけでそっと送り出すことに、おそらく内心含むところがあったのであろう。美雪に宗次ひとりだけが付き添うことについては、山城守は何ら心配はしていない筈であった。宗次の剣の凄みと為人については、既に承知をしている。

「お待ち申し上げておりました」

本陣冠木門（表門）の前に着いた宗次と美雪を出迎えたのは矢張り、戸端忠寛と一歩下がって忠寛を挟むかたちで控えている山浦涼之助と土村小矢太であった。三人とも美雪の大和国への旅に同行した念流の皆伝者であって、忠寛は西条家の家老戸端元子郎の嫡男で、妻と男児二人がいる。涼之助は西条家用人山浦六兵衛の嫡男、そして小矢太は西条家足軽頭土村利助の二男であった（祥伝社文庫『汝 薫るが如し』）。

「三人とも先遣のお役目ご苦労様でした。此処までの途中、宗次先生には大変お世話になりました」

美雪がやわらかな口調で述べ、しかし凛とした印象を三人の家臣に対し穏やかに放った。このあたりの美雪の持って生まれた清清しい気位とやさしい輝きには、これまでにも幾度か思わず唸ってきた宗次だった。

「大和国曽雅家の御使者が一刻ほど前に、ここ本陣に着かれまして、お祖母様の旅は極めて順調で明日の昼九ツ（正午）までには本陣に着く予定であることを告げられまして、再び引き返されましてございまする」

「それは何よりなこと。安心いたしました」

戸端忠寛は先ず美雪との話を済ませ、次に宗次に一歩近付いて深深と頭を下げた。

山浦涼之助と土村小矢太の二人も忠寛との間を詰めて、さすがと思わせる辞儀を忘れなかった。

「大和国では先生には大変お世話になりました。改めまして心より深く感謝申し上げます」

そう言い終えてから、面を上げた忠寛であり、涼之助も小矢太もそれを見習った。

宗次は微笑んで頷いただけで、言葉を口にすることはなかった。自分は西条家の姫君に付き従ってきた者、という立場を忘れていなかった。いや、忘れないようにしていた、と言い改めるべきかも知れない。西条家の家臣たちの前ではそれが大事、ということなのであろうか。

間もなく墨色に覆われるであろう空には、既に大きな月が浮かんでいる。

宗次と美雪は前後を忠寛たちに護られるようにして、本陣の屋根付き冠木門(表門)を潜って直ぐ広広とした大土間に入り、玄関式台へと足を向けた。表通りの賑わいに比し、表門を潜った本陣は思いのほか静かだった。ただ、大土間の四隅では篝火が焚かれ、その赤赤とした炎がうるさ気であった。

美雪が前を行く忠寛の背に声を掛けた。

「忠寛。今宵この本陣のお世話になるのは、西条家の一行だけでありますのか」

「はい。左様でございます。一昨日は播磨国安志藩小笠原家一万石が、その前日には摂津国麻田藩青木家一万石が利用したようで、表門には大名家の家紋入りの幔幕が張られていたらしくございまする」

玄関式台が目の前に近付いてきたこともあり、忠寛は前を向いたまま答えた。主家の姫君に対し背を向けて答えるなどは、本来ならば叱責ものであったが、その場の事情や状況にもよる。

奥行き七、八間はありそうな長い玄関式台の向こうには、ひと目で十数畳はあると判る畳の間が控えていた。

間口の左右に大行灯を点すその「玄関の間」には、この本陣の亭主夫妻が宿役人と共に平伏をして本日の主客を待ち構えていた。亭主夫妻は六十半ばを過ぎているだろうか。

名を六左衛門と富百と言った。

式台へと上がった美雪は式台の右手板壁に御公儀御重役様と認められた、長さ二尺、幅五寸くらいの大きさの真新しい木札が掛け下げられているのに気付いた。すばらしく達者な墨筆だ。

「忠寛」

美雪は前を行く忠寛に声を掛けて、歩みを止めた。視線は木札に注がれている。宗次は美雪と肩を並べる位置にあって、矢張り木札を静かに眺めていた。このとき美雪が何と言わんとするか既に察していた宗次ではあったが、横から口を挟むようなことはしなかった。西条家家臣たちの面前ではあくまで、姫君に付き従ってきた者、に徹していた。

忠寛が「はい」と振り向いて、美雪の前まで歩みを戻した。

「今宵この本陣のお世話になるのは西条家の一行だけとすれば、あの木札は私共を指してのことであろうのう」

美雪の声を控えた問いに、忠寛は頷いた。

「左様でございます。本来ならば表門に御公儀御重役西条家宿と認めた関札なる木札を下げねばなりませぬが、大和国への旅で色色とありましたことから、表門に関札を下げることは止めるかわり、式台内部にあの木札を下げるよう、亭主に申し付けましてございまする」

「そうでしたか。忠寛の指示でやらせたことでしたか」

「はい。まずければ外しますが……」

「忠寛が承知の上でのことならば、木札は下げたままでも構いませぬ。さ、参りましょう」

美雪がやわらかな口調で言って忠寛を促したとき、本陣の亭主夫妻が恐る恐る平伏を解いて顔を上げた。西条山城守貞頼は娘美雪が大和国で出遭うた数数の事件を心配して、実は今回の小さな旅についても「宿となる本陣では西条家の宿とわかる関札を下げてはならぬ」と美雪に忠告をしていた。あくまで念のための忠告だった。騒ぎが生じて、再び宗次に負担をかけてはいかぬ、という配慮もあったのではと思われる。

見るからに実直そうな本陣の亭主夫妻の案内で、美雪と宗次の二人は篝火で赤赤と明るい奥庭に面した書院へと通された。「上段の間」と「下段の間」を備えた書院だった。

大行灯の明りが備わった書院の中央にある「上段の間」は八畳で、四辺の内の一方が「下段の間」に向いて掛け簾が下がっており、残り三辺の内の二辺に障子が嵌まり、残り一辺が床の間と戸袋、という具合であった。

亭主の六左衛門が「上段の間」の掛け簾を巻き上げ、阿吽の呼吸で「上段の間」へと入った老妻富百が備え付けの座布団その他に手抜かりがないかを確かめ、「上段の間」を出た。

二人とも馴れた手早い動きだった。

亭主六左衛門の方はすでに「下段の間」で平伏しているから老妻富百もその横に並んで平伏を見習った。

それがこの本陣の慣例でもあるのか、亭主夫妻は自分たちの方からは何一つ喋らなかった。はじめから神妙だ。迂闊な一言が予期せざる問題となることを恐れてでもしているのであろうか。

今世でいう本陣には何とのう、ものものしい響きがあるが、要するに宏壮な造りの民営の宿舎である。亭主には地元の名士（庄屋など）が多く見られるものの、本陣経営に失敗して「本陣株」なるものを他所者に譲渡する例もなくはない。

「ご苦労様でした。何かあればこちらから声を掛けまするゆえ、宜しく御願い致しますね」

美雪に声を掛けられた亭主夫妻は、「はい」と言葉で応じる代わりに一段と深く頭を下げてから、退がっていった。小慌てな動作でも怯んだ様子でもないので、沈黙を原則とした応接にすっかり慣れているのだろう。そのせいか宗次も美雪も、亭主夫妻に対して不快な印象は抱かなかった。

「先生、お疲れではございませぬか。どうぞ、お寛ぎ下さりませ」

美雪が宗次に対し、「上段の間」へと促す小さな手振りを控え目に示した。

このような時の美雪は、持って生まれた端麗な輝きを、決まって一瞬放って見せる。ごく自然にだ。

「私は寛がねばならぬほど疲れてはいませんよ。明日お祖母様に会わねばならぬ美雪様こそ大役。今のうちに心身を休めておきなされ」

「今宵、先生はどのお部屋で休まれるのでございましょう」

「左様なことは心配なされますな。戸端忠寛殿がきちんと手配りを済ませておりましょう」

宗次はそう言うと、美雪の背中を軽く優しい手具合で「上段の間」の方へと押してやった。

主な街道の本陣は、表通り（街道）から見て、縦に長い平屋構造が多い点で共通している。

多くの場合、表通りに対しては、先ず屋根（瓦葺が多い）をのせた表門として、**冠木門**あるいは**棟門**（二本の柱だけで棟木、梁などを支えた門）が面し、また表門と並ぶかたちで**「広い板の間」**が、到着した大名の**荷物受入場**として設けられている（表門より位置を下げて設けられている場合もある）。

表門を入ると広広とした**大土間**（おおどま）があり、その先に「**玄関式台**」「**玄関の間**（ま）」「**控えの間**（ま）」と直線的に続く点は主要街道の本陣で共通している。**縦に長い平屋構造**の最も奥まった位置に、池泉（ちせん）庭園に接するかたちで「**書院**」が設けられている点も、主要街道の本陣では同じだ。

**参勤交代**という江戸時代で最も非生産的な任務の実施に当たらねばならぬ大名は本陣利用の数日前には**宿割役人**を先遣させ、諸手配や交渉を本陣側と終えておくのが普通である。

西条家が宗次と美雪の旅立ちに先立って、有力家臣の戸端忠寛、山浦涼之助、土村小矢太の三名を本陣へ遣わしたのも、その慣例によるものだった。

宗次は「書院」のまわりにある二、三の座敷を検（み）て回ったが、とくに不審と思われる点などは無かった。どの部屋も防火用行灯で明るく、また清潔に管理され、万が一、身分ある緊急の宿泊者が現われても、いつでも対応できるようになっていた。

宗次が「書院」へ静かな歩みで戻ってみると、美雪は一度は座った「上段の間」から出て、池泉庭園に面した広縁に移り、美しい姿勢で正座をしていた。

広い庭には篝火の明りが満ちている。

宗次は「上段の間」の座布団を手にして、美雪の隣に腰を下ろした。

「脚を傷めてはなりませぬから、さ、座布団の上にお座りなさい」

「はい」

宗次の勧めに美雪は素直に頷いた。勧められてどことなく嬉し気であった。

美雪が座る直ぐ目の下には、庭先へ下りる巨大な踏み石が横たわっている。

庭を検(み)て回ろうと、宗次がその踏み石の上に調えられている雪駄を履き庭先へと下りたとき、玄関式台の脇から板塀に沿って延びている矩形(くけい)の庭伝いに、宿役人に案内させるかたちで忠寛、涼之助、小矢太の三名が現われた。四人とも篝火の色に染まっている。

宗次が自分の方から四人に近付いて行くと、四人の足は立ち止まった。

忠寛が宿役人に何事かを言葉短く伝え、頷いた宿役人は引き退がって行った。

三人は宗次に揃って軽く頭を下げ、こちらを見ている美雪にも、やや深目に腰を折ってみせた。

宗次は忠寛と目を合わせ自分の方から口を開いた。静かな口調だった。

「忠寛殿。書院に近い幾つかの座敷を先ほど検て回りましたが、とくに不審は覚えませなんだ」

「有り難うございます。先生にそのような御負担をお掛けしては申し訳ありませぬ。建物の内と外は我等家臣三名で寝ずの用心を致しますゆえ、どうかごゆっくりとお寛ぎ下さい」

「ありがとう。そのお言葉に甘えましょう。が、書院およびその周囲の座敷については、私が目を光らせます。安心して下さい」

「はっ。くれぐれも美雪様の身辺のこと、宜敷くお願い致しまする」

頷いた宗次の視線が、忠寛から小矢太へと移った。

「お元気そうですが小矢太殿、大和国で受けた傷は、その後、四肢の動きに支障を残してはおりませぬか」

「ご心配をお掛け致し申し訳ございませぬ。幸いにして、剣士として全方位へ素早く動くことに全く支障はありませぬ」

「それはなにより。あの時は御女中（腰元）の佳奈殿もかなりの深手を負ったのでありましたな」

「幸いにして佳奈にも何ら後遺の症状は見られず、すこぶる元気に致しております。此度は佳奈もお祖母様お出迎えの命を賜って幾人かの腰元を従え、ここ保土ケ谷より二里と九町（凡そ八・八キロメートル）隣の戸塚宿へと遣わされてございまする」

「おお、左様でしたか。すると今頃はすでに、戸塚宿本陣（戸塚区役所の裏に跡地）でお祖母様に出会うているかも知れませんな」

「あ、はい。おそらくは……」

「足を引き止めてしまいましたかな。それではこれで……」

宗次は軽く腰を折って、三人の西条家家臣から離れ、三人も表門の方へ引き返していった。

美雪が四代様（四代将軍家綱）の秘命を受けて旅した大和国では、凄まじい騒乱が連続して生じ、大勢が負傷していた（祥伝社文庫『汝 薫るが如し』）。

その騒乱により曽雅家では、下僕頭の義助をはじめとして男女八名が重軽傷を負った。また美雪の旅に付き従った西条家の者では土村小矢太および腰元の佳奈の二名が。

更に宗次自身も、地元大和の老蘭医、尾形関庵の手によって顔を縫合される程の負傷を受けていた。その縫合あとは今も、〝端整なる凄み〟となって、うっすらと残っている。消えつつはあったのだが。

美雪の近くまで戻って、宗次は訊ねた。

「御女中の佳奈殿が幾人かを伴い、一つ西隣の戸塚宿の本陣で、お祖母様のご到着に備えておるようです。ご存知でしたか」

「いいえ。私は父からも菊乃からも聞かされてはおりませぬけれど……」

美雪は少し驚いたようであった。

「そうでしたか。お父上も菊乃殿も、あまり細かい事を美雪様の耳へは入れないよう配慮なされたのでしょう。この刻限、佳奈殿はすでにお祖母様を戸塚宿の本陣で出迎え済みであるかも知れませんな」

「佳奈ならば手抜かりなく、出迎えを調えてくれていましょう。気配りを細やかに出来まするから」

「庭を少し歩きませぬか」

「はい。歩きとうございます」

宗次は美雪が庭先へ下りるのを、手を差し出して助けてやった。

美雪は宗次の差し出された手に、素直に応じた。これまでの、控え目とか遠慮とか恥じらいとか言った、美雪だからこそ似合っていた美徳は、影を薄めていた。しかも、そのことに美雪自身、気付いていないかのようだった。

二人は篝火で明るい泉水の畔を歩いた。泉水の水面が、篝火の色に染まり、その中に月があざやかに浮かんでいた。

「あのう……先生……」

「はい」

「明日この本陣へ訪れますお祖母様が、何か大きな事を持ち込むような気がして、少しばかり不安を覚えてございます」

「大きな事を?……たとえば、どのような」

「さあ、それがはっきりと見えないのでございます。でも予感とか直感などではなく、確かに何か大きな事を持って訪れる……という確信のようなものがございます」

「美雪様がいま申されたのは、〝大きな物〟ではなくて〝大きな事〟なのですね」

「大きな物、では決してない、という気が致しております」

「旅立つ前、お父上からそのようなことについて、何か聞かされてはいませぬのか」

「聞かされてはおりませぬ。ただ、お祖母様を卒無きよう大切に出迎えるようにと、二、三度念を押されましたけれど」

「卒無きよう大切に出迎える……うむ、そのお言葉の中に特に意味深い何かが隠されているとは思えませんねえ」

「先生は、遠い大和国から江戸へ参られるお祖母様について、何か感じられることはございませぬでしょうか」

「感じていることはあります」

「え……」

「お祖母様は、美雪様が可愛くてならないのですよ。また、二十一歳という若さで婚家を出ることになった美雪様が不憫でならないのです。顔を見たくて、会いたくて仕方がないのでしょう。きっと」

「先生も、この美雪を不憫とお思いなのでしょうか」

「美雪様とはじめて出会うた頃、婚家を離れたという事情を知って、ちらりと不憫に思うたことはあります。ちらりとです」

「……」

「その小さな憐憫の情はしかし、すぐに吹き飛ばされてしまいました。吹き飛ばしてくれたのは美雪様ご自身の人間としての豊かさです。そう。なんとも言えぬ豊かさです。それには知性も含まれましょう。身に備わった輝かんばかりの教養、作法もそうです。茶華道を通じて窺える芸術的視野の素晴らしい広さも含まれます。それらを基礎として美雪様は遂に自信に満ちた答えをご自分で出されたではありませんか」

「答えを?……」

「そうです。答えをです。しかも堂堂たる答え、と言ってもいい程のものを」

「あ……先生」

「お気付きになりましたね。ええ、それですよ。美雪様は自らの強い意志で、とうとう女性塾の開学にまで漕ぎ着けなさいました。塾舎の完成がやや遅れたことにより正式の開学は来春桜の咲く頃となりはしましたが……」

「先生や大勢の方方の御支援があったればこそでございます」

「美雪様の意志が強固で、その教育計画に優れた一貫性があったればこそ、大勢の人人の支援が集まったのですよ。道徳、教養、読み書き算盤、茶華道、芸術などの充実した授業科目は他に類を見ません。だからこそ、吉良上野介義央様の奥方富子様が塾頭を引き受けて下さり、また**求学館**『**井華塾**』の塾名について老中会議の理解と承認が得られたのです」

「先生にそのように言って戴けますと、開学についての色色な不安が消えていくような気が致します」

「私は全力で塾の運営を補佐するとお約束しますから、安心なさい。吉良家の富子様もきっと私と同じ思いであろうと存じます」

「ありがとうございます。とても心強く思います」

「ところで求学館『井華塾』創立については、お祖母様にも御知らせしてあるのですか」

致しました。けれどもこの件に関しては、お祖母様からは未だ何の御返事も戴いてはおりませぬ」

「美雪様は先程、お祖母様が何か大きな事を持ち込む……という意味のことを仰ったが、塾の件についてお祖母様が反応を見せて下さらないこととつながっているのでは？」

「いいえ、塾の件とは全く異なった大きな事、という気がしてならないのでございます」

「ほう……」

宗次がちょっと首を傾げたとき、書院の広縁に本陣の内儀富百が遠慮がちな様子で姿を見せた。こちらを見て広縁に平伏してしまったことから、宗次は「何か？」と問い掛けつつ広縁へと引き返した。そのあとに、美雪が従う静かな様子には、これまで時として宗次に見せていた気後れのような強張った印象は、すっかり消えていた。

内儀富百が平伏していた顔を上げ、近付いてきた宗次に訊ねた。

「湯浴みの用意が調いましてございます。夕餉はいつでもお持ち出来ますが、湯浴みを終えてからになされますか」

「では、湯浴みを終えてからに致しましょう」

「承知いたしました。風呂場は広縁の突き当たりの、板戸の先にございます。書院専用の備えでございますから、御ゆっくりとお使い下さいませ」

「判りました。念のために訊ねますが、風呂場の出入口は広縁の突き当たりの一か所だけですかな」

「風呂場仕事を任せております女中頭ほかの出入口が、もう一か所ございます。この出入口へは、主人（あるじ）の六左衛門が目を光らせて座る帳場脇の廊下から入り、女中詰所の前を経て、私の事務処の前を通らねば行かれないようになってございます」

「御内儀の事務処というと？」

「主人（あるじ）の帳場は専（もっぱ）ら会計を司（つかさど）ってございまして、私の事務処は女ばかり八名で、会計以外のこと全てを差配してございます。たとえば食材の仕入、寝具の点検、家屋の営繕と清掃の外注、庭園の管理など色色でございます」

「そう伺うと、この本陣は女性の裁量というものが重視されて運営されているように思えるが」

「いいえ、男衆（おとこし）にも大変頑張って貰っております。けれども女性は細かいところに目が届きますゆえ、奉公人の数は女の方が六割くらいと、男よりは多少、多いでしょうか」

「よく判りました。では、今から湯浴みを楽しませて戴くことにしましょう」

「はい。では、頃合を見て、夕餉をお運び致します」

内儀富百が下がっていった。

宗次は後ろに控えていた美雪を促して、広縁へと上がった。

「用心のためです。風呂場は使う前に、検（み）ておきましょう」

宗次がそう言うと、美雪は「はい……」と頷いた。剣客として宗次の思慮分別の「かたち」を今やすっかり理解できている美雪の、迷いなき頷きだった。

## 四

書院の、固く二重に閉じられた頑丈な雨戸と格子編（こうしあ）みの障子を背に、宗次は広縁で座禅を組んだ姿勢を微動だにさせず、朝を迎えた。

警衛のために、無腰の宗次が広縁で夜を明かすことを知った美雪は「私も御一緒いたします」と告げたが、承知する筈がない宗次だった。

剣客として位を極めた宗次にとって、徹夜の警備に就くことなど、小さな苦痛のうちにすら入らない。

うっすらと白み出した東の空を背に、大土間に通じる小路の出入口――篝火の火勢いまだ衰えない――に戸端忠寛が現われた。宗次が肩から下の姿勢を微塵も崩さずにその方へ静かに視線を移すと、忠寛は丁重に一礼をして赤赤とした明りに染まって下がっていった。

忠寛に加え山浦涼之助、土村小矢太ら三名も本陣屋外の要所で寝ずの警衛に当たっていた筈である。

このとき宗次の表情が、僅かに動いた。背後でコトッという微かな音がしたのだ。

どうやら目を覚ました美雪が、書院の内側から格子編みの障子と、確りとした拵えの雨戸をそっと開けに掛かっているようだった。広縁にいる宗次への遠慮が働いているような感じ、それが宗次に伝わってきていた。

宗次はひとまず、篝火の明りで染まっている庭先へと下りて広縁から何歩か離れ、東の空を眺めた。いよいよお祖母様にお会い出来る、という思いがやわらかな熱さをともなって胸の内に広がり出していた。

人間として強烈な魅力の輝きを放っている御方――宗次はお祖母様を、そのように捉えている。だがそれは、気性の激しさとか、生き方の厳しさとかを指すものでは決してない。むしろ気性も生きる姿勢も、若い剣客である自分などより遥かに丸く穏やかで且つ、たおやかである、と宗次は思った。

(だからこそ奈良奉行や奈良代官を呼び捨てにしても、かえって不自然さも力みも感じられないのだ……)

そう胸の内で呟き、白む東の空を眺めて深く息を吸い込む宗次だった。

「先生、お早うございます」

背後で澄んだ美雪の声がしたので宗次は振り返り、広縁へと引き返していった。

美雪が身形の乱れ全く無く、書院と広縁を仕切る敷居の内側に座して、宗次に頭を下げた。

「お早うございます。よく眠れましたか」

「はい。広縁の先生には大変申し訳ないことであると思いつつも、いつの間(ま)にか安心して眠ってしまいましてございます。本当に有り難うございました」

　宗次は黙って頷き、広縁へと上がった。雨戸と障子は二枚が左右に開けられ書院内ではまだ大行灯が点(とも)っている。なめらかで、きめがこまかい雪肌の美雪は、唇に薄く紅を引いているだけだった。その然(さ)り気(げ)なさがまた一段と、美雪の気高さの位(くらい)を上げているのだが、おそらく本人はそれに気付きさえもしていまい。

　保身のため汲汲(きゅうきゅう)として藩内の騒乱解決の方を重視する余り、手邪魔(てじゃま)と捉えた美雪を選(よ)りに選(よ)って生家へと戻してしまった、もと夫の廣澤和之進は、この気高く麗(うるわ)しい華を二度と我が掌(て)に取り戻すことは叶(かな)わぬだろう。まるで天華(てんげ)を思わせるような、美しい美雪を。

　宗次と美雪は、書院と広縁の位置で向き合った。

「間もなくこの本陣に朝の陽(ひ)が差し込みましょう。昨日(きのう)に続き今日も天気は良さそうですよ」

「お祖母様を迎えるには、とてもよい日になるような気が致しております。先生に我が儘なお願いがございます。申し上げて宜しゅうございましょうか」

「遠慮なく、何なりと」

「昨日感動いたしました柿木坂でございます。石で組まれた幅の広いゆるやかな坂道の両側には、白い土塀が海に向かってゆったりと続いてございました。あの柿木坂の名状し難い光景が忘れられませぬ。また柿木坂の坂口と、倖明寺の境内から眺める息を呑むような雄大な海の姿、心が震える思いでございました」

「つまり、柿木坂と倖明寺へお祖母様をお連れしたい、そうですね」

「はい。左様でございます」

「よろしい。お引き受け致しました。柿木坂と倖明寺から眺める光景には、お祖母様はきっと満足なされましょう」

「それに倖明寺の襖絵。先生がお描きになりました、あの素晴らしい襖絵を是非、お祖母様に見て戴きたいと思うております。大変な感銘を受けられるに相違ございませぬ」

「弘念和尚の御点前で、茶も味わいましょうか。美雪様の石秀流とは流儀は異なりますが、弘念和尚もなかなかに通じていらっしゃる」

「まあ、それは楽しみでございます。倅明寺に立ち寄りますことを、前もって御知らせ申し上げておいた方が宜しゅうございましょう。お祖母様はこの本陣に二日ばかり滞在なされて、お疲れを癒されなさいますゆえ、その間に倅明寺へ佳奈を遣わしたく思いますけれど……」

「うん、そうしなされ。それがよい」

「承知いたしました。それでは、そのように致します」

宗次と話をする美雪の端整な表情には、嬉しさが満ちていた。

それも控え目に満ちる……宗次に対して美雪が見せる感情のかたちは、常にそうであった。一気にとか、激しくとかいうことは、これ迄に一度として無かった。穏やかに物静かに、それが持って生まれた美雪の人としての「かたち」の素晴らしい点なのであろう。この美しい女性には自画自讃も、地位立場を利用しての他人への誹謗・見下しも、傲慢さも無縁であった。だからこそ、その美雪が決断した女性塾・求学館「井華塾」創立の支援に、全力を傾けることを決意した宗次だった。初代塾頭を快く引き受けた高家筆頭・吉良上野介義央の富子夫人も自分と同じ思いに相違ない、と宗次は思っている。

宗次と美雪が、お祖母様のことや、女性塾開学についてあれこれと話し合っているうちに、朝陽が庭木の梢の高みに触れ出した。

その頃合を見計らったかのようにして、本陣の内儀富百が女中二人を従えて現われ、宗次と美雪に丁重な朝の挨拶をしたあと、雨戸を開けに掛かった。

たちまち上段の間と下段の間に、朝の明りが広がってゆく。

全ての雨戸が開くと、富百が美雪の前に、にこやかに座った。昨日の硬かった表情とは打って変わっていた。

「お姫様には、よくお眠りなされましたでしょうか」

町娘の身形の美雪に、富百がはじめて、お姫様、と口にした。

「はい、温かな気配りに満足してよく眠れました。屋敷に居る時と同じように心地よく」

「それはようございました。お姫様のお父上様、西条の御殿様には上方へ御役目で出向かれなさる際、いつもこの本陣を利用して戴いております」

「まあ、それは初めて耳に致します。父からは何も聞かされずに参りました」

「いちいちお姫様に改めて打ち明ける程の事でもありませぬ故でございましょう。京都所司代次席のお兄上様、九郎信綱様が江戸と京の間を往き来なさる際にも、この本陣を使って戴いてございます」

「それはそれは。此度訪れた私たちに対する本陣の自然な気配りの様子が、それで納得できました」

富百の話に応じる美雪も、涼し気に目を細めてにこやかであった。

傍でその様子を見守る宗次は、美雪の沈み傾向にあった心は、これでもう心配はない、と思った。

富百が美雪に訊ねた。

「今日は四ツ半頃（午前十一時頃）には、お姫様の大切なお身内が、この本陣にお着きなされると先遣のお侍様より伺ってございます。先ずは湯浴みをして戴き、お疲れをほぐされては、と考えますが如何でございましょうか」

「是非にも、そうしてあげて下さい。大和国より私の祖母が参られるのです」

「えっ、大和国……あ、左様でございましたか。承知いたしました。大事にお迎え出来ますよう抜かり無く一生懸命に手配りさせて戴きます」

ほんの一瞬、富百が感情を揺らせたように見えたが、そこは身分高い人との接し様に馴れている立場。直ぐに然り気なさを装った。

「宜しくお願い致します」

と、笑顔あかるい美雪だった。

富百は、それでは朝餉の用意を致します、と下がっていった。

宗次も美雪もこのとき、「天地を震わさんばかりの大変なこと」が間もなく自分たちの身に降りかかってくるなど予想だにしていなかった。

## 五

宗次と美雪が、富百手ずからの給仕で朝餉を済ませ、凡そ半刻が経った朝五ツ半（午前九時）頃であった。大土間に続く小路口に現われた戸端忠寛が「失礼いたしまする」と一礼し、書院の広縁に座する宗次の方へとやってきた。美雪はこのとき書院の奥に下がって、富百と二人の女中の手伝いで薄化粧を調えて貰っているところだった。こういう場合の化粧拵えには、充分に慣れている富百たちである。

朝の陽(ひ)があふれている広縁に座す宗次の背後の障子はむろん、身だしなみを調えている美雪のために閉じられている。

忠寛は宗次の前までやってくると、「ただいま少しお邪魔して宜しゅうございますか」と、遠慮がちに訊ねた。紫の風呂敷で包まれた細長いものを、大事そうに抱えている。平たい包みではない。厚みはかなりある。

(刀が納まっている白木の箱だな。それも二段の箱だ)

と、宗次は確信的に想像した。こういった場合の判断とか推測とかいうのは、厳しい剣法の修練で培(つちか)われてきた、宗次特有の直感という他なかった。道理も理屈もなかった。まさしく瞬間的にピンとくるのだ。まさに確信的に。

「構いませぬ。この場は動けませぬが」

宗次は答えて微笑んだ。はい、それは承知いたしております、と応じた忠寛が言葉を続けた。

「先程でありますが、西条家より大きな柳行李が五つばかり届けられましてございます。多くは大和国より参られまするお祖母様への配慮の品でありますが、その中に宗次先生にお手渡しすべきものとして、これが入っておりました」

そう言って忠寛はそれを広縁の上に、そろりと置いた。恭しいばかりの扱いだ。

「刀でございますな」

「はい。どうもそのようでございまする。まだ中身を検めてはおりませぬが」

「はっきりと、私宛に手渡すべきもの、と認められておりましたので?」

「その点は間違いございませぬ。筆跡は菊乃殿のものでございました」

「そうですか」

頷いて細長いその包みに手を伸ばす宗次の顔を見つめながら、忠寛は言った。

「宗次先生。まだ開けておりませぬ柳行李があと二つ残ってございます。これはどうやら着物類と思われるのでございますが、ひょっとすると先生にお渡しする羽織とか半袴が入っているやも知れませぬ」

「なるほど。私宛に刀が届けられた以上、身嗜みを調える意味で羽織袴も用意されている筈、と仰るのですな」

「は、その通りかと……」

「ではまだ開けていない柳行李に若し私宛ての羽織袴が入っていたなら、申し訳ありませんが直ぐにでも持って来て戴けませぬか。お祖母様の到着を考えれば、余りゆっくりと構えている訳にはいきません」

「承知致しました」

　忠寛は一礼して機敏に下がっていった。

　宗次は風呂敷包みを解いた。矢張り白木の箱であった。それも二段の拵えを窺わせる高さ(厚み)がある箱だった。

(大小刀を揃えて下されたか……)

　宗次は、この日この刻限に柳行李が着くようにと配慮なされたに相違ない西条山城守の〝豪の者〟にふさわしい顔を脳裏に思い浮かべながら、箱の蓋に手をかけた。

そして、蓋を静かに開ける。心を研ぎ澄ますかのようにして。

二段拵えの白木の箱の上段には、袋に納められていない黒蠟色塗鞘拵の大刀が「只物」でない輝きを放って横たわっていた。

箱の底に固定するかたちで、鞘の上下二か所が白い紐で結ばれている。

「ほほう……」

白い紐を解いた宗次は、その大刀を白木の箱から取り出して、暫くの間、柄・鞘の拵えを熟っと眺めた。背後で障子のそっと開く音がしたが、大刀に集中していた。

「これは、もしや……」

呟いて宗次は、大刀の柄と鞘に両手を添えて胸の高さに横たえ、軽く頭を下げた。

剣客としてはじめて〝出会った〟刀に敬意を表すると同時に、美雪の父西条山城守貞頼に対しても謝意を表したのであった。

右手で柄を持った宗次は、次に刃を上向きとして〝跳ね〟を抑える静穏な気持で鯉口を切り、棟（峰）の反りに合わせるようにして、ゆるやかに刀身を鞘から引き抜いた。そして、鞘をやさしく手放し、刀身を目よりも少し高い位置で水平に横たえてみせた。

刃の（刀身の）反り具合を検るためだった。

広縁に満ちている朝の光を浴びて、刀身が眩しく光る。このとき宗次は、微かに漂ってくる化粧のいい香りを捉えていたが、その目は刀身から逸れなかった。

化粧拵えを終えた美雪も、宗次の直ぐ傍に寄り添うように控えて、矢張り刀身に見入っていた。

「実にすばらしい刀です……つい先程、西条家より私宛てに届けられたものですよ」

宗次が、どれ程か経って、ぽつりと漏らした。美雪は少し微笑んだだけであった。

美雪に言って聞かせるようにして、宗次は更に言葉を続けた。

「棟の反りを抑えて、やや直線的とした刀身の流れるようなこの淡麗さは、まぎれもなく銘刀丹波守吉道。ご覧のように元幅に比べると先幅が次第に狭まり、そのため切っ先が得も言われぬ冷たい鋭さを醸し出しております。戦いに際して、斬るにも突くにも威力を発揮する、まさしく上級武官のための刀と言えます」

「それは先生、西条家に出入り致しておりました、今は亡き刀匠四郎入道様より、父が大番頭に昇りましたる時に祝いとして贈られたるものと聞いておりまする」

「刀匠四郎入道殿と申さば、相模国の名匠として知られた御人。さすがにいい刀を祝いとして贈られました。この丹波守吉道と比べることの出来る刀として、井上真改、越前守助廣などがあげられます」

「父もそのように申したことがございました」

「この丹波守吉道が西条家より私宛てに届けられたという事は、腰にこの刀を帯びてお祖母様をお出迎えするように、ということであろうと判断させて戴きます」

「はい。私も先生に、そのことを是非にもお願い致したく存じます」

美雪は微笑みつつ、そう言うと、三つ指をついて静かに頭を下げた。

宗次は「うむ……」という感じで、にこやかに頷いてみせた。

## 六

一つ西隣の戸塚宿でお祖母様の到着に備え待機していた佳奈をはじめとする幾人かの西条家の女中（腰元）たちのうち二人が、「昼四ツ半過ぎには間違いなく保土ヶ谷宿に入られます」と告げに早駕籠で戻って来た。

それが昼四ツ過ぎであったから、本陣に緊張が走り慌ただしくなった。

本陣の表門の前では、宗次と美雪、そしてその背後に控えるようにして忠寛ら三人の家臣と二人の腰元が待機した。この刻限、通り（街道）はすでに旅人の往き来でかなり賑わっている。

宗次は羽織袴に大小刀を帯に通し、どこから眺めても堂堂たる青年武士であった。その宗次と肩を並べるようにして、しかし僅かに半歩ばかり下がっている美雪も、西条家から届けられた着物に、装いを美しく改めていた。

宗次の髪型であるが、常日頃より「男髷（おとこまげ）」と「いなせ風」の間くらいの髪型であったから、武士の身形にも町人の身形にも似合った。「男髷」は二代様（徳川秀忠（ひでただ））、三代様（徳川家光）の頃からはやり出したものだ。一方の「いなせ風」だが、町人の商いが幅広い分野で活況（かっきょう）を呈（てい）するようになってから、つまり時代が下がるにしたがって町人の間、そして若い粋（いき）な野郎侍（やろうざむらい）の間ではやり出した。その意味では、宗次の髪型は自分流と言ってよかった。好むと好まざるとにかかわらず、いつ侍の身分に陥るか知れない、という自分の境遇を常に意識していたからではあるまいか。

刻（とき）が小きざみに過ぎて行くにしたがって表門の内側に、本陣の主人（あるじ）夫婦六左衛門と富百、そして女中たちが顔を揃え出した。少し奇妙なことに、富百は主人（あるじ）六左衛門の前に、まるで夫を従えるようにして立っていた。しかも夫婦どちらの表情も、それが当たり前のようであった。

空は見わたす限り青く澄みわたって、陽は明るく降り注ぎ、お祖母様（ばば）を迎えるには絶好の日和（ひより）だった。雲雀（ひばり）が囀（さえず）る時季でもないのに、空高い一点で野鳥が頻（しき）りに鳴き出した。雲雀に似ている。

このとき、富百の後ろに控えていた主人の六左衛門は、「はて?……」という小さな不自然さを捉えていた。

本陣の前の通り、ちょうど表門と向き合った位置に、二本の松の巨木が天高く聳え勇壮に枝を張っている。

その松の巨木の蔭に身をひそめるようにして、身形荒んだ六名の浪人が屯していた。うち二人は、肥満気味で大柄、とはっきり判った。

(この界隈では見かけぬ浪人どもだな……)

そう思った六左衛門であったが、意識は直ぐにお祖母様を出迎える心の準備の方へ移っていた。本陣の主人ともなると、その出自にもよるのだが、名字帯刀を許される。

では、このときの宗次の注意力はどうであったか?

六左衛門が気付いて「はて?」と思った事に、宗次が気付かぬ筈はない。

宗次の視線は間もなく主客が現われる街道の、西の彼方に注がれてはいたが、その視野の左端で早くから六名の浪人たちを認めていた。

天賦の才を備えていたとも言える剣客、式部蔵人光芳を退けてから、まだ日が浅い。その蔵人の命を受けた配下の手練が浪人に身形を変えて迫ってくる可能性は無くはない。充分に予測できることではある。

だが宗次は、松の巨木の蔭にひそむ浪人六名を、（蔵人にかかわりがある連中ではないな……）と見た。蔵人の配下ならば如何に身形を浪人に変えようとも、幕臣としての芯を有した印象が見え隠れしている筈であった。が、六名には、それが無い。

だとすれば、もう一つの可能性が考えられた。柿木坂で宗次は、酒気を帯びた浪人が、美雪に絡み付こうとしたのを、軽く張り飛ばしている。宗次は〝軽く〟の積もりではあっても、酒気を帯びた浪人は石組の階段を何段もころげ落ちていった。

衆目の中での滑稽すぎる無様であったから、当の浪人にしてみれば赤っ恥をかかされて「おのれえっ……」となったことだろう。己れの非礼を忘れて有りもしない面目を取り戻さんとし、仲間を増やして宗次と美雪の後を尾行するなどは予想に値することだ。

（たぶん……それだな）

と、宗次は考えをそこへ落ち着かせた。

美雪の直ぐ斜め後ろに控えていた二人の腰元のうちの一人が、そっと美雪との間を詰めて、「お見えになりました」と囁いた。

それは宗次の耳にも届いており、美雪は黙って頷いた。

旅人の往き来で囂しい街道の彼方——ゆるい上りになっている——に一頭の馬が現われた。その背に跨がっているのは塗一文字笠をかむった武士と、はっきり判る。馬子の姿はなく、手綱は武士の手にある。

そのあと直ぐに二頭の馬が現われ、これも武士の身形が馬上にあって自ら手綱を手にし、馬子の姿はない。ただ、この二騎は頻りに後方へ気を配る様子を見せている。

宗次ら、お祖母様を出迎える側は、間もなく到着する一行が如何なる旅態で訪れるか先遣の腰元二人から詳しく聞かされているため、騎馬三名が彼方に現われても驚くことはなかった。

と、最初に現われた馬上の武士が、本陣を認めてか馬腹を蹴った。旅人の往き来で賑わう宿場の通りであるから、**襲歩**（競馬速度、分速千メートルくらい）で駆ける無謀をする筈もなく、あざやかに速さを抑えた手綱さばきを見せ駈歩（分速凡そ三百五十～五百メートルくらい）でみるみる近付いて来る。

それを出迎えるかたちで、宗次と美雪の二人が近付いて来る騎馬の方へゆっくりと歩き出した。

馬上の武士が手綱を引くや、宗次の面前で止まった馬が鼻を低く鳴らし、蹄でカッカッと地面を叩いた。

「よしよし……」

宗次がにこやかに馬の鼻面を撫で、馬上の武士が身軽に地上へ降り立った。

「宗次先生、一別以来でございまする。お目にかかれるのを楽しみに致しておりました」

「長の旅、お疲れ様でございました。お変わりなく何よりでございます」

二人のなごやかなる挨拶が済んだ。

武士は表情を改めると、宗次の二歩ばかり後ろに控えている美雪に馬と共に近付いてゆき、「途中何事もない静穏無事な旅でございました。お祖母様も極めてお健やかでおられます」と述べて、丁重に腰を折った。

「お祖母様の江戸への旅に付き添うて下されまして、有り難うございました。心からお礼を申し上げます」

美雪も丁寧に挨拶を返し、綺麗に辞儀をした。

武士の名は曽雅家と親交深い奈良代官、鈴木三郎九郎（実在）であった。柳生新陰流を心得る頼もしい代官として大和国では広く知られた人物である。美雪が病床にある将軍家綱の秘命に従って大和国へ旅したときに、鈴木との交誼が深まっていた（祥伝社文庫『汝 薫るが如し』）。

ともかく、お祖母様の信頼、殊の外厚い代官鈴木であった。

鈴木が体の向きを、宗次の方へと戻した。

「恐れいりまするが宗次先生、お祖母様お乗りの**車駕籠**へ戻りたく思いまするので、お願い出来ましょうか」

鈴木が手にあった手綱を遠慮がちに、宗次に差し出した。それこそ恐縮して。

「宜しいとも。預かりましょう」

「申し訳ありませぬ」

代官鈴木は手綱を宗次の手に預けると、一礼して身を翻し足早に引き返した。

とは言っても、お祖母様の一行は、もう声を掛ければ届く辺りまで来ていた。

代官鈴木は宗次に対し車駕籠と言ったが、それは一頭の馬に引かす二輪の台車の上に設えた駕籠だった。

庶民の駕籠の中で最も格が高い法仙寺（宝仙寺とも）駕籠を、二輪の台車の上に固定させたもの、と言えば判り易いだろうか。

もっともこのような乗り物は、この時代では一般的ではなく、高齢のお祖母様の長旅のために曽雅家がとくに誂えたものに相違なかった。

この時代の権力者は駕籠（乗り物）の仕様まで、権力の象徴としたがる傾向が強いため、庶民はどのような駕籠（乗り物）を用いてもよい、という訳にはいかなかった。馬鹿馬鹿しいほど下らぬ事にまで口を挟み、「権力の象徴」を振り回した。

お祖母様について言えば、大和国の豪家として轟く曽雅家は、武家でも公家でもなかったが、奈良代官はもとより、奈良奉行と雖も敬わねばならぬ対象だった。

かと言って、曽雅家は決して権力者の座にある訳ではない。

車駕籠はおそらく、奈良奉行の積極的賛意のもとに造作されたものなのであろう。

宗次らが見守る中、代官鈴木は車駕籠の脇に辿り着いて、何事かを語り掛けた。駕籠の中からお祖母様の返答があったのであろう、「はい」と頷く様子を見せて、再び一行から離れ、足早に宗次たちの方へ向かってきた。

「私がお預かり致しましょう」

本陣主人の六左衛門が宗次に近寄って囁き、馬の手綱を引き継いで落ち着いた足取りで門内へと消えていった。あとに残された妻女富百の表情が、夫が離れていったことで尚のこと改まったが、六左衛門は手綱を誰かに預けたらしく直ぐに戻ってきた。

このときには、松の巨木の蔭から、六名の浪人は消えていた。

びしっと決め込んだ身形の代官鈴木を、警戒でもしたのであろうか。

車駕籠の左右には、脇差を腰に帯びた曽雅家の若党のほか、西条家の腰元たちが張り付いていた。

後方には、騎馬武者二名が従っている。おそらく柳生新陰流を心得る代官鈴木の配下の者たちなのであろう。一般に代官所には、剣を取って闘える者は数少ない。が、代官が剛の者であれば、配下の者もまた自ずと変わってくる。

いよいよ車駕籠が宗次と美雪に近付き、そして人馬は一斉に止まった。

若党に手綱を持たれて車駕籠を引いていた馬が、天を仰ぎひと声高くいないた。まるでお祖母様に「着きましたよ」と知らせんばかりに。

馬上から降りた武士たちの動きは、てきぱきと手早かった。車駕籠から降りるお祖母様に手を貸し、まるで疲れを知らぬ者のようにお祖母様は爽やかな明るい笑みを宗次と美雪に向けた。

「ようこそ御出なされましたお祖母様」

「再びお目に掛かれて美雪は嬉しゅうございます」

宗次と美雪の挨拶に、お祖母様は満足そうな笑みを見せて頷き、宗次と美雪を見比べた。

「侍の身形を調えて両刀を帯びたる宗次先生の何と凛凛しいお姿じゃ。このお姿の先生に出迎えて戴けるとは、婆は思いも致しておりませなんだ」

「恐れ多いお言葉にございまする」

「それに美雪も幸せそうじゃな。ますます美しく、五体にも優し気な気力がふっくらと満ちてごじゃる。結構結構」

「お祖母様……」

美雪は、幸せそうじゃな、と言われてうまくお祖母様に言葉を返せなかった。江戸を離れてこの保土ケ谷まで、ずっと宗次と一緒であったことに、どれほど心を満たされてきたか知れない。その胸の内をお祖母様に覗かれたようで、体が思わず熱くなるのを覚えた美雪だった。

「ここでは落ち着いて長話も出来ぬ。宗次先生とも色色と積もる話を致したいゆえ、ひとまず本陣へ入りましょうかな。のう、先生」

お祖母様多鶴はそう言うと、美雪の手を引いて確りとした足取りで歩き出した。しかしその歩みは、表門のところで止まった。礑した止まり様であった。

表門の直ぐ内側には富百がいて、その顔がお祖母様と目を合わせるや、忽ちくしゃくしゃとなった。

「お祖母様、おなつかしゅうございまする」

ほんの一、二歩、門の外へ進み出た富百が、お祖母様に対して思いがけない言葉を口にし、深深と腰を折ったではないか。宗次も美雪もさすがに驚いた。いや、西条家の家臣たちも同じであったろう。

「おうおう富百、真に久し振りじゃのう。元気そうで何よりじゃ。其方が六左衛門殿と連れ立って曽我の里（奈良県橿原市曽我）に里帰りしてから、確かもう……」

「十三年が過ぎましてございまする。久し振りにお顔を拝見させて戴きましたお祖母様も血色およろしく、お元気そうで、この富百こころより嬉しく思います」

「うんうん、ありがとう。御蔭様でな、足腰の丈夫さと口達者は十三年前と少しも変わってはおらぬようじゃ」

「まあ、お祖母様……」

思わず綻びかけた口元へ、ふわりとひねった掌を運んだ富百の脇を抜けて、美雪の手を引いたままのお祖母様が六左衛門の前に立った。

「ようこそ御出下されましたお祖母様。この六左衛門、お懐かしく、また嬉しくてたまりませぬ」

そう挨拶の言葉を述べた六左衛門であったが、腰を折るのも忘れて両の日から大粒の涙をぽろぽろとこぼした。里帰りした妻富百に付き添って曽我の里を訪れた際、お祖母様をはじめ曽雅家の人人から余程、大事にされたのであろう。

「六左衛門殿も、体つき表情ともに発止となされた印象は、十三年前のままじゃ。若い頃から曽雅家の奥を束ねてくれていた富百を、縁あって嫁に迎え入れてくれたこと、そして、この上もなく大事に大切にしてくれていること、この婆は改めて六左衛門殿に御礼を申さねばならぬ」

「めっそうもございませぬお祖母様。この本陣は富百あってこそ成り立ってございまする。本陣を営む富百の才能は、生半のものではありませぬ。他の宿場の本陣の中には、諸藩利用の際の過ぎたる我儘などで、運営が深刻な状態に陥っているところが何か所も出始めてございます。しかし富百は、諸藩のむつかしい注文を、いつもあざやかに乗り切ってくれております。私が口出しできるところは、既にありませぬ」

「いやいや、それもこれも六左衛門殿のお人柄が立派なればこそじゃ。富百を大事にしてくれているからこそじゃ。十三年前、富百の里帰りに際して、六左衛門殿は、一月半ものの間、本陣の営みを地元の有力者に預ける決断をして下された。宿場役所もその上席役所も、それに対し異議を挟まなかったのは、日頃の六左衛門殿のお人柄があったればこそじゃ」

「おそれいります。お祖母様からお褒め戴いたお言葉を大事として、これからも頑張って参りまする」

「さ、六左衛門殿。そろそろ部屋へ案内して下され」

「あ、これは気が付きませんで失礼を致しました。さ、さ、どうぞこちらへ……」

宗次は、美雪の手を引いたお祖母様と西条家の家臣たちが、六左衛門に案内されて玄関式台の方へ向かうのを見届けてから、奈良代官鈴木三郎九郎へと歩み寄った。

「このたびはお祖母様の長の旅にお付き添い下されて真に有り難うございました。これほど心強い付き添い人はないと、美雪様も大層喜ばれておりました」

「先生のようなお方にそう仰って戴けますと旅の疲れも吹き飛びまする。とは言え、お祖母様との長の旅は、毎日が笑いに満ちた実に楽しいものでございました」

鈴木三郎九郎はそう言って、柳生新陰流の剣士らしい明るい笑みを、顔いっぱいに広げた。

「左様でしたか。それは何より……」

宗次も鈴木の笑みに付き合った。鈴木がやや声をひそめて言った。

「先生もご存知のように天領（幕府領）を預かる代官所は、いわば地方の政治の拠点でございますことから、幕府への報告事項は実に多岐に及びましてございます。此度は、その報告日程とお祖母様の旅の予定がうまい具合に重なり合ったものですから……」

「あ、なるほど、それで……」

と頷いてみせた宗次ではあったが、お祖母様を敬うことこの上もない代官鈴木のことであるから、おそらく自分の方からお祖母様の旅の日程に都合を合わせたのであろう、と心を温めた宗次だった。

宗次との立ち話を終えて代官鈴木が配下の者を従え表門を潜ると、そのあとに車駕籠、曽雅家の奉公人たち、と続いた。

表門の脇に佇んで最後まで残ったのは、富百であった。

「御内儀、私は少し片付けたい用が外にありますゆえ、小半刻ばかり勝手いたします。なに、おそらく小半刻もせぬ内に戻れましょう」

「まあ、ではそのように、お祖母様に申し上げて宜しゅうございましょうか」

「はい。構いませぬ。ご心配なさらぬように、と……」

「承知いたしました。では、そのように申し上げておきます」

富百は困惑の様子を見せることもなく、表門の中へと入っていった。

入れ替わるようにして、屋号を染め抜いた陣屋法被をきちんと着込んだ老爺――門番――が外へと出て来て、宗次に向かって丁寧に腰を折った。

「あのう、後続の御一行様がなければ、ひとまず御門を閉じさせて戴きとうございますが、如何でございましょうか」

使いなれた丁重でなめらかな言葉調子であった。

「うん、明るい日の下だが、用心のためにも一応閉じて下さるか。私は小半刻もせぬうちに戻ってくる心積もりだが」

「承りました。私は門内直ぐの詰所から離れることなく待機いたしておりますから、お戻りになりましたなら、小門（脇門）を叩いてお知らせ下さい」

「判りました」

感じのよい老爺に笑みを残して、宗次は表門に背を向け東の方へと歩き出した。

表門が閉じられ、閂のわたされる音がした。

宗次は一体何処へ行こうと言うのか。

が、その足は一町半ばかり（百六十メートル余り）行ったところで、其処が初めからの目的であったかのような落ち着きをみせて止まった。

明るいうちから大きな赤提灯を下げた、間口の広い店が宗次の目の前にあった。軒から下がった四枚の長暖簾がさわやかな風でひらりひらりと揺れている。

その長暖簾の奥は、どうやらかなり賑わっていた。遠慮のない笑い声や呂律(ろれつ)が回っていない大声。それだけではやっている居酒屋か飯屋と判るが、長暖簾にも大きな赤提灯にも店の名は無い。

宗次は薄汚れている長暖簾を両手で掻(か)き分けるようにして潜った。

四枚障子のうちの一枚が開いている。

宗次は敷居を一歩入ってゆっくりと見まわした。かなりの広さがある店は満席に近かった。酒と焼魚の匂いが満ち、誰ひとりとして新しく入ってきた客のことなど気にしない。

宗次の視線が、左手奥の薄暗く狭い板の間(いたま)を捉えて止まった。松の巨木の蔭に隠れていた浪人六名がいた。

## 七

宗次は、その薄暗く狭い板の間(ま)に近付いてゆくと、胡座(あぐら)を組み額を寄せ合うようにして酒を貪り吞んでいる六名の浪人どもを立ったままの懐手で見据えた。

六人のうちの肥満した大柄な一人が漸く宗次に見据えられていることに気付き、「あっ」という顔つきになった。口まわりの不精髭に、しゃぶっていた鰯の干物の肉屑がぶら下がっている。

其奴が脇に置いてあった刀に手をかけたので、隣の浪人も宗次に気付いて表情を強張らせた。其奴も肥満気味で大柄だ。二人とも柿木坂で宗次と出会った浪人だった。刀を手に取った方が、宗次に張り倒され、階段をころげ落ちた浪人である。

車座でしかも額を寄せ合うようにして酒を吞んでいる他の四人は、まだ宗次に気付いていない。

宗次は刀に手をやったままこちらを睨みつけている浪人に、熟っと視線を合わせた。

やがて浪人の手が刀から離れ、自信なさそうに目を瞬いた。

宗次が懐手を改めると、抜刀でもされると思ったのか、浪人の手が再び脇の刀へと戻った。しかし、怯えたような目つきだ。さほど気丈夫な性格ではないのであろう。

と、宗次が、その浪人を小さく手招いた。

浪人の表情が「え？」となったので、宗次はもう一度手招いた。

浪人が刀を手にして立ち上がりかけたので、宗次は一瞬目を鋭く光らせ首を横に振ってみせた。

浪人は宗次の前に無刀でやって来た。胸を張り肩を怒らせ精一杯の〝威厳〟を保とうとしている風であったが、不精髭にくっ付いた鰯の干物の肉屑が滑稽（こっけい）で、〝威厳づくり〟は殆ど役立っていない。

宗次は小声で語り掛けた。

「私を覚えているか」

「おう、覚えているとも」

浪人も小声であったが、わざとらしく野太い声を出した。

「私のあとを、ここ保土ヶ谷までつけて来たのか」

「やられたら、やり返す。それが俺の主義だからな」

「そうか……」

と、相手を見る宗次の目が、ふっとやさしくなった。

「階段の下までころげ落ちたが、どこぞ体を傷めなかったか」

「おい、もっと小声で話せ」

「あ、すまぬ。さては、階段からころげ落ちた事実を、六名のうち四名は知らぬのだな」

「お前は一体何をしに来たのだ。勝負をするというなら、受けて立つぞ」

「私にその気はない。私が刀を抜けば其方は間違いなく両腕を斬り落とされることになる」

「う……」

浪人の顔が、みるみる歪んでいった。

「私に刀を抜かせてはならぬ。お前たちは静かに大人しくこの宿場から去るのだ。直ぐにもな」

「断わったら？……」

「断わったことに見合う不幸が、其方の両肩に訪れる。必ず訪れる」

「柿木坂では、お前は町人の身形だったな。それがどうして今、きちんと調った武士の身形なのだ。若しかして公儀隠密？」

「其方には関係ないことだ。どれ、柿木坂の階段からころげ落ちた時に傷を負ったのなら、私に見せてみろ」

浪人はしかめっ面で着物の左袖を肩の近くまで、めくり上げた。肩口から肘下あたりまで軽症ではない擦り傷が走って、腫れあがっている。かなり、いたいたしい。

「痛むか？」

「当たり前だ」

「酔い任せに、けしからぬ振舞をしようとするからだ。自業自得と思え。あのとき私が刀を帯びていたなら、階段の下へころげ落ちていたのは、其方の首だった」

「………」

喉をゴクリと鳴らして生唾をのみ下した浪人の顔が怯えたようにひきつった。

「其方、妻女はいるのか」

「いる……深川にな……妻は四歳の子を抱えて、うどん屋で働いている」

「なのに其方は、怪し気な仲間と共にこうして、とぐろを巻いているのか」

「とぐろを巻かなきゃあ、家族を養えないからだ。文句があるなら、幕府に言ってくれ」

「妻子は元気なのか」

「御蔭様でな」

宗次は着物の袂から一分金二枚（四枚で一両）を取り出すと、浪人の懐へねじ込んでやった。

「妻子に何ぞ買って帰ってやれ。妻子にだぞ。そして直ぐに江戸へ向けて去るのだ。よいな」

宗次はそう言い残して、浪人に背を向けた。

浪人は懐から取り出したそれが二枚もある一分金だと判ると、次第に離れてゆく宗次の背中を「くそっ」と睨みつけたものの、たちまち今にも泣き出しそうな顔になった。

「おい。どうした。誰と話していたのだ」

漸く背後から酔った仲間に声を掛けられた浪人だったが、「古い友人とだ」と答え、もう一度「くそっ」と消え入るような呟きをこぼした。

　宗次の背中が、店の外へと消えていった。

## 八

　刀を抜くことがないよう事態を穏便（おんびん）に済ませた宗次が本陣へ戻ってみると、六左衛門が玄関の間（ま）に、姿勢正しく正座をして、宗次の帰りを待っていた。

「お帰りなされませ。お祖母（ばば）様のお部屋へ、ご案内いたします」

「申し訳ありませぬ。ずっと待って下さっておりましたか」

「はい。これが主人（あるじ）のつとめです。お気遣いなさりませぬよう。さ、こちらへ……」

　にこやかに腰を上げた六左衛門に宗次が案内されたのは、書院と廊下を挟んで向き合った座敷であった。当然のこと、障子は閉じられている。

「こちらでございます。お姫様とご一緒にいらっしゃいます」

六左衛門は宗次の耳元で声小さく告げると、丁寧に腰を折って下がっていった。

宗次は障子に向かって正座をした。

「宗次でございます。お邪魔して宜しゅうございましょうか」

「どうぞ、先生……」

お祖母様の声が返ってきた。

宗次は障子を開けて、部屋に入った。次の間の備えがある十畳が二間の部屋だった。奥の座敷は中庭に面しており、格狭間の輪郭に似た曲線を頭に（上部に）描く大きな花頭窓を持っていた。

その窓の障子が開け放たれ、気持のよい明るい日差しが次の間の半ばまで差し込んでいる。

「遅くなりまして申し訳ございませぬ」

「何を申されますことか。美雪のために細やかな用心を払って下さっておる宗次先生には、気持を休める一時もないことと心苦しく思うております。美雪の祖母として、この通り深く厚く御礼申し上げましょう先生」

言葉調子を何時もらしくなく改めたお祖母様が、三つ指をついて丁寧に頭を下げた。

「あ、いや……」

思いがけないお祖母様の態度に小慌てになりかけて宗次が、「はて？」と気付いた。美雪は床の間に背を向けて座り、お祖母様が少し下がった位置に座っているではないか。

しかもである。美雪の隣には、もう一人の誰かを迎えるための座布団が調えられていた。

しかもその座布団の厚み、色柄、拵え様ともに明らかに主客に対してのものと思われた。美雪が敷いているものよりは、まぎれもなく上級のものだ。そして、お祖母様が言った。

「先ずは先生。美雪の隣へお座り下され」

「えっ。この私がでございますか」

「どうか、この婆の申し上げる通りにして下され。そうでないと話が先へと進みませぬ」

「は、はあ……」

宗次は腰の大刀を取って、お祖母様の言葉に従った。話が先へ進まぬと言われれば、美雪の隣へ身を移すしかなかった。ましてや、大和国の豪家である曽雅家の、お祖母様多鶴の頼みである。

美雪の隣に姿勢正しく正座をし、大刀を右の脇に置いた。

お祖母様の話が、確りと宗次の目を捉えるようにして始まった。

「先生。美雪が創設に力を注いだ女性塾、求学館『井華塾』に関して、数数の貴重な御指導、御支援を下されましたること、美雪より詳細に聞きましてございます。美雪の祖母として、重ねて深く心から感謝申し上げまする」

お祖母様はそう言って、再び三つ指をつき、ひれ伏す程に頭を下げた。それは大和国に聞こえた豪家の事実上の主人としての、あざやかにして一点の非の打ち所も無い美しい作法であった。老いてなお堂堂とした。

「おそれいります」

宗次ほどの者が思わず身を硬くする余り、それだけしか返せなかった。

美雪はと言えば、伏し目がちな視線を自分の膝の上に落としてはいたが、その端整な表情は落ち着いていた。

お祖母様の言葉は続いた。老いをはね返すような矍鑠たる眼差しで宗次の目を捉えて離すものではなかった。

「江戸へ旅立つ数日前、美雪の父西条山城守貞頼殿から手紙を頂戴し、ある日の下城途中で素姓不明の刺客集団に襲われ、危ういところを宗次先生に救われたことが認められてありました……」

お祖母様多鶴は、ほんの一呼吸言葉を休めたあと続けた。

「貞頼殿の手紙には、宗次先生への感謝の気持は筆舌に尽くしがたし、と記されてございまして、その思いはこの婆とて同じでございます。また貞頼殿は美雪の父として、こうも記してござりました。筆頭大番頭という地位は将軍家と一体のもの。つまり我が命は西条貞頼個人のものではなく将軍家に捧げたるもの。その命が素姓不明なる刺客集団に襲われたる以上は、今後において我が身に何が襲いかかるか判らない。できれば我が身が穏やかなる今のうちに、美雪の生涯を宗次先生に預かって貰うことは出来ぬものか、と……」

お祖母様の目から、大粒の涙がこぼれたのは、まさにこの時であった。

伏し目がちであった美雪は、驚いて面を上げ、我が祖母を見た。美雪にとっても、お祖母様の言葉は、全く予想できていなかったのであろう。

お祖母様は、またしても三つ指をついて、老いた腰を深く曲げた。

「宗次先生、この婆からもお願いでございまする。私は美雪が不憫でなりませぬ。たぐいまれなる美しさと、あり余る教養に恵まれたる美雪が、地方の気位高い名家に嫁いだばかりに藩内紛の優劣天秤にのせられて婚家を離れるなど、この婆は悲しくてなりませぬ。宗次先生、どうかこの美雪の生涯を救うて下され。預かって下され。護って下され。この年寄り命に代えて、お願い致しまする」

言い終えて、面を上げたお祖母様に、静かに寄っていった美雪が、お祖母様の頬を濡らす涙を白い指先で幾度も拭った。

今にも泣き出しそうに見える美雪であったが、懸命に耐えている。

宗次は、お祖母様の突然過ぎるかのような言葉に大きな驚きの表情を見せはしたが、しかしそれは直ぐに鎮まりをみせていた。

両膝の上に軽く握った拳をのせて、宗次は武士らしい一礼を見せた。浮世絵師としてではなく、武士らしい一礼であった。おそらく考えるところがあっての武士らしい一礼なのであろう。

お祖母様は言った。

「もうよい。もうよい美雪。いい年の婆が迂闊にも大事な話の最中に涙を流してしもうた。許しておくれ」

「お祖母様……」

「さあ、美雪や、婆の横にきて先生に対して姿勢を正しなされ。大事な話の相手である先生に、作法を失してはならぬ」

「はい」

美雪は祖母から、ひと肩下がった位置に、慎ましく座り直した。矢張り伏し目がちに。

その美雪を、宗次は熟っと見つめた。決していつもの美雪を見る優しい眼差しではなかった。かと言って厳しい目つきでも、険しい目つきでもなかった。強いて申さば、武士の目つきであった。いや、剣客の目つきとでも言うべきだろうか。

お祖母様ほどの者が、その宗次の様子に、固唾をのんだ。

どれほどか経って「私の体には……」、と宗次は口を開いた。重い響きがあった。

その重い響きに面を上げた美雪は、真っ直ぐに自分に向けられている宗次の視線と出会って、息を止めた。自信を失いそうな想いが胸の内から、そろりとこみ上げてくるような気がして、美雪の心は怯えた。

しかし、宗次の視線から、逃れようとはしなかった。

「私の体には……」

宗次は繰り返して、ぐっと口元を引き締めた。美雪に注ぐ眼差しが、どこか、苦しそうに変わった。

「私の体には侍の血が濃く流れており、それゆえ時と場合によっては、特定の大藩の政治に好むと好まざるとにかかわらず、関わることになるやも知れませぬ。若しそのような事態に陥れば、私の身はもとより、私と共にある者もおそらく平穏ではおれますまい。場合によっては、命さえ危うくなるやも……」

聞いて頷いたのは、お祖母様(ばば)であった。そして座っていた姿勢を美雪の方へ改めた。

「美雪や。先生のお言葉に対し、自らの意思と言葉ではっきりとお答えするのじゃ。今日のような機会は他日に再びあると思うてはなりませぬ。一度は嫁いだ身であるという苦しみはあろうが、名門西条家の息女として、覚悟ある答えを示しなされ」

「はい、お祖母様(ばば)……」

美雪はそう答えて、ひっそりと頷くと、宗次の前へと進み出て三つ指をついた。そして、軽く会釈をする程度に頭を下げてから宗次と目を合わせ、静かな口調で、しかし美雪らしくやや心細気に言い切った。

「私(わたくし)は先生の困難を自分の困難と致し、また先生の苦しみを私(わたくし)の苦しみと致して共に歩むことを、すでに覚悟して江戸を旅立ちましてございまする。私(わたくし)のこの身は一度婚家(こんか)を……」

「そこから先は、私に対し言う必要なきこと」

宗次はやんわりとした口調で、美雪の言葉を制した。宗次らしい、いつものやさしい響きが、ひと言ひと言に戻っていた。

「はい」と、美雪はうなだれた。

「そなたが我が妻となってくれるならば、我が身は如何に老いさらばえようとも輝きを失わぬだろう。天地を裂かんばかりの邪悪(じゃあく)が、そなたに近付き迫(せま)ろうとも私は必ず護り抜くことを此処で固く誓おう。私は力と智恵を駆使して、大きな安堵(あんど)を生涯にわたって、そなたに与え続けてみせる。約束をしよう」

「あなた様のお健(すこ)やかなるを常に念じ、心から深くお慕い申し上げて、いつまでもお傍(そば)に控えていますことを、固くお誓い申し上げまする」

「ありがとう。我が人生最高の日と喜びたい。本当にありがとう」

それは、従二位権大納言(ごんのだいなごん)を極位極官とする徳川御三家筆頭・尾張藩六十一万九千五百石の現領主・光友(みつとも)（徳川光友）の息(そく)、**徳川宗徳**(むねのり)が、はじめて心の底からあらわした喜びの言葉であった。そしてこの瞬間、宗次と美雪の絆は、不動のものとなった。それは事実上の婚儀が調ったとみてよい程の、まさに決定的な瞬間だった。

ただ、それでも美雪の、うなだれ気味な様子は、消えていなかった。

いくら宗次の思いやりに触れても、一度はひとの妻となった我が身の悲しみを忘れ去ることが出来ないのであろうか。

「曽雅家のご先祖様が、この美しい我が孫娘を慈しみ、お護り下された。宗次先生を天上より、お遣わし下された」

お祖母様はそう呟き、宗次に向かって両掌を合わせ目を閉じた。

そのようなお祖母様に対し宗次はチラリとした笑みを送ったが、何も言わなかった。

そのかわり、宗次は美雪に声を掛けた。物静かな口調だった。

「今一度、確かめておきたい。私のような男を今日も明日もその次の日も、そして更にその次の日も身近で目にする、というような生涯が延延と続くこととなる。恐れとか後悔はありませぬな」

「ございませぬ。望外の喜びでございます。いつまでも、お傍に置いて下さりませ」

「私の方こそ……そう言いたい」

漸くのこと宗次の顔に笑みが広がった。いつもの浮世絵師の笑みだった。

「おお、そうじゃ」

お祖母様が忘れていた何かを思い出したかのように、不意に合掌を解いて立ち上がった。

そのまま座敷から廊下に出て手を打ち鳴らすと、「はい、ただいま……」と女子の声がした。一座敷を空けた控えの間にでも、誰かが待機していたのだろう。

お祖母様が言った。高らかな声であった。

「急ぎ代官鈴木に頼むのじゃ。配下の者を速馬にて江戸西条邸へと遣わし『真にめでたく調いたり』と伝えて貰いたいとな」

「承知いたしました」

お祖母様の指示を受けて、足音が急ぎ廊下を遠のいてゆく。

お祖母様の指示が何を意味しているのか、予め知らされている者の急ぎ様であった。

西条家の腰元の誰かである。

座敷内に戻ったお祖母様が障子を開け放ったまま、美雪に向かって言った。

妙に弱弱しい言い様であった。けれども目を細めた笑顔が殊の外やさしい。

「美雪や、改めて先生と並んで座ったところをこの婆に見せておくれ」

「え……」

美雪は、困惑と恥じらいの入り混じった眼差しを宗次へ向けた。

宗次が主人のいなくなった隣の座布団を、指先で軽く叩いてみせる。

はい、と初初しく頷いた美雪は、宗次の隣へ控え目な動き様で身を移した。

お祖母様が、しみじみと二人を眺めた。

「お似合いじゃ、これほど美しいお似合いはない」

自分の言葉に深深と首を縦に振ってから、きりっと口元を結んでお祖母様は締め括った。

「めでたい」

両の目からこぼれ落ちた小粒な涙が、皺深い頬に糸を引いた。

幾人もの慌ただしい足音が、廊下を近付いてきた。

「今宵は特別なお料理を……よいな富百」

「勿論ですとも、あなた。最高におめでたいお料理を……」

六左衛門と富百の早口なやり取りが伝わってくる。お祖母様(ばば)の指示で代官鈴木のもとへと急いだ西条家の腰元の誰かが、六左衛門と富百の耳へも「めでたい」を早早と伝えたのであろう。

「真(まこと)にめでたい」

再び言って、お祖母様(ばば)の唇がふるえた。

明るい日差しが、あふれんばかりに庭に降り注いでいた。

（完）

## 「門田泰明時代劇場」刊行リスト

ひぐらし武士道
『大江戸剣花帳』(上・下)
徳間文庫　平成十六年十月
光文社文庫　平成二十四年十一月
徳間文庫(新装版)　令和二年一月

ぜえろく武士道覚書
『斬りて候』(上・下)
光文社文庫　平成十七年十二月
徳間文庫　令和二年十一月

ぜえろく武士道覚書
『一閃なり』(上)
光文社文庫　平成十九年五月

ぜえろく武士道覚書
『一閃なり』(下)
光文社文庫　平成二十年五月
徳間文庫　令和三年五月
(上・中・下三巻に再編集して刊行)

浮世絵宗次日月抄
『命賭け候』
徳間書店　平成二十年二月
徳間文庫　平成二十一年三月
祥伝社文庫　平成二十七年十一月
(加筆修正等を施し、特別書下ろし作品を収録して『特別改訂版』として刊行)

ぜえろく武士道覚書
『討ちて候』(上・下)
祥伝社文庫　平成二十二年五月
徳間文庫　令和三年七月

浮世絵宗次日月抄
『冗談じゃねえや』
徳間文庫　平成二十二年十一月
光文社文庫　平成二十六年十二月
(加筆修正等を施し、特別書下ろし作品を収録して『特別改訂版』として刊行)
祥伝社文庫　令和三年十二月
(上・下二巻に再編集して『新刻改訂版』として刊行)

浮世絵宗次日月抄
『任せなせえ』　光文社文庫　平成二十三年六月
祥伝社文庫　令和四年二月
（上・下二巻に再編集し、特別書下ろし作品を収録して『新刻改訂版』として刊行）

浮世絵宗次日月抄
『秘剣　双ツ竜』　祥伝社文庫　平成二十四年四月

浮世絵宗次日月抄
『奥傳　夢千鳥』　光文社文庫　平成二十四年六月
祥伝社文庫　令和四年四月
（上・下二巻に再編集して『新刻改訂版』として刊行）

浮世絵宗次日月抄
『半斬ノ蝶』（上）　祥伝社文庫　平成二十五年三月

浮世絵宗次日月抄
『半斬ノ蝶』（下）　祥伝社文庫　平成二十五年十月

浮世絵宗次日月抄
『夢剣　霞ざくら』　光文社文庫　平成二十五年九月
祥伝社文庫　令和四年六月
（上・下二巻に再編集して『新刻改訂版』として刊行）

拵屋銀次郎半畳記
『無外流　雷がえし』（上）　徳間文庫　平成二十五年十一月

拵屋銀次郎半畳記
『無外流　雷がえし』（下）　徳間文庫　平成二十六年三月

浮世絵宗次日月抄
『汝 薫るが如し』　光文社文庫　平成二十六年十二月
　　　　　　　　　祥伝社文庫　令和四年八月
　　　　　　　　　（上・下二巻に再編集して『新刻改訂版』として刊行）

浮世絵宗次日月抄
『皇帝の剣』（上・下）　祥伝社文庫　平成二十七年十一月
　　　　　　　　　（特別書下ろし作品を収録）

拵屋銀次郎半畳記
『侠客』（一）　徳間文庫　平成二十九年一月

浮世絵宗次日月抄
『天華の剣』（上・下）　光文社文庫　平成二十九年二月
　　　　　　　　　祥伝社文庫　令和四年十月
　　　　　　　　　（加筆修正を施し、『新刻改訂版』として刊行）

拵屋銀次郎半畳記
『侠客』（二）　徳間文庫　平成二十九年六月

拵屋銀次郎半畳記
『侠客』（三）　徳間文庫　平成三十年一月

浮世絵宗次日月抄
『汝よさらば』（一）　祥伝社文庫　平成三十年三月

拵屋銀次郎半畳記
『侠客』（四）　徳間文庫　平成三十年八月

浮世絵宗次日月抄
『汝よさらば』（二）　祥伝社文庫　平成三十一年三月

拵屋銀次郎半畳記
『俠客』（五）　徳間文庫　令和元年五月

浮世絵宗次日月抄
『汝よさらば』（三）　祥伝社文庫　令和元年十月

『黄昏坂七人斬り』　徳間文庫　令和二年五月

拵屋銀次郎半畳記
『汝　想いて斬』（一）　徳間文庫　令和二年七月

浮世絵宗次日月抄
『汝よさらば』（四）　祥伝社文庫　令和二年九月

拵屋銀次郎半畳記
『汝　想いて斬』（二）　徳間文庫　令和三年三月

浮世絵宗次日月抄
『汝よさらば』（五）　祥伝社文庫　令和三年八月

拵屋銀次郎半畳記
『汝　想いて斬』（三）　徳間文庫　令和四年三月

『汝　戟とせば』（一）　徳間文庫　令和四年九月

本書は平成二十九年に光文社より刊行された『天華の剣（下）浮世絵宗次日月抄』を再編集し、著者が刊行に際し加筆修正したものです。

天華の剣（下）

一〇〇字書評

切・り・取・り・線

| **購買動機**（新聞、雑誌名を記入するか、あるいは○をつけてください） | |
|---|---|
| □（　　　　　　　　　　）の広告を見て | |
| □（　　　　　　　　　　）の書評を見て | |
| □ 知人のすすめで | □ タイトルに惹かれて |
| □ カバーが良かったから | □ 内容が面白そうだから |
| □ 好きな作家だから | □ 好きな分野の本だから |

・最近、最も感銘を受けた作品名をお書き下さい

・あなたのお好きな作家名をお書き下さい

・その他、ご要望がありましたらお書き下さい

| 住所 | 〒 | | | | |
|---|---|---|---|---|---|
| 氏名 | | 職業 | | 年齢 | |
| Eメール | ※携帯には配信できません | 新刊情報等のメール配信を<br>希望する・しない | | | |

この本の感想を、編集部までお寄せいただけたらありがたく存じます。今後の企画の参考にさせていただきます。Eメールでも結構です。

いただいた「一〇〇字書評」は、新聞・雑誌等に紹介させていただくことがあります。その場合はお礼として特製図書カードを差し上げます。

前ページの原稿用紙に書評をお書きの上、切り取り、左記までお送り下さい。宛先の住所は不要です。

なお、ご記入いただいたお名前、ご住所等は、書評紹介の事前了解、謝礼のお届けのためだけに利用し、そのほかの目的のために利用することはありません。

〒一〇一‐八七〇一
祥伝社文庫編集長　清水寿明
電話　〇三（三二六五）二〇八〇

祥伝社ホームページの「ブックレビュー」からも、書き込めます。
www.shodensha.co.jp/
bookreview

祥伝社文庫


天華（てんげ）の剣（けん）（下）　新刻改訂版（しんこくかいていばん）　浮世絵宗次日月抄（うきよえそうじじつげつしょう）

令和 4 年 10 月 20 日　初版第 1 刷発行

著　者　門田泰明（かどたやすあき）

発行者　辻　浩明

発行所　祥伝社（しょうでんしゃ）

東京都千代田区神田神保町 3-3

〒 101-8701

電話　03（3265）2081（販売部）

電話　03（3265）2080（編集部）

電話　03（3265）3622（業務部）

www.shodensha.co.jp

印刷所　萩原印刷

製本所　ナショナル製本

カバーフォーマットデザイン　かとうみつひこ





Printed in Japan ©2022, Yasuaki Kadota  ISBN978-4-396-34852-6 C0193